벗꽃나무 아래

김향숙 장편소설
**벚꽃나무 아래**

펴낸날  2008년 6월 27일

지은이  김향숙
펴낸이  채호기
펴낸곳  ㈜문학과지성사
등록번호  제10-918호(1993. 12. 16)
주소  121-840 서울 마포구 서교동 395-2
전화  02)338-7224
팩스  02)323-4180(편집), 02)338-7221(영업)
전자우편  moonji@moonji.com
홈페이지  www.moonji.com

ⓒ 김향숙, 2008. Printed in Seoul, Korea

ISBN  978-89-320-1875-1

# 벚꽃나무 아래

김향숙 장편소설

문학과지성사
2008

벗꽃나무 아래

차례

# 그가 사라졌다

1

거실을 지나는 동안 진경은 벽이 사라진 어느 곳에 온 듯했다. 빈집에 혼자 들어오는 게 드문 일은 아닌데도 그랬다. 그녀는 남편의 휴대전화 번호를 눌렀다. 집으로 오는 차 안에서 그랬듯 남편의 휴대전화는 꺼져 있었다. 집 안의 조용함은 깊었다. 거실에서 방으로, 방에서 거실로 오가는 동안 그녀는 투명하고 무거운 장막 사이를 지나는 듯했다.

조금 전까지 소음과 어지러운 불빛의 세계에 있었던 그녀는 텔레비전 리모컨을 찾아 주위를 둘러보았다. 남편과 자신이 좋아한 그림 두 점이 사라진 벽, 그곳에 그녀의 눈길이 머물렀다. 하얀 빛이 머리로 쏟아져 들어온 듯했다.

식탁에 놓인 노란 봉투가 눈에 들어온 건, 식탁 의자에 앉았던 그녀가 몸을 일으키려 했을 때였다. 한동안 노란 봉투를 바라보던 그녀가 이윽고 그쪽으로 손을 내밀었다. 그 봉투에서 꺼낸 카세트테이프에는 '진경에게'라고 씌어진 포스트잇이 붙어 있었다.

그것은 민지환이 남긴 테이프였다.

윤진경…… 진경아. 당신 얼굴을 보고는 아무 말도 할 수 없을 것 같아서…… 그 생각만으로 등에 땀이 흐르는 것 같다, 진경아. 지난해 늦가을, 어느 날 갑자기 회사와 집을 떠나 숨어버린 중년 남자들을 찾는 텔레비전 방송을 본 것 기억하니? 남은 가족들의 황당한 처지를 안타까워한 당신과 삶의 후반부에 이르면 누구나 한번쯤은 그런 충동을 느낄 수도 있을 거라고 말한 나 사이에 작은 언쟁이 있었지. 사실 작은 언쟁은 아니었다. 시작은 그 건이었지만 그날 밤 당신은 그동안 쌓인 이런저런 감정들을 터뜨렸고 여러 날 나와 눈을 마주치려 하지 않았지. 당신의 기분을 풀어주려면 당신 생각이 옳았다고 말하면 된다는 걸 알면서도 나는 그렇게 하지 못했다. 아마 그들을 핑계 삼아 날 이해받고 싶어서였겠지. 어느 날 조용히 집을 떠난 그들. 남편이고 아버지인 그들이 황당하고 독해서 그랬던 게 아니고 그 모든 소용돌이를 마주할 용기가 없어서 그랬던 게 아니었을까? 어쩌면 약하다는 게 독한 기운보다 더 나쁜 것일 수도 있겠지만. 알 수 없는 내일이 새삼 무섭고 무겁게 여겨진다. 무슨 변명을 하든 당신은 날 용서하지 못하겠지. 미소를 처음 만났을 때, 특별한 감정이 생겼을 때 당신한테 이야기를 했더라면 이렇게까지는 되지 않았을까? 당신을 떠난다는 게 두려우면서도 미소가 하자는 대로 할 수밖에 없게 되었다. 이십 년 전 당신을 처음 만났을 때 당신에게 갈 수밖에 없었듯, 나란 위인은 멈춤 신호등 불빛 앞에서 서지 못하는 무슨 유전인자를 타고났나 싶기도 하다. 우리가 함께한 이십 년. 힘든 날들도 있었지만 당신의 가장 빛나는 순간을 함께할 수 있었던 시간들이었다. 당신이 아니었으면 내 삶은 어땠을까? 결혼사진 전문으로 성공한 Y선배나 세계적인 사진 아트페어에서 작품을 팔게 된 W처럼 살았을까? 아니면 사진 갤러리 주인인 A처럼? 우리는 서로를 좋은 짝으로 믿었고 다른 사람들도 그렇게 여겼지만 함께 사업체를 꾸려서는 안 되었지 싶다. 당신 옷에 변화가 필요하다는 내 말에 당신이 귀 기울이지 못한 건 파트너가 나여서가 아니었을까? 재정 상태가 이렇게까지 될 줄은…… 미안하다, 진경아. 당신은 아름다운 사옥을 갖고 싶어 했고 나는 그걸 이루어주고 싶었다. 우리 가끔 웃으면서 말했지. 우리 둘의 취미 활동이 사옥 스케치가 되어버렸다고. 사옥이 완성되면 나는 당신 돕는 일에서 물러나 사진을 찍을 거라고 그랬고. 동창 모임에서 증권회사 지점장인 동창을 만나지 않았더라면, 처음 시작했을 때 결과가 차라리 나빴더라면 하는 생각을 해보지만…… 지나에겐 내가 사진을 다시 시작하기 위한 여행을 하는 거라고 말하려고 한다. 당신 혼자 힘으로 시작하게 하려면 좀더 일찍 그렇게 해야 했는데 왜 일찍 서로를 분리하지 못했나, 많이 후회가 되는 부분이다. 좋지 못한 시기에 떠난다는 게 미안하지만 나는 그렇게 생각하고 싶다. 당신이 새로운 출발을 할 수 있는 계기가 될 수 있을 거라고. 건강해야 한다. 당신에게 부탁하고 싶은 건 그것뿐이다.


"그 자식이 여길 떠나 다른 곳으로 간다는 녹음테이프를……
집에 와 보니까…… 식탁 위에 녹음테이프가……"

진경의 눈에서 흘러내린 눈물이 메모지 위로 떨어졌다. 그녀의
목소리는 떨렸고 얼굴은 잿빛에 가까웠다.

"나한테 차마 말을 할 수 없어…… 테이프에다……"

진경은 말을 잇지 못했다. 카세트 플레이어가 놓인 책상 앞에
앉은 그녀의 이마엔 기름 같은 땀이 배어 나왔다. 방 안이 천천히
흔들리는 듯했다. 눈앞의 모든 것들의 형태가 흐릿해졌다.

"선배. 내 말 들려?"

은영의 목소리가 높아졌다. 진경은 컴컴하고 흔들리는 원통에
갇힌 것 같았다. 어디선가 뜨거운 바람이 휘몰아쳐 오는 듯해 그
녀는 숨쉬기가 힘들었다. 그녀의 손에 있던 휴대전화가 바닥으로
떨어졌다.


"누군가에게 그렇게 깊이 마음을 주었으면…… 뭔가 이상하다
고…… 그런데 나는……"

고통과 분노, 의혹과 울음이 뒤섞인 진경의 얼굴은 기이하게
뒤틀린 표정의 가면을 쓴 듯했다. 갓등이 켜진 방 안 공기는 서늘
했다. 오래 메말랐던 흙과 나무들이 소리 없이 내린 비로 축축해
진 늦가을 밤이었다.

"선배가 이 일을 대범하게 받아들였으면 해."

선배는 그럴 수 있다고 은영이 말했다. 위층 어딘가에서 뭔가가 또르르 소리를 내며 구르는 듯했다.

"선배가 선배를 바라보는 구경꾼이 될 수는 없을까?"

자신이 힘들어할 때 진경이 해준 말이라고 은영이 말했다. 십오 년 전 잡지사 기자와 옷 만드는 사람으로 만난 후 서로를 거울이고 변호인이며 마음의 혈육으로 여긴 두 여자는 깊고 무거운 침묵에 빠졌다.

"내 몫은 그러니까, 싫어하지 않는 정도였다는 건가?"

밤의 숲에서 기괴한 짐승과 마주친 듯 진경이 웅얼거렸다. 은영은 선뜻 말을 받지 못했다. 먼지 나는 길을 오래 걸어온 것 같은 진경은 깨끗한 물로 몸을 닦은 후 투명한 물방울 같은 피아노의 선율을 듣고 싶었다.

그동안 별다른 기미가 느껴지지 않았다고 진경이 말했다. 떨어지는 매출을 걱정하며 자신의 옷에 새로움이 담겨야 한다는 충고를 하긴 했지만. 그저 차가워진 침대를 함께한 시간 탓이라고 여겼다니. 누군가 자신의 목을 누르는 듯 진경은 숨이 막혔다.

"어리석은……"

입 밖으로 차마 밀어내지 못한 버림받은 아내라는 말이 진경의 목젖을 찔러대었다.

"그 사람이 떠난 날까지 아무것도 몰랐다는 게."

"선배."

한숨을 삼킨 은영이 말했다. 우리들 누구나 파도에 휩쓸려 떠내려갈 수 있는 일이라고, 파도는 멈추지 않을 것 같지만 어느 날 바다는 잔물결조차 없이 조용해진다고, 어느 누구에게도 삶은 완벽하지 않다고. 진경은 듣지 않는 것 같았지만 은영의 말을 듣고 있었다. 혼자서는 심장을, 살갗을 찢으려는 보이지 않는 손을 물리칠 수 없었으니까. 머릿속에서일망정 끔찍한 일을 저지르는 자신을 통제할 수 없었으니까.

진경은 남편을 마지막으로 보았던 날을 떠올렸다. 그녀 안의 모든 믿음을 한순간에 삼켜버린 블랙홀이나 다름없는 사흘 전 그날을. 특별한 스케줄이 없는 날엔 언제나 그랬듯 그날 아침, 진경과 남편은 남편의 차로 같이 출근했었다.

차 안에서 여느 날과 다른 무슨 신호나 느낌을 받았었나? 아주 작은 신호라도 찾길 바라는 그녀는 차 안에서의 시간들을 살피고 또 살폈다. 여느 날과 다르지 않은 시간들이었다.

차 안에서 언제나 음악을 듣는 남편은 안전벨트를 맨 다음 시디를 골랐다. 음악을 들었던 것은 기억나지만 그녀는 그 음악에 대해 어떤 것도 생각해낼 수 없었다. 그녀가 떠올린 건 자신이 그날 차 안에서 다음 시즌의 옷에 골몰했다는 것이었다. 그즈음 어디에 있건 누구와 있건 그랬듯.

몇 달 전부터 믿기 어려울 만큼 떨어진 매출은 회복 기미를 보이지 않고 있었다. 외국 브랜드들 때문만은 아니라며 라이프 스타일의 변화를 읽어야 한다고 은영이 말한 게 일 년 전이었다. 오래 입을 수 있는 옷에 대한 고집을 버려야 하나? 다음 시즌의 옷을 모색한다는 게 늘 쉽지 않은 작업이었지만 이번엔 특히 그랬다. 사무실에 도착하기 십 분 전쯤, 다음 시즌의 옷에 대해 남편이 물었을 때, 진경은 가보지 않은 길 쪽을 보고 있다고 했었다. 남편은 언제나처럼 당신은 잘해낼 거다, 라고 말했다. 늘 듣던 말이었다.

그날 차 안에서 그들이 주고받은 말은 그것이 전부였다. 그리고 남편의 목소리를 마지막으로 들었던 건 네 시경이었던 것 같지만 확실한 건 아니었다. 정확한 시간을 기억하지 못하는 건 특별한 용건이 있어 한 전화가 아니어서였을까? 남편이 무슨 말을 했는지 기억할 수 없는 것도 그래서일까?

"마지막 전화를 하면서도 그 사람은……"

그 말을 여러 번 했는데도 진경의 목소리는 여전히 떨렸다.

"그 사람이 무슨 말을 했는지 생각나지 않는데…… 그 마지막 전화에서도 그 사람은……"

또다시 뜨거운 불덩어리가 진경의 몸 안을 떠돌아다니는 것 같았다.

"내가 얼마나 바보처럼 여겨졌을까?"

진경은 울음을 참고 싶었지만 그렇게 하지 못했다. 은영은 무거워진 눈꺼풀을 밀어 올리려 애썼다.

"그림을 가지고 나갔다는 게. 정말 끝이라고 여기지 않았으면 그렇게까지……"

진경이 주먹 쥔 손으로 자신의 가슴을 쳤다.

"선배. 그건 민사장이 그만큼 돈이 필요해서 한 일이었을 거야."

진경의 미간에 칼로 그은 것 같은 깊은 주름이 잡혔다. 은영이 진통제 두 알을 진경에게 건네주었다.

"함께 그 그림을 산 사람에 대한 예의라는 것도 있는 거잖아."

십 년 전 결혼기념일에 사들인, 청색과 노랑의 색감만으로 깊고도 서늘한 마음의 어느 부분을 보여주는 것 같은 그림을 진경은 어떻게든 되찾고 싶었다.

은영이 손목시계를 보았다. 약속이 있느냐고 진경이 물었다. 은영이 고개를 끄덕였다. 미안하다고 진경이 말했다. 선배가 무얼 좀 먹으면 갈 거라고 은영이 말했다. 전복죽이 담긴 대접을 바라보는 진경의 눈은 자신에게 칼을 겨눈 누군가를 노려보는 듯했다. 은영은 꼭 가지 않아도 괜찮다고 했다.

숟가락을 들었다 놓은 진경이 무슨 약속이냐고 물었다. 회사일 때문이라고 은영이 말했다. 진경이 가보라고 했지만 은영은 방에서 나갈 수가 없었다. 진경을 혼자 내버려두는 게 위험해 보인 거였다.

남편이 남긴 테이프를 들었던 날부터 땀을 흘리며 잠에 빠져들었던 진경의 입이 열린 건 오늘 아침이었다. 그때부터 지금껏 진경은 잠깐씩 진정되는가 하면 곧 흐느껴 울며 한 말을 계속해서 되풀이했다.

"나는 그 사람에 대해 모르는 것이 없다고 여겼어."

진경은 또다시 바닥을 알 수 없는 심연을 바라보는 듯했다.

"내가 좋은 아내는 아니었지만 그 사람 그 부분은 늘 접어주었어."

약해서 그렇게 도망친 걸 거라고 말한 은영이 바닥에 누웠다.

"약해서라니!"

소리치듯 말한 진경이 어디선가 술병을 들고 와 마시기 시작했다. 은영이 술병을 빼앗으려 했지만 소용없었다. 담홍색 액체를 마구 들이켠 진경은 몸을 일으켜 옷장 문을 열었다.

방바닥으로 내던져진 남편의 양복들. 유령 같은 얼굴로 변한 그녀는 양복의 팔 부분을, 가슴 부분을 가위로 잘랐다. 갑자기 폭우가 쏟아지면서 방 안에 푸른 빛줄기가 들이쳤다. 어디선가 폭약이 터지는 소리가 들려오는가 싶더니 멈췄다. 방바닥은 조각난 천들로 가득했다.

은영에게 가위를 빼앗긴 진경은 화장실에서 토하곤 움직이지 못했다. 화장실 바닥이 천천히 움직이는 것 같았다. 화장실 천장은 노란 별들이 반짝이는 검은 장막으로 변한 듯했다.

은영이 진경을 침대로 이끌었지만 침대에서 내려온 진경은 방바닥에 눕더니 천 조각들을 이불 삼아 잠들었다. 몸을 웅크려 잠든 그녀는 후줄근한 천 조각으로 만든 낡고 가여운 인형처럼 보였다.


2


사람이 사는 곳이라기보다 어둠으로 빚은 전시 공간으로 여겨지는 거실을 지나 진경의 침실로 들어선 은영은 창부터 열었다. 어제도 그제도 그랬던 것처럼.

며칠 사이 싸늘해진 밤공기가 씻지 않은 살과 머리칼 냄새가 고여 있는 방으로 흘러들었다. 진경이 기침을 하며 이불을 끌어 올렸다. 은영이 진경을 일으켜 앉히려 했지만 진경은 움직이려 하지 않았다. 되풀이되는 일에 지친 듯 은영이 냉정한 어조로 말했다. 일어나야 한다고.

널 보고 싶지 않아, 라고 진경이 소리쳤다. 그러나 일어나야 한다는 은영의 다그침은 멈추지 않았다. 지난 며칠 동안 진경을 위로해왔던 은영은 이제 진경의 마음을 아프게 하기로 작정한 듯했다.

전화벨이 울렸다. 진경의 가슴에 전류가 흐르는 듯했다. 자동 응답기가 작동했다.

"사무실로 전화했더니 감기로 집에 있다고 해서…… 정기가 교통사고로 입원했어. 내일 두 시에 모여서 병원에 가려는데 너도 시간이 나면 G병원 로비로 와라. 오래 얼굴 못 봤잖아."

고등학교 동창 모임의 총무였다.

지난 일주일 내내 전화벨이 울릴 때마다 남편의 목소리를 듣길 원했던 진경의 얼굴은 실망으로 일그러졌다. 자신의 심장을, 믿음을 조각낸 남편의 목소리를 듣고 싶어 하는 자신이 어이없었지만 그녀는 여전히 지환의 목소리를 듣길 원하고 있었다. 아니 목소리만 듣길 원한 게 아니었다.

그녀는 원했다. 남편이 돌아오길, 그녀 앞에 무릎을 꿇은 채 용서를 바란다는 말을 해주길. 그녀가 바란 건 그것이었다. 남편은 그녀의 것이었으니 그녀에게 와야 했다. 둘이 헤어져야 한다면, 그럴 수밖에 없다면 다른 방식이어야 했다. 하지만 떠난 남편에게서는 여태 연락이 오지 않았다.

"나쁜 것들."

진경의 입에서 험한 말들이 흘러나왔다. 미소라는 존재는 진경의 얼굴에 떨어진 가래침, 진경이 이루어놓은 모든 걸 후우 불어 간단하게 무너뜨리는 입김이었다. 남편이 떠난 것과 자신에 대한 존재감을 간직할 수 없다는 것은 별개라고 여기려 했지만 소용없었을 뿐.

몸져누웠던 일주일 동안 진경은 미소라는 여자를 의식하지 않은 순간이 없었다. 미소라는 이름의 그림자와 싸우는 동안 그녀의 방은 드센 파도가 출렁이는 바다이고 침대는 그곳을 떠다니는 작은 배인 것 같았다. 그녀는 수시로 찾아드는 멀미와 위 안에 돌덩어리가 가득한 느낌에서 벗어나지 못했다.

'미소라는 여자의 무엇이 남편의 삶의 방향을 돌려놓았나?'

'멋진 몸인가? 그런가?'

'남편의 마음속에 누구도 알지 못한 동굴이 숨겨져 있었나?'

'나는 남편에 대해 안다고 할 수 있나?'

'내가 알았던 남편은 그의 어느 부분에 지나지 않았나?'

진경은 풀 수 없는 암호 문자를 바라보는 듯했다.

"선배, 잘 들어."

화장대 의자를 침대 가까이 가져와 앉은 은영의 말소리는 낮았다.

"내가 이 세상에 홀로 남겨진 게 고등학교 2학년 때라는 건 선배도 기억할 거야."

진경은 한참 만에야 고개를 끄덕였다. 은영이 자신의 어머니가 자살했다고 말한 게 몇 해 전의 일이었는지 진경은 잘 헤아려지지 않았다.

"이 세상에서의 삶이 싫다며 떠난 어머니의 유품 중엔 아버지를 찾으라는 유서도 있었어."

외삼촌이 아버지를 찾아주었는데 그 결과는 찾지 않은 것만 못했다고 은영이 말했다.

"외삼촌과 날 낳게 한 아버지, 둘이 의논해서 어머니가 남긴 재산을 사이좋게 나눴던 거지. 돈은 외삼촌이, 집은 날 낳게 한 아버지가 가지는 걸로 그렇게…… 나중에 보니까 내 몫으로 남겨진 건 고등학교를 졸업할 때까지의 생활비 정도였어."

진경은 멍한 눈으로 은영을 바라보았다. 언젠가 들었던 것도 같지만, 또 아닌 것도 같은 건 그녀가 지독한 혼란스러움에 사로잡혀 있어서인지 모를 일이었다.

"더 기막혔던 건 날 낳게 한 아버지와 같이 산 지 여섯 달이 지난 어느 날, 학교에서 집에 와 보니까 집이 비어 있던 거였어. 아버지라는 사람이 집을 팔고는 자기 가족을 데리고 나 모르게 이사를 가버렸던 거야."

그게 고등학교 2학년 가을의 일이었다고 은영이 말했다.

"너는."

은영을 바라보기만 하는 진경의 눈에서 눈물이 흘렀다.

"선배가 오래 힘들어하지 않았으면 해. 내가 바라는 건 그거야. 생각해봐. 열여덟의 나와 비교하면 선배는 엄살이 심한 거지."

은영이 진경의 손을 잡으며 말했다. 이어서 울리는 전화벨 소리. 침울한 유실장의 목소리가 자동 응답기를 통해 들려왔다.

"이부장이 W사로 옮겼어요. 선생님을 만난 뒤에 결정하라고 말했지만 그쪽 사정이 급해져서 어쩔 수 없다면서요. 부산의 백화점에서도 선생님을 봐야 한다는 연락이 왔었어요. 매장 철수건이라니까 선생님께서 빨리 움직이셔야 할 거예요. 저는 엘에이에서 의류 사업을 하는 교포 회사로 갈 것 같아요. 선생님, 저 남자 친구하고 헤어졌어요. 십 년 동안 내 옆에 있었던 그 친구가…… 그곳이라면."

진경은 앓아누운 후 처음으로 사무실에서 일어나는 일들의 무게를 느꼈다. 침몰에 대한 두려움이 그녀를 휩쌌다. 내일은 나가야 한다며 은영이 야채죽이 담긴 쟁반을 진경의 무릎에 놓았다.

"내가 버텨낼 수 있을까?"

혼잣말처럼 중얼거린 진경은 야채죽을 두어 숟갈 뜨더니 화장실로 갔다. 바닥에 삼킨 걸 모두 토한 그녀는 한동안 화장실 벽에 기대어 앉아 있었다. 몇 분인가가 흘렀다. 화장실로 들어 온 은영이 진경을 일으켜 거실로 가더니 텔레비전을 켰다.

먼 곳의 거친 바다가 수십 명의 사람들을 삼켰다는 소식을 전하는 말소리는 건조했다. 또 다른 어느 곳의 다리가 무너져 다리 위를 오가던 수많은 사람들이 강으로 떨어져 죽었다는 소식도 들려왔다.

수십 명을 삼킨 물.

진경은 바다와 강물에 가족을 빼앗긴 사람들의 고통을 떠올리려 했다. 열여덟에 어머니를 잃고 아버지한테서도 버림받았던 은영의 아픔을 떠올리기도 했다. 그러나 그녀를 짓누르는 분노와 아픔은 사라지지 않았다. 남편이 떠난 후 몹시 그리워진 딸의 얼굴이 떠올랐다. 세 살 때 헤어진 후 한 번도 보지 못해 어느덧 얼굴도 떠오르지 않는 아들이 무어라 소리를 질러대는 것도 같았다.

얼굴을 일그러뜨린 채 울기 시작한 그녀는 은영이 돌아간 후에도 계속해서 울었다. 그러고 나자 그녀는 온몸이, 머릿속이 텅 빈 듯했다.

"내일."

울면서도 내일의 무서운 얼굴을 본 그녀는 책상으로 가려다 갑자기 할 일이 생각난 듯 집을 나섰다. 택시를 타자 라디오에서 여덟 시를 알리는 멘트가 들려왔다. 사십 분 후 그녀가 찾은 곳은 남편의 친가였다.

진경이 들어서자 남편의 아버지가, 놀란 얼굴로 진경을 보는 남편의 어머니에게 안방으로 들어가 있으라는 고갯짓을 했다. 남편의 어머니가 안방으로 들어간 걸 확인하고서야 남편의 아버지가 먼저 입을 열었다.

"기다리면 지환이는 돌아온다. 남자라는 종은 헛발질을 하기도 하는 거니까. 반듯하게 살아온 지환이가 그러는게 나도 의외지만 어쩌겠니. 한두 해 산 사이도 아니고. 서로의 허물을 덮어줄 수 있을 때 부부라고 하는 거다. 주식으로 돈을 잃은 탓에 널 볼 수 없어 떠난 거라고 생각해라. 실패의 결과를 감당하는 게 힘들다 보니 마음 쏟을 데가 필요했겠지. 너도 우리 집안에 빚진 것이 없다고는 못 할 게다. 네가 전에 혼인한 몸이었다는 것을 우리 집에서는 나만 알아. 내가 그걸 알게 되어 지환이한테 확인한 게 십 년 전쯤이었지 싶다. 그리고 미안한 이야기다만 나도 널 도울 처지가 아니라는 걸 알아주면 좋겠다. 이 집을 너희 도움으로 산 건 맞지만 이미 지환이가 대출을 받아 가져갔고, 명환이도 또 얼만가를 가져가서 더는 어떻게 해볼 형편이 아니다. 지환이 몫 이자도 경환이가 갚아나가는 중이다. 그리고 이것도 부탁하자. 네 어머니는 지환이가 사진 공부를 하러 떠난 줄 아니까 그렇게 알도록 내버려두었으면 좋겠다. 이런 말 한다는 게 그렇지만 너는 다른 집 며느리들하고는 다르게 살아왔지 않니? 지환이 에미도 다른 집 시어머니처럼 하지 않았고 말이다. 사람은 힘든 일을 겪을 때 그 진면목이 드러난다고 하더라. 지환이 명예를 지켜주는 건 너한테 달린 일이다. 참기 힘든 일을 참고, 견디기 힘든 일을 견디고 그런 데서 인격의 차이가 드러나는 거지."

남편의 아버지가 자신을 안아주는 따뜻한 품이 되어주려니 하고 온 건 아닌데도 진경은 외로웠다. 그녀는 자신이 드센 돌풍이 휘몰아쳐 오는 절벽에 서 있는 나무처럼 느껴졌다. 곧 뿌리가 뽑혀 절벽 아래로 굴러 떨어질 볼품없는 나무.

진경은 아무 말 없이 일어났다. 안방에서 나온 남편의 어머니가 엘리베이터를 기다리는 진경의 손을 잡고서 간곡한 어조로 말했다.

"얼굴이 영 못쓰게 되었구나. 몸 생각해가며 일을 해야지. 몸이란 게 저를 너무 부려먹으면 나중에는 꼭 성질을 부려. 너희들 잘되는 데 아무 도움도 주지 못한 내가 이런 말 하는 게 그렇지만 네 얼굴을 보니 걱정이 되어서 말이다. 이럴 때 지환이는 웬 사진 공부라니? 더 바랄 게 뭐 있다고. 사람이 주어진 것에 만족하고 고마워하며 살아야지. 그런데 말이다, 너희들 사이에 무슨 일이 있는 건 아니지? 네 얼굴이 작아지고 까만 것도 그렇고, 네가 이렇게 혼자 우리를 찾은 것도 그렇고. 만약에, 만약에 말이다. 지환이가 마음을 어디 다른 데 빼앗겼다 해도 네가 참아주어야 한다. 남자들이 다 그래. 지환이 아버지는 평생 도덕 선생처럼 살아온 것 같지? 아니란다. 사무실 직원하고…… 다 지난 일이긴 하지만 부탁이다. 지환이를 내치지 말아줘. 억울하고 분한 마음이 시키는 대로 하자면 그러고 싶겠지만 남자들이란 다 그러려니 하고. 지금이라도 지환이 있는 데로 가서 끌고 오면 안 되겠니? 그러면 덧날까? 아무튼 너만 믿는다."

평생 두통에 시달려왔다는 남편의 어머니가 아무튼 너만 믿는다,라는 말을 한 번 더 했다. 그러곤 끼니 거르지 말라는 말도 했다. 진경은 보일 듯 말 듯 고개를 끄덕이곤 층계를 내려갔다. 집으로 돌아간 그녀는 남편의 오랜 친구이며 사진과 동창인 가구점 사장에게 전화를 했다. 지금 만나야 한다고.

"지금 말입니까?"

가구점 사장이 놀란 목소리로 되물었다. 그녀는 자신이 분별력을 잃은 상태라는 걸 모르지 않았지만 만나야 한다고 말했다. 가구점 사장은 나갈 수 있는 형편이 아니라며 전화로 하면 안 되겠느냐고 했다. 진경은 떨리는 목소리로 남편이 남긴 테이프에 대해 말했다.

"그 친구가 어떻게 그런 짓을. 윤여사 황당했겠어요. 설령 헤어지더라도 남자답게 용서를 구하고 뒷마무리를 깔끔하게 해야지 그렇게 해서는 안 되는 겁니다. 지환이 녀석이 이런 사고를 칠 줄은…… 요즘엔 사랑의 도피도 국제적으로 하는 시대인가 봅니다. 녀석이 참, 남들은 꿈에서나 해보는 일을 행동으로 옮기다니. 윤여사, 나는 말입니다. 우리 와이프하고 정신적, 감성적 주파수가 맞지 않아 힘들게 살아왔어요. 한 번뿐인 인생 왜 이렇게 재미없이 살아야 하나 하고 내가 힘들어할 때마다 지환이가 뭐라고 한 줄 아십니까? 부부로 묶이는 인연은 우리 힘으로 어찌해서는 안되는 것이니 소중히 지켜야 한다는 지환이 덕분에 그럭저럭 힘든 고비를 넘겨왔는데. 도움이 되어드리지 못해 미안합니다만 제 생각은 그렇습니다. 지환이를 윤여사 인생에서 잘라버리세요. 그 자식은 용서받을 수 있는 선을 넘은 겁니다. 만약에 지환이한테서 연락이 오기라도 하면 윤여사에게 알려드리겠습니다. 꼭 그렇게 하겠습니다.”

가구점 사장은 민지환을 용서하지 말라는 말을 한 번 더 되풀이했다.

웅크린 채 앉아 있다, 벌떡 일어나서 집 안을 오가며 서성이다 누웠다 하기를 되풀이하던 진경은 은영에게 전화를 했다. 은영의 친구라는 지방 신문 기자 출신인 여자 역술가가 생각난 거였다. 늦은 시간이라 안 된다고 은영이 말했지만 진경은 물러서지 않았다. 실랑이 끝에 은영이 진경을 여자 역술가에게 데려다준 건 한 시간 뒤였다.

“이 양반 남 앞에 나서기보다 뒤에서 할 일 하는 그런 사람이야. 자신이 주인공이 되기보다 주인공을 빛나게 해주는 그런 팔

자라는 거지. 관운은 없지만 처 덕은 있겠어. 이 대주한테는 관이
처로 나오거든. 어디 보자. 올해는 비바람이 몰아칠 형상이겠구
나. 외국에 나가 있는 게 도움이 될 수도 있지. 타의에 의한 큰
손재수가 있으니까 도장 관리를 잘해야 해. 당신은 겉모습은 결
고운 여자지만 모든 걸 당신 힘으로 이루며 살아왔겠다. 손끝에
남다른 재주가 있구나. 결혼 운은 풍파가 있어 초년에 동거를 했
거나 하는 그런 일이 있었으면 그걸로 때운 셈이었을 거고. 살다
보면 누구한테나 힘든 시기가 오기 마련이지. 올해는 유난히 힘
든 해가 되겠다. 우물에 뛰어들고 싶은 해구나. 태산이 가루가 되
는 해다."

진경은 늦은 시간에 미안했다는 말도 잊은 채 벌떡 일어서서 역
술가의 집을 나왔다. 뒤따라온 은영이 진경을 자신의 차가 있는
곳으로 이끌었다. 갑자기 어머니가 보고 싶어진 진경은 이문동으
로 데려다달라고 했다.

"이문동?"

차 문을 열며 은영이 고개를 갸웃했다.

"어머니가 오빠 집에 계셔."

진경이 혼잣말하듯 말했다.

"이 차림으로 나타나면 어머니가 좋아하실까?"

은영의 말을 듣고서야 자신의 모습을 보게 된 진경은 아무 말도
하지 못했다.

작은 아파트 단지와 오래된 낡은 집들이 모여 있는 동네를 벗어
난 은색의 중형차는 특징 없는 건물들이 늘어선 사차선 도로의 차

들 속에 섞였다. 은영이 라디오의 단추를 눌렀다.

먼 나라의 해안을 덮친 태풍으로 이백 명이 넘는 사람이 바다에 휩쓸렸다는 소식을 남자 아나운서가 딱딱한 목소리로 전했다. 경제 부처의 차관이 구속되었다는, 언젠가 들었던 것 같은 뉴스도 들려왔다.

"명선배, 여러 채널로 박차관 보호해보겠다고 뛰어다녔는데 미래의 장관 재목이라며 주목받던 박차관 이렇게 낙마하면."

미래의 장관 재목이나 명선배가 누구인지 잘 엮이지 않아서였을까. 그들을 걱정하는 은영의 말이 진경에겐 먼 나라의 태풍 소식이나 다름없이 들렸다.

"명선배한테 가봐야 할 거 같아."

은영이 눈을 감은 진경에게 같이 가보지 않겠느냐고 물었다.

"지금 명선배나 선배, 다른 누구보다도 서로가 옆에 있는 것만으로 위로가 될 거다."

명선배가 누구인지 알 것 같았지만 진경은 그냥 집에 데려다달라고 했다. 그녀가 원하는 건 잠이었다.

"그래도 그 친구는……"

무슨 말을 하려 했는지 잊은 진경이 내려달라고 말했다. 잠시 망설이던 은영이 진경을 쳐다보더니 도로변 스포츠 센터 앞에서 차를 세웠다. 먼지와 휘발유, 매연과 음식물 쓰레기 썩어가는 냄새가 뒤섞인 차가운 밤공기가 진경의 뺨으로, 목덜미로, 몸으로 스몄다.

보일 듯 말 듯 펄럭이는 노란 깃발로 뒤덮인 주유소와 불 꺼진

빵집, 셔터를 내린 화장품 가게에 이어 유리벽의 커피숍이 나타
났다. 진경은 걸음을 빨리했다. 커피숍 유리벽을 따라 놓인 의자
에 앉아 어두운 밤거리를 바라보는 얼굴들 중에 혹 자신을 아는
얼굴이 있지 않을까 싶었는지. 아니면 그들은 안전한 곳의 주민
이고 자신은 거리를 배회할 수밖에 없는 상처 받은 사람이라고 여
겨서인지도 몰랐다.
  길모퉁이의 성형외과 건물 앞에 이르렀을 때 그녀는 걸음을 멈
추었다. 허공을 가로지르는 고가도로 아래의 횡단보도를 건너야
할지, 대로변으로 이어진 큰길로 가야 할지 알 수 없어서였다.

# 비밀 수첩

1

맞춤옷 고객을 만나기로 한 약속 시간 십 분 전. 무엇에 쓰일지 모르는 자투리 천인 것 같은 십 분이란 시간.

오디오의 단추를 누르려던 진경은 폭발물인 듯 여겨지는 갈색 가죽 장정의 수첩을 펼쳤다. 아파트 대출건, 결제해야 할 어음 액수와 날짜 확인, 매장 이동을 알려온 ㅂ 백화점 담당자 만나기…… 몸에 맞지 않는 옷을 입고서 입에 익숙하지 않은 말들을 해야 하는 자신을 떠올리고 싶지 않아 그녀는 잠시 눈을 감았다가 떴다. 밑줄이 그어진 투자자 찾기에 눈길이 닿았을 때 아, 하는 소리가 진경의 입술 사이로 새어 나왔다.

매출이 좋았던 시절엔 먼저 다가왔던 투자자들. 그들은 어느덧 열리지 않는 문 너머에 숨은 듯했다. 하늘이 보이지 않는 대나무

숲에 갇힌 것 같은 그녀는 명상 음악에 귀 기울였다. 그때 칼의 비명 같은 전화벨 소리가 들렸다.

"그 사람 어제는 아예 집에 오지도 않았어. 그 여자가 일하는 식당에 가봤더니 가게 문을 닫았더라."

대학 동창인 신영주가 울음을 터트렸다. 고위직 공무원인 남편이 갑자기 이혼을 요구한다며 신영주가 전화를 한 게 한 달 전쯤이었다. 진경은 한숨을 삼켰다.

늦은 밤 어둠 속에 몸을 숨기듯 찾은 극장. 돌아오지 않는 남편을 기다리다 새벽빛으로 물든 창을 바라보던 그곳 스크린 속 아내의 그 눈빛이란. 뜨거운 기름 솥에 던져진 것 같은 마음으로 사람들이 떠나간 어두운 밤거리를 혼자 걸어 다녔던 날들.

은영에게 마음속 분노를 쏟아내기도 했지만 혼자인 은영은, 늘 먼저 연인을 떠났던 은영은 남겨진 이의 고통을 아는 것 같지 않았다. 어느 날, 사람의 감정이라는 게 바위가 아니니까라는 은영의 말을 듣고서부터 진경은 홀로 술을 마셨다.

우리 집 그 양반 한눈팔 줄 모르는 사람이었다, 라고 신영주가 말했다. 무슨 말을 해줄 수 있을까. 지나가는 감정일 거라고? 남편이 떠나기 전까지 진경은 남편이 좋은 남편이고 친구며 사업 파트너라고 믿었다.

"돌아오겠지, 진경아? 공직자는 집안이 정돈되어 있어야 한다는 걸 누구보다도 잘 아니까."

울음 섞인 어조로 신영주가 말했다. 진경은 그럴 거라고 했다.

"그 사람이 그랬어. 그 여자 보석 같다고. 그러면 나는 금이 가고 쓸모없어진 접시인가?"

신영주의 말에 화가 난 진경은 빠른 어조로 말했다. 사람은 때로 흔들릴 수 있다고.

"진경아, 내가 널 힘들게 한다는 거 알아."

신영주가 한 말을 되풀이했다. 비로소 은영의 마음을 헤아릴 수 있을 것 같아진 진경은 손님이 왔다는 말로 신영주의 전화를 끊었다.

"아침에 눈뜨면서 또 쳇바퀴 안을 도는 하루가 나를 삼키는구나 그런 생각을 한다. 어렵게 살아가는 사람들이 많은데, 제 힘으로 몸을 움직이지 못하는 사람들도 많은데, 이 무슨 건방진 짓거린가 싶으면서도 그렇다. 세금이니 어음이니 월급날 챙기는 것도 지겹고 말이다."

그 말을 남편한테서 들었던 게 작년부터였나?

심호흡을 해보았지만 혼란스러운 감정에서 멀어질 수 없어서 진경은 은영에게 전화를 했다. 은영은 회의 중이라고 했다. 정말 회의 중인가? 은영을 의심하는 자신이 싫어져서 진경은 사무실 안을 서성였다. 몇 분인가가 지났다.

진경은 진통제를 삼키고 창의 블라인드를 올렸다. 스모그 탓인지 하늘은 무거운 잿빛이었다. 지은 지 오래된 연립 주택들, 그리고 길 건너 목재 공장과 싼 가구점들이 모여 있는 동네는 스산하고 어수선해 보였다. 블라인드가 내려졌다. 그녀는 이곳으로 오는 게 아니었다고 혼잣말을 했다.

오 년 전 이 지역이 개발될 거라는 동생의 말을 듣고 남편이 공단과 멀지 않은 이 동네의 건물을 사들이려 했을 때 진경은 내키지 않았다. 지역도 그랬지만 사무실 건물조차 옷 만드는 곳이라기보다 폐품 창고 같아서였다. 같은 일을 하는 이들 몇몇이 거대한 아파트 단지 인근의 거리에 작은 건물들을 마련했을 즈음이었다.

"지난 오 년은……"

입속말을 한 진경은 깊은 물로 서서히 가라앉는 배를 보고 있었다. 거대한 아파트 단지 옆 거리로 옮겨 간 동업자들은 그 거리가 명소로 변하면서 옷하고는 관계없는 큰 이익을 얻었다고 했다. 이곳이 개발이 되면 우리가 꿈꾸어온 복합 건물로서의 사옥을 가질 수 있다던 남편의 말을 믿고 기다린 시간은 의미 없는 것이 되고 말았다. 남편이 출국 전에 팔아버린 거였다.

불현듯 진경은 자신이 의문 부호로 여겨졌다.

오 년 동안 공단 지역 옆의 폐품 창고 같은 이 건물에서 일하는 게 싫었으면서 다른 곳으로 가려 하지 않은 것, 그리고 레스토랑과 사진 갤러리, 옷을 전시하는 쇼룸과 야외 정원이 있는 아름다운 복합 건물에 대한 꿈을 남편이 이루어줄 거라고 믿으며 기다리기만 했던 것이 이해할 수 없는 일로 다가온 거였다.

전화벨이 울렸다. 열 벌의 옷을 주문하겠다던 고객이 말했다. 갑작스러운 일이 생겨 갈 수 없게 되었다고.

2

천장이 높은 T타워 로비, 그곳의 장식과 색감을 절제한 벽그림들을 스쳐 지난 진경은 엘리베이터를 타는 곳에 가 섰다. 꽃다발을 안은 그녀는 내려야 할 층을 기억하려는 듯 28층,이라고 입속말을 했다. 그녀가 바라는 건 엘리베이터 안에서 수첩을 펴지 않는 거였다.

엘리베이터 문이 열렸다. 감정을 드러내지 않아 삭막하고 무서워 보이기까지 하는 얼굴들. 진경은 구두를 내려다보았다. 휴대전화를 귀에 댄 누군가가 그녀 옆을 스쳐 지났다. 언제부턴가 진경의 심장을 두근거리게 하는 휴대전화 벨소리가 울리고 있었다.

"난데…… 통화할 수 있을까?"

남편이었다. 진경은 아득히 높은 곳에서 드센 물살이 세차게 흐르는 깊은 계곡으로 떨어져 내리는 것 같았다.

"듣고 있는 거지, 당신?"

온몸이 더워진 그녀는 아무 말도 할 수 없었다. 지나 때문에 전화한 거라는 남편의 말을 들으며 진경은 어딘가 몸을 숨길 곳을 찾아 주위를 둘러보았다. 화장실 표지판이 가리키는 곳으로 걸음을 옮기는 동안 주위의 모든 것들이 흐릿한 그림자처럼 비쳤다.

"당신한테 말하지 않을까도 했는데 아무래도 알아둬야 할 것 같아서."

화장실 안으로 들어선 진경의 얼굴은 석상의 그것처럼 굳었다.

"내 말 듣고 있는 거요?"

"지나한테 무슨 일이……"

진경은 들고 있던 꽃다발을 검정 대리석 세면대 위에 내려놓았다. 목덜미에 한기가 느껴지면서 두 다리와 팔의 힘이 빠진 그녀는 어딘가에 주저앉고 싶었다.

"무슨 일이라기보다, 아주 그만두겠다는 게 아니라 학교를 얼마쯤 쉬고 싶어진 모양이야."

남편의 말소리는 변함없이 부드러웠다. 지나 때문에 전화한 거라는 말을 들었을 때 누군가에게 맞아 쓰러진 지나, 옷이 찢긴 지나를 떠올렸던 진경은 한숨을 내쉬었다.

명상 센터로 떠날 거라는 연락이 왔었다며 지나에게 연락을 해보는 게 좋을 것 같다고 남편이 말했다.

명상 센터. 진경의 이마에 여러 줄의 주름이 잡혔다. 지나와 통화한 일주일 전, 지나는 명상 센터 이야기를 하지 않았다. 명상 센터에 갈 사람은 난데 지나가 왜. 드센 물살에 떠내려가는 느낌은 진경을 떠나지 않았다. 화장실로 누군가 들어왔다. 열대 과일의 향이 그녀 주위로 엷은 습기처럼 다가와 진경은 기침을 했다.

"미안하다, 진경아."

남편이 돌아오고 싶다고 할 거란 기대감 때문이었을까? 심장의 움직임이 빨라지면서 진경은 얼굴이 달아올랐다. 돌아오겠다고 한다면 그녀는 무슨 말을 해야 할지 알 수 없었다.

"큰 걱정은 하지 않아도 될 거야. 특별히 힘든 일이 있었던 건 아니라고 했으니까. 더는 공부할 필요를 느끼지 못한 거라고 했어. 내가 지나 나이 때 그랬거든."

지금이라도 돌아오면 용서하겠다고 해야 하나? 진경은 누군가에게 이럴 때는 어떻게 해야 하는지 물어두지 않은 걸 후회했다.

"나도 그렇게 하겠지만 당신도 지나에게 좀더 다가가주었으면 싶다. 우리가 지나를 자유롭게 키운다고 하면서 내버려둔 거나 같았잖아. 자유와 관심을 같이 주었어야 했는데 우리는 그러질 못했어."

자신에게 속한 것, 남편, 딸, 일 모두가 이토록 한꺼번에 출렁이다니. 진경은 자디잔 유리 조각이 혀에, 심장에 박힌 듯했다. 열네 살의 지나를 유학 보내기로 한 건 그녀였다. 피부 색깔이 다른 사람들과 어울려 사는 일은 그녀가 꿈꾸었던 일이었다. 석조 건물의 기숙사 문 앞에 서 있던 열네 살 딸의 모습이 진경의 눈앞에 떠올랐다.

"모든 게 후회……"

진경은 손으로 입을 막았다. 울음이 터져 나온 거였다.

"건강해라, 진경아."

그것이 남편이 남긴 마지막 말이었다.

진경은 다급한 어조로 여보세요라고, 지나 아빠라고, 당신이라고 불렀지만 아무 말도 들을 수 없었다. 출입문에서 가장 먼 곳의 칸막이 문을 열고 들어간 그녀는 변기 뚜껑 위에 앉았다.

버려진 존재라는 절망감 속에서 그녀는 숨을 제대로 쉴 수 없었다. 두 팔이 저려오면서 끔찍한 두통이 시작되었다. 눈앞도 가물거렸다. 휴대전화가 다시 울렸다. 혹시 남편이 건 전화일까? 진경은 팔의 저림을 잊었다. 두통도.

여보세요, 라는 남자의 목소리는 남편의 것이 아니었다. 휴대전화의 무게조차 견디기 힘들어진 진경이 아주 낮은 목소리로 여보세요라고 말했다.

다시 장걸이라는 이름을 들을 줄은. 거의 감긴 듯했던 두 눈이 크게 벌어진 순간 그녀는 목에 밧줄이 걸린 것 같았다. 깊고 어두운 굴속으로 끌려든 것도 같았다.

장걸. 스무세 살에 결혼해 사 년 만에 이혼한 후, 한 번도 연락을 하지 않았던 첫 남편이었다. 언젠가는 장걸의 목소리를 들으리라 여겼던 그녀는 그 언젠가가 지금이라는 게 가혹하기만 했다. 사진 속에서만 보아온 아들이 그녀를 향해 달려오는 듯했다.

"윤진경씨 휴대전화가 아닌지……"

장걸이 머뭇대는 목소리로 말했다. 몸 안으로 얼음물이 흐르는 듯 추워진 그녀는 머뭇대다 너무 오랜만이라, 라고 아주 낮은 어조로 말했다. 당신 목소리는 달라지지 않은 것 같다고 장걸이 말했다.

"당신 목소리를 듣고 보니 이렇게 통화를 하는 게 그리 어려운 일도 아니었군."

아주 잠깐 동안 그녀는 조금 전에 남편의 전화를 받았던 것이나 장걸의 목소리를 듣게 된 것이 꿈속의 일일지도 모른다는 생각을 했다.

"이제야 이런 말 한다는 게 그렇지만 사과를 해야 할 것 같아서…… 아둔했던 나는 당신을 내 방식대로 이끌지 못하면서 다른 사람들에게 내가 가려는 방향으로 가자고 한다는 게 용납이 안 되었던 모양이오."

"사과는요."

진경의 목소리는 여전히 낮았고 두 눈엔 깊은 곤혹스러움이 떠올라 있었다. 장걸과의 통화가 그녀에겐 깊고 깊은 땅속에 묻어두었던 비밀 수첩을 펼치는 일이었다.

장걸과 같이한 그 시간들로 끌려든다는 것도 고통스럽지만, 가슴속으로 거친 돌무더기가 쏟아져 들어오는 듯한 건 아들 때문이었다. 아들 없이 떠나온 건 그녀가 원한 게 아니었지만, 아들을 그녀의 삶에서 떼어놓은 건 한마디 변명의 말조차 덧붙일 수 없는 부끄러움이었다.

"하려 들면 할 말이 오죽이나 많겠소만 젊은 날 싸움의 대상이 당신과 세상이 아니고 나 자신이어야 했는데 그 이치를 알지 못했던 탓에……"

좋은 시간을 함께 나누려 한 결혼은 결혼 전의 좋았던 것들을 삼키는 마술사의 입이었다. 옆 자리 동료와 상사가 마음에 들지 않는다거나 또 다른 무슨 이유인가로 직장을 일곱 군데 옮겼던 장걸이 마지막으로 택한 곳은 공장이었다. 그것만으로도 힘들었던 결혼 생활은 부모로부터 버려진 아이들을 지켜주는 일을 강요한 장걸의 고집으로 그 틈이 깊어졌다.

진경은 끝내 장걸이 원하는 걸 받아들일 수 없었다. 그러자 장걸은 헝겊 나부랭이하고의 장난을 그만두라며 재봉틀을 던졌고 주먹을 휘둘렀다. 그 시절, 그녀는 옷을 만들지 못하는 동안엔 언

제나 자신이 아닌 다른 사람이 된 것처럼 느껴졌다. 그러나 장걸
과 헤어진 후 많은 시간이 흐른 뒤에야 깨달았다. 그들 둘 다 자
신이 원하는 게 받아들여지지 않는 것을 자신이 거부당하는 걸로
여겼다는 사실을.

"머잖아 헌이가 당신을 찾아갈 거요."

장걸이 기침을 했다.

기다렸던, 아니 어쩌면 조금은 더 미루어지길 원했을지도 모를
아들과의 만남이 곧 다가오려나. 진경의 뺨으로 눈물이 흘렀다.
아들을 보러 가면 다시 장걸과 연결될 거란 두려움에 아들을 찾고
싶은 마음을 눌렀던 것, 아들을 떠나온 아픔을 잊으려고 온종일
옷 만들기에 빠져들었던 날들이 후회스럽기만 했다. 그녀는 아득
히 높은 산을 마주한 듯 멍하니 서 있었다.

"바쁘겠지만 날 보러 한번 와주면 좋겠소."

진경에게 아들에 대해 해줄 말이 있다고 말한 장걸은 곧 자신의
집 전화번호를 알려주었다. 세 번 되묻고서야 진경은 수첩에 장
걸이 말한 숫자를 적을 수 있었다.

"부디 건강을 지켜요."

장걸의 목소리에 많은 아쉬움이 담긴 걸 알면서도 진경은 장걸
과 통화를 계속할 수 없었다. 견디기 힘든 고단함이 몰려올 때면
나타나는 눈앞의 날벌레들이 이리저리 부산하게 움직였다.

"나야, 자기."

옆 칸에서 들려온 중년 여자의 목소리엔 다정함이 넘쳐흘렀다.

"곧 갈 거니까 보채지 마. 영감님이 눈치 못 채도록 조심해야

하잖아. 알지, 그럼. 자기가 날 얼마나 사랑하는지. 나도 자기 사
랑해."

진경은 벽 너머에서 들려온 말소리가 목젖에 걸린 가래만 같았
다. 누군가 화장실로 들어섰다. 진경은 커피색 칸막이 문을 열고
나왔다.

"윤진경이지?"

분홍색 캐시미어 스웨터를 입은 여자가 놀란 얼굴로 진경에게
말을 건넸다.

"우리 중학교 3학년 때 짝이었잖아."

자신의 이름을 말한 중학교 동창을 향해 진경은 웃는 시늉조차
할 수 없었다.

"잡지에서 볼 때보다는 나이 들어 보이네. 지쳐 보인다, 많이."

중학교 동창은 빠른 어조로 말을 이어갔다.

"동창회 모임에도 나오고 그러지. 우리는 너 얘기 자주 하곤 했
어. 네가 매스컴에 한창 오르내릴 때 모임에서 네 자랑도 많이 하
고 그랬는데, 요즘엔 잡지나 신문에 통 얼굴이 안 보이더라."

손목시계를 본 진경은 약속이 있다며 일층 로비의 엘리베이터
있는 곳으로 걸어갔다. 중학교 동창은 진경이 세면대에 놓아두었
던 꽃다발을 들고 진경의 옆으로 와 섰다.

"우리 집에 잠시라도 가면 안 되겠니? 너랑 사진이라도 찍어두
고 싶어서 말이야."

"사진은."

"부탁할 일도 있거든. 널 보니까 생각난 건데 우리 교회 바자회

에 네 옷을 기증해주면 안 될까? 미혼모들을 위해 기금을 마련 중이거든."

엘리베이터 문이 열렸다. 진경은 나중에 연락을 하겠다며 서둘러 엘리베이터에 탔다. 중학교 동창이 진경에게 꽃다발을 건네주며 몇 층에 가느냐고 물었다. 진경은 몇 층인지를 기억하지 못했다.

"사진 찍는 건 오래 걸리지 않잖아. 미혼모들, 우리의 선입견처럼 그렇게 나쁜 애들만은 아니야."

진경은 약속 시간에 많이 늦었다고 말하며 가방에서 수첩을 꺼내었다.

"네 명함을 주겠니? 내일 전화하고 찾아갈게. 네 옷이 바자회에 나오면 기금을 꽤 만들 수 있을 거야."

중학교 동창에게 명함을 준 뒤 28층에서 내린 진경은 2808호 문을 보며 서 있다가 은영의 휴대전화 번호를 눌렀다. 은영의 휴대전화는 꺼져 있었다. 외로움과 분노, 자책감이 진경을 삼키려 했다. 그때 휴대전화가 울렸다.

"김여진입니다."

약속 시간이 지났는데 아무도 오지 않았다고 울림이 큰 목소리로 김여진이 말했다. 투자를 하고 싶다며 사흘 전 진경을 찾아와 오늘 밤 저녁 초대를 한 김여진은 일주일 전 약속 시간이 다 되어서 주문 옷 약속을 취소한 그 여자였다. 은영과 능력 있는 MD인 문실장을 같이 보았으면 한다고 해서 진경이 그녀들에게 연락을 했을 때, 은영은 김여진의 명함에 적힌 직함들을 들으며 내켜하지 않았다. 몇 해 전 진경의 일을 돕다 MD로 방향 전환을 한 뒤

놀라운 계약금을 받는다는 문실장도 시간을 내기 힘들다며 망설여 겨우 잡은 약속이었다.

"나 같은 사람에게 시간은 바로 돈인데."

그녀의 말을 휴대전화 너머로 들으며 진경은 2808호의 벨을 눌렀다.

현관문이 열렸다. 마치 오래 알아온 정겨운 지인을 대하듯 김여진은 스스럼없는 얼굴로 진경을 얼싸안았다. 사흘 전 진경의 사무실에서는 지나치리만큼 엄격한 태도로 말했던 그녀였다. 나 같은 사람에게 시간은 돈이라는 말 또한 어딘가 책망하는 어조였는데, 갑자기 달라진 태도가 진경을 혼란스럽게 했다.

많은 고객들을 만나오면서 사람을 나누는 몇 개의 칸을 가지게 되었지만, 김여진이 어느 칸에 속할지 진경은 가늠이 되질 않았다. 진경의 그런 마음을 아는지 모르는지 김여진의 태도엔 다정함이 넘쳤다. 그 때문인지 굳었던 진경의 표정이 차츰 풀어지면서 마음속 화로에도 불씨가 담겼다.

언제부터인가 진경은 친밀감을 나누기까지의 서먹한 시간을 줄여주는 이들이 좋았다. 투자자가 되려는 김여진이 채권자처럼 나온다면 자신은 어찌할 줄 몰랐을 거란 생각을 해서인지, 진경은 김여진이 보여준 친밀감이 차츰 고맙기까지 했다.

김여진은 계속해서 귀가 먹먹할 정도로 많은 말을 쏟아내었는데, 진경의 머릿속에 남은 말은 진경이 가져온 꽃에 대한 찬사 정도였다. 다른 말들은 그저 소리에 머물렀다. 하지만 그 시끄러운 소리의 향연에 귀를 맡기는 동안, 마치 무대 위에 오른 일인극의 연기자인 듯 큰 동작으로 쉬지 않고 웃으며 말하는 김여진을 보는 동안, 진경은 잊을 수 있었다. 떠난 남편을. 학교를 쉬려 한다는 딸을. 지난날의 자신을 용서해달라던 장걸을. 그리고 그녀 마음속의 가장 깊은 부끄러움인 아들을.

김여진은 어느덧 집 자랑을 하기 시작했다.

"인테리어를 하면서 내가 그랬지요. 모델 하우스처럼만 해달라고."

예전에는 자신의 스타일이 중요했지만 이젠 트렌드에 맞추는 게 좋아졌다는 그 집주인은 빠른 어조로 이탈리아 가구 디자이너 작품이라는 소파와 탁자의 가격에 대해 말했다. 진경은 고개를 끄덕이기만 했다. 주방에서 나온 흰 블라우스 차림의 여자가 세리주 두 잔을 탁자에 내려놓았다.

"나는 최고가 아니면 입에 대지 않소. 몸보다 귀한 게 없는데 그 안에다 너저분한 것들을 채워넣을 수는 없는 거니까."

세리주를 한 모금 마신 김여진이 오염 물질로 가득한 식탁의 위험성에 대한 말을 이어갔다. 진경의 휴대전화가 울렸다. 은영이었다. 화보 촬영이 늦어져 십 분 쯤 늦을 것 같다며 은영이 덧붙였다. 문실장은 오지 못할 거라고. 진경은 김여진에게 은영의 말을 전했다.

"이 동네 사람들에게 약속 시간은 별 의미가 없나 보네."

잠시 실망한 기색을 숨기지 못한 김여진이 곧 활기를 되찾은 얼굴로 소파에서 일어나며 와인부터 시작하자고 말했다. 식당으로 들어서기 전 김여진이 벽에 걸린 가족사진 앞에서 걸음을 멈췄다.

"우리 집 양반하고 아이들이에요."

집주인의 얼굴에 흐뭇한 미소가 감돌았다. 턱시도와 드레스 차림인 금박 액자 속의 얼굴들은 모두 성형 수술을 한 듯 눈의 쌍꺼풀이 깊었고 코는 부자연스럽도록 높았다.

"애들은 유학 가 있는데 하나는 뉴욕에서 영화 공부를, 하나는 엘에이에서 엠비에이 과정 중이지요. 그 애들이 공부 마치고 돌아오면 영화 사업으로도 범위를 넓혀보려 합니다."

영화 산업의 고부가가치성에 대해 김여진이 말했다. 진경은 소금 가마니를 메고 높은 산을 오르는 것만 같이 힘이 들어 집으로 돌아가고 싶었다. 식당으로 들어선 김여진은 식당의 식탁과 의자 또한 거실 소파를 만든 디자이너의 것이라고 했다. 그것들의 가격에 대해서도. 진경은 멋진 집이라고 대답해주었다.

"모두들 그렇게 말합니다."

집주인과 진경이 웃으며 와인 잔들이 준비된 식탁에 마주 보며 앉았다. 흰 블라우스 차림의 여자가 와인 병을 들고 와 라벨을 보여주며 2000년도 산 마고라고 알려주었다.

"마고가 가장 우아한 맛이라죠?"

김여진이 건배를 제안했다.

"새로운 출발을 위하여."

두 개의 잔이 부딪쳤다. 김여진이 리델의 잔이라고 말하며 맛이 어떠냐고 물었다. 진경은 좋다고만 했다.

"새우와 연어를 곁들인 전채 요리입니다."

흰 블라우스 차림의 여자가 은색의 테를 두른 흰 접시를 테이블에 놓아주며 말했다.

"우리 이실장, K그룹의 장회장 댁에서 일하기도 했지요."

김여진이 자랑하듯 말했다. 진경은 소스 맛이 살아 있다고 음식에 대한 인사를 대신했다.

"그릇의 아름다움과 요리의 맛이 어우러질 때 아름다운 식탁이 완성되는 겁니다."

김여진은 많은 청중들 앞에서 아주 중요한 정보를 알려주는 것 같은 표정이었다. 웨지우드사에 자신과 자신의 남편 성을 새긴 그릇을 주문할 거라는 말도 덧붙였다.

진경은 조명을 받지 못하는 어둠 속의 의자에 앉아 연기가 엉망인 상대 배우를 바라보는 것 같았다. 게살 스프가 나왔다. 자신이 지워지는 느낌을 받으며 그녀는 와인만 마셨다. 김여진이 최고 경영자 과정의 중요성에 대한 이야기를 꺼냈다.

"최고 경영자 과정이 많다 보니 우습게 아는 사람들도 많지만 다녀보니 역시 남의 돈 그냥 먹는 게 아닌 걸 알게 됩디다."

그러고서 그녀는 편집장이나 윤선생에게도 그 과정은 필요할 거라고 했다. 은영이 나타나길 기다리며 손목시계로 눈을 준 진경은 고개만 끄덕일 뿐이었다. 누군가에게 쫓기는 듯 급한 어조로 화제를 빠르게 옮기던 김여진이 헛기침을 한 후 말했다. 윤선생에게 지금은 아주 중요한 때라고.

"나야 비즈니스 하는 사람이니까 당연히 돈도 벌어야겠지만, 무엇보다 윤선생을 세계 무대에 진출시키고 싶은 게 나의 최종 목표랍니다."

세리주와 와인 때문이었을까. 조금 전까지 연기가 자연스럽지 못한 배우로 여겨진 김여진에게 진경은 기대고 싶어졌다. 김여진의 정체와 능력에 대해 알아봐야 한다는 은영의 말을 잊은 건 아닌데도 그랬다.

은영이 나타난 건 그때였다. 김여진은 은영 앞에서 진경에게 한 모든 말을 되풀이하고 싶어 했지만 그러지 못했다. 그녀의 말을 자른 은영이 본론을 말하고 싶어 한 거였다. 김여진은 활기찬 어조로 윤선생의 세계 무대 진출에 편집장의 도움이 필요하다고 했다. 파리에서 뉴욕으로. 어음 막는 것만으로 지친 진경은 듣기만 했다.

"간단한 일은 아니죠. 윤선배보다 먼저 그곳에 나간 송선생도 언론 매체의 도움을 얻었지만 매출에선 실패나 다름없다니까."

옷은 예술 작품이 아니니까 팔리지 않으면 존재 이유가 없는 거라고 은영이 말했다. 지금은 국내 시장에 전념할 때라고도. 윤선배 옷을 찾던 고객들이 수입 옷들을 찾게 되었다고도.

진경은 가슴이 두근거리고 얼굴이 붉어졌다. 김여진은 구경꾼에 머무는 건 항상 비관적 전망 때문이라고 목소리를 높였다.

"듣기 좋은 립 서비스 주고받으려고 모인 자리 아니니까요. 투자자가 선배를 일어서게 하는 게 아니라 옷에 대한 선배의 인식 변화가 먼저여야죠."

사람들의 라이프 스타일이 달라지고 있다는 은영의 말이 이어졌다. 의자에서 일어난 진경은 화장실로 갔다. 위 안의 것들을 변기에 토한 그녀는 화장실 바닥에 주저앉았다.

변화. 그것은 그녀가 열망하는 것이었다. 그러나 그것은 잘 열리지 않는 문의 손잡이와 씨름하는 일이었다. 지금은 그저 벼랑 아래로 떨어지지 않으려 안간힘을 다하는 것이 고작일 뿐. 하루에도 몇 번씩 그녀는 벼랑 아래로 굴러 떨어지는 자신의 모습을 보곤 했다.

괜찮냐고 묻는 김여진의 목소리가 들려왔다. 화장실에서 나온 진경은 가야겠다고 했다.

"선배. 내가 하기 힘든 말 한 뜻을 알아줘야 해. 계속 머뭇거리면 완전히 무너질 수 있는 거니까."

은영이 진경에게 다가왔다. 진경은 현관문 쪽으로 걸어갔다.


3


불을 켜지 않은 어두운 거실. 소파에 누워 빌리 조엘의 노래를 되풀이해서 듣던 진경이 몸을 일으켜 오디오를 끈 후 책상에 앉았다.

빌리 조엘에 빠져들다 보면 그녀는 밤의 강가에서 누군가를 기다리는 자신을 보곤 했다. 거대한 파도로 변한 노래가 그녀의 몸을 거칠게 애무하는 것도 같았다. 잠들어 있던 몸의 세포들이 살아나는 느낌이기도 했다. 그 느낌을 떨치려 책상에 앉았는데도 귓가를 떠나지 않는 빌리 조엘의 노래는 누군가와 춤추고 싶은 열망을 진경에게 안겨주었다.

맥주 두 캔을 마신 탓이려니 여기며 그녀는 책상을 떠나 샤워를 했다. 물이 어느 순간 살을 스치는 입김처럼 느껴진 건 아주 오랜만의 일이었다.

그녀는 한순간, 집을 나가 어딘가로 가고 싶었다. 어음 결제일을 늦추어줄 수 있으리라는 언질을 주었던 원단업자 H를 떠올렸을 때, 그녀는 윤선생 때문에 문집 발간이 늦어진다는 복장학원 부원장의 전화를 받았다.

그녀가 졸업한 복장학원 원장의 팔순 기념 문집을 위한 글을 부탁받았던 게 한 달 전의 일이었다. 그리고 마감일이 지났다는 전화를 받은 건 지난주였다.

존경하는 스승인 원장을 처음 본 건 대학 2학년, 온 세상이 개나리꽃의 노란빛으로 출렁였던 봄날이었다. 진경이 만들어 입은 원피스를 어디서 살 수 있는지를 조교가 물었던 그날은 그녀의 삶을 바꿔놓은 아주 특별한 날이었다.

생애 처음으로 주문 옷을 부탁받았던 그날, 옷을 제대로 만들고 싶어 달려간 학원에서 진경은 원장을 만났다. 그렇게 우연히 시작된 복장학원 등록은 원장의 관심과 격려 속에서 이 년의 야간 과정으로 이어졌다. 학원의 졸업 작품전에서 최고상을, 몇 해 뒤 젊은 디자이너들을 배출하기 위한 콘테스트에서 은상을 수상할 거라곤 생각하지 못한 일이었다.

전화벨이 울렸다.

"승조 에미가 날 굶긴다."

얼마 전부터 엉뚱한 소리를 하기 시작한 어머니였다.

"승조 에미가 날 때린단 말이다."

진경은 내일 가겠다고 했다.

"배 아파가며 낳아놓았더니 아무 소용 없다. 나는 골방에 갇힌 쥐새끼 신세다. 네는 안 늙을 줄 아나. 날마다 영화만 계속될 줄 아나. 음지가 양지 되고 양지가 음지 되고 그런 것인데."

어머니가 울음을 터뜨렸다. 무정한 딸. 무정한 엄마. 실패한 아내. 실패한 삶. 그녀는 심장에 바늘이 꽂히는 듯했다.

"내일은 꼭 와야 한다. 내일은……"

어머니는 그렇게 믿고 싶은 듯 더는 말을 잇지 않았다. 한 말을 끝없이 되풀이하는 어머니. 언제부터인가 과거의 시간 속에서만 살아가는 어머니. 원하는 대로 되지 않으면 아이처럼 곧잘 울음을 터뜨리는 어머니.

담뱃갑을 만지작거리다 내려놓은 그녀는 책상으로 가려다 가지 못했다. 어머니와 전화를 끊은 후, 이사 올 집에서 갑자기 피치 못할 사정이 생겼다는 부동산 사무실 직원의 전화를 받은 거였다. 이사를 일주일 앞당겨주길 부탁한다고 직원이 말했다. 공손한 어조로.

일주일. 그녀는 이사 준비를 하지 못한 상태였지만 망설이다 그렇게 하겠다고 했다. 어쩌면 하루라도 빨리 이사를 해버리는 게 좋을 거라고 여긴 거였다. 옮겨 갈 곳은 비어 있는 신축 원룸이었다.

마음이 급해진 진경은 원장의 팔순 문집에 보낼 원고도 잊은 채 침실로 들어가 방 안을 둘러보았다. 원룸에 가져가야 할 걸 골라야 했다.

빅토리아풍 킹사이즈 침대와 사이드 테이블 서랍장과 책상, 그리고 두 개의 윙 체어들을 바라보는 그녀의 두 눈엔 작은 아쉬움조차 깃들어 있지 않았다. 그녀는 그것들을 모두 불태워버리고 싶은 충동에 사로잡혔다.

날카로운 무엇이 위벽을 찌르는 것 같은 아픔을 참을 수 없어진 그녀는 침실에서 나와 진통제를 삼킨 뒤 옷방으로 들어갔다.

언젠가 입을 거라고 생각해 가져다 놓은 사계절의 옷들로 발 디딜 자리가 없는 방, 두 사람이 눕고도 남을 정도로 큰 책상과 이십대부터 산 온갖 종류의 책들이 꽂혀 있는 서가와 이인용 소파가 있는 방, 침대와 서랍장, 화장대와 피아노, 등나무 의자가 놓인 딸의 방, 몇 세트나 되는 스키 장비와 전기난로, 전기장판, 바둑판과 낚싯대들, 수없이 많은 여행 가방들과 또 무엇이 들어 있는지 알 수 없는 상자들, 그리고 세 개의 선풍기로 가득 찬 창고, 온갖 종류의 냄비 세트며 게르마늄 그릇 세트, 전기쿠커, 독일제 주서기와 유리 그릇들, 전기 튀김기들이 포장 상태로 쌓여 있는 다용도실 들을 둘러본 후 그녀의 얼굴은 일그러졌다. 거대한 쓰레기 더미 앞에 끌려온 느낌에 사로잡힌 거였다.

십 년 전 이곳으로 이사 온 후부터 집 안으로 들이게 된 것들. 지인들로부터 어쩔 수 없이 사게 된 것도 있지만 그녀와 남편이 사들였던 이 많은 것들. 평소엔 투명한 칸막이 너머에 숨어 있기라도 한 듯 드러나지 않던 것들이 지금은 어찌하여 처음 보는 것들처럼 생생하게 다가오는 것인지.

얼굴이 뜨겁게 달아오르면서 이마와 가슴 언저리에 땀이 나기 시작한 그녀는 거실 문을 연 뒤 소파에 누웠다. 음식물 찌꺼기들이 썩어가는 냄새와 매연 냄새, 축축해진 나뭇잎들의 숨결, 그 모든 것들이 뒤섞인 냄새가 습기 찬 대기 속으로 스며들고 있었다. 불에 덴 듯한 아이의 울음소리와 한꺼번에 많은 사람들이 터뜨리는 웃음소리가 들려왔다. 어느 집의 뻐꾸기시계가 울기 시작했다. 전화벨이 울렸다. 은영이었다.

"선배가 김회장 정체에 대해 제대로 알고 있나 궁금해서."

"정체라니?."

진경이 일어나 앉았다.

"그 여자 동대문 좌판 출신이라지. 사채와 땅으로 돈을 제법 많이 벌었다는데 지금은 남아 있는 게 없다는 소문이야."

"……"

"에너지 사업 쪽에 투자하다 그리되었다는데 군이나 권력층 사모님들 스폰서 노릇 하며 특권층 기분도 즐긴 모양이야."

은영과의 짧은 통화가 진경의 머릿속을 헝클어놓았다.

투자자가 빈손이라면. 진경은 김여진의 휴대전화 번호를 눌렀다. 전화는 연결되지 않았다.

현관 초인종이 울렸다. 혹시 김여진인가? 현관으로 가는 진경의 걸음이 빨라졌다. 짧은 머리칼을 젤로 송곳처럼 세운 낯선 얼굴이 비디오폰에 있었다.

누구일까라는 궁금증은 떠오르는 순간 사라졌다. 나흘 전에 통화를 한 아들이었다. 가슴의 떨림을 진정시킬 수 없는 데다 두 다리가 후들거린 그녀는 현관문을 바라만 보았다. 초인종이 다시 울렸다. 허둥대며 현관문의 걸쇠를 여는 그녀의 귓가에 북소리가 들리는 것 같았다.

키가 작고 여윈 몸을 가진, 젊은 날의 장걸을 흡사하게 닮은 장헌이 들어섰다. 누군가 자신의 심장을 움켜쥔 듯 진경은 온몸이 떨리면서 숨이 막혔다.

"어서 와라."

아들을 바라보는 진경의 얼굴은 굳어 있었다. 진경을 보는 아들의 얼굴도 굳어 있긴 마찬가지였다. 이십 년, 시간의 무게가 너무 무거워서였을까. 둘은 한동안 아무 말도 하지 못했다.

아들을 안아주어야 한다는 생각을 하면서도 그녀는 팔을 벌려 아들을 안지 못했다. 이십 년 만에 보는 아들이 낯설고 먼 존재로 여겨져서만은 아니었다. 아들을 안을 수도, 미안하다는 말을 할 수도 없을 만큼 아들을 향한 미안함이 큰 때문이었다.

"헌아."

떨리는 목소리로 아들을 부른 진경이 한 걸음 아들에게 다가섰다.

"어디 아프세요?"

아들의 눈빛은 날카로웠지만 목소리엔 염려하는 기색이 뚜렷했다. 그녀는 갑자기 눈물을 흘릴 뻔했다.

"감기가 오려는지……"

진경은 말을 잇지 못했다. 울음이 터져 나오려 한 데다 기침이 시작된 거였다.

"심한가요?"

아들의 불안해하는 시선이 그녀의 얼굴에 머물렀다.

"그렇지는 않아."

진경은 아들에게 소파에 앉으라고 말했다.

"많이 안 좋아 보이는데요."

장헌이 소파에 앉으며 말했다. 진경은 괜찮다고 했다.

"돌아갈까요?"

장헌이 소파에서 몸을 반쯤 일으켰다.

"무슨 말을."

당황한 진경은 두 팔과 고개를 저었다.

"안 좋아 보여서요. 사진하고 많이 달라 보이는데요."

저 애는 내 사진을 보아왔다는 건가. 진경은 가슴이 먹먹해졌다.

"지금은 늦은 밤이고 피곤하니까. 자고 나면 나아 보일 거다."

진경은 아들의 마음을 편하게 해주고 싶었다. 장헌이 고개를 끄덕였다. 진경은 먼저 저녁은 먹었는지 물었다. 아들이 고개를 끄덕였다. 아들을 위해 뭔가를 만들어주고 싶었던 진경은 냉장고가 빈 것을 떠올리곤 아무 말도 하지 못했다.

"술이 있으면 좀 주세요."

아들도 자신처럼 이십 년 만의 만남이 거북한 거라는 생각이 들어 진경은 미안해하는 어조로 술이 떨어졌구나, 라고 말했다.

"난동이라도 부릴까 봐 겁나서 안 주려는 건 아니죠?"

장헌이 손가락으로 무릎을 피아노 건반 두드리듯 하며 말했다. 침묵이 찾아왔다. 거실 창을 향해 놓인 소파에 앉은 진경은 무슨 말인가를 해야 한다고 생각했다.

"내가 연락도 없이 찾아온 게 싫은가요?"

먼저 입을 연 아들의 이마엔 잔주름이 가득했다.

"무슨 그런 말을."

그녀는 손을 젓기까지 했다. 장헌은 목이 마르다고 했다. 진경은 아들에게 물 아닌 무엇을 주고 싶었지만 냉장고는 비어 있었다. 물을 끓인 그녀는 현미차를 만들어 아들에게 가져다주었다.

집 안이 조용해서인지 아들이 현미차를 마시며 내는 소리가 그녀의 귀에 아주 크게 들렸다. 남편이 떠난 후 다른 사람들의 표정, 목소리, 몸짓, 말소리 같은 것들에 그녀의 마음은 예민하게 반응하곤 했는데 오늘 밤은 특히 그랬다.

"이사 갈 건가요?"

찻잔을 내려놓은 장헌이 집 안을 둘러보며 말했다. 한숨을 삼킨 그녀는 고개를 끄덕였다. 어디로 가느냐는 아들의 물음에 진경은 동네 이름만 말했다. 원룸의 이름이 생각나지 않아서였다. 짧은 침묵이 이어지는 동안 그녀는 돌로 만든 갑옷을 입은 듯했다.

"지금 혼자세요?"

장헌이 빈 찻잔을 들여다보며 물었다.

갑자기 구토가 치밀어 오른 그녀는 소파에서 일어나 화장실로 달려갔다. 쓴물을 토한 후 크게 숨호흡을 하고는 느린 걸음으로 화장실에서 나왔다. 위가 안 좋다고 변명하듯 말하며 소파에 앉은 그녀는 재판정에 끌려온 듯했다.

"옷 만드는 일이 어려운가요?"

"쉽진 않지."

"아주 잘나간다고 하던데요."

무너질지도 모른다는 위기감을 아들에게 말하고 싶지 않은 진경은 나흘 전에는, 까지 말하다 입을 다물었다.

나흘 전, 젊은 날 장걸의 목소리와 똑같은 아들의 목소리를 들었을 때 그녀가 떨리는 목소리로 한 말은 헌이구나라는 말뿐이었다. 그러자 아들은 돈이 필요하다며 은행 계좌를 불러주었다. 만나야 한다는 진경의 말에 아들은 굳은 목소리로 당분간은 바빠서 보기 어렵다고만 했다. 그날 진경이 아들한테서 알게 된 것은 휴대전화 번호뿐이었다.

아들하고의 짧은 통화가 끝난 후 이십 년 만의 통화 내용이 돈을 송금하라는 것이었다는 게 잘 믿어지지 않았지만 그녀는 장걸에게 다시 전화를 하진 못했다. 아들이 자신에게 돈을 부탁한 게, 아버지에게는 돈이 필요한 연유를 알리고 싶지 않아서일 거라고 여긴 거였다. 그 후 여러 번 아들의 휴대전화 번호를 눌렀지만 휴대전화는 꺼져 있었다. 진경은 아들이 먼저 연락하기만을 기다렸다. 만나면 목소리만 들었을 때보다 깊은 친밀감을 가지게 되리라 믿으며. 그러나 정작 얼굴을 보게 된 지금, 그녀는 여전히 해야 할 말을 찾지 못했다.

망설임 끝에 그녀가 나흘 전의 일을 입에 올린 것도 아들이 원한 돈이 무엇에 쓰였는지가 궁금해서는 아니었다. 아득히 먼 섬과 섬 같은 아들과 자신 사이에 무슨 말로 다리를 놓을 수 있을지 헤아려지지 않아서였다.

"요즘 여자애들 무서워요. 같이 놀고 난 후 열다섯이라며 손을 내미는 거예요. 걔 엄마라는 여자도 그렇게 동업자로 나서기로 했던데요."

진경의 얼굴에 실망한 기색이 드러났다.

"그 여자 애들 몇 년은 쉽게 살아가겠어요. 순전히 나이만으로요."

"헌아."

진경은 아무것도 보지 않고 아무것도 듣지 않았으면 했다. 순간순간 무섭도록 냉소적인 빛이 담기는 아들의 눈을 보고 싶지 않았다. 살얼음과 칼날을 떠오르게 하는 아들의 목소리도 듣고 싶지 않았다.

"내 말이 틀렸나요?"

장헌의 두 다리는 더욱 빠르게 떨고 있었다.

"그런 게 아니라……"

"뭐 어쨌든 고맙다는 인사말은 해야겠다는 생각에……"

장헌이 오른손 검지 손톱을 입술로 가져가며 오지 말았어야 했느냐고 물었다.

"헌아."

울음이 터져 나오면서 진경의 얼굴이 일그러졌다. 장헌이 소파에서 일어나 거실 창가로 갔다.

"미안하다, 헌아."

그녀는 미안하다는 말을 되풀이했다.

"왜 한 번이라도 날 찾아오지 않았나요? 왜, 왜, 왜."

뒤돌아선 장헌이 두 손을 움켜쥐었다. 뜨겁고 거친 돌멩이들이 그녀의 온몸으로 박혀드는 것 같았다. 그녀는 손바닥으로 입을 막았지만 새어 나오는 울음소리를 막지는 못했다.

"너무 행복해서 나 같은 건 떠올릴 시간이 없었나요?"

장헌의 얼굴이 그녀의 얼굴 가까이 다가왔다.

"미안하다."

"언젠가는 날 볼 거라는 생각을 하긴 했나요?"

"잘 자란 널 보는 걸……"

진경은 말을 잇지 못했다.

"잘 자라지 못해 미안해해야 하는 건가요?"

장헌이 소리쳤다. 초인종이 울렸다. 현관문을 열자 그녀는 밀폐된 상자 밖으로 나가는 듯했다.

"이사 준비는 어떻게 되는지 궁금해서 집으로 가다 차를 돌렸지."

김여진의 입에서는 술 냄새가 났다.

"버려야 할 게 많을 텐데. 그런 일, 혼자서는 지겹잖소."

거실로 들어서던 김여진이 진경과 장헌을 번갈아 쳐다보았다. 진경이 무슨 말을 하기도 전에 장헌은 현관문을 열고 나갔다.

"헌아."

장헌의 뒤를 따라 나선 진경이 아들의 손을 잡았다.

"이렇게 가면……"

"제가 사라지길 바라고 있을 텐데요."

진경의 손에서 자신의 손을 뺀 장헌이 층계를 뛰어 내려갔다.

아들의 뒤를 따라 뛰어 내려가던 진경은 멈추어 섰다. 왼쪽 종아리의 근육이 뻣뻣해지면서 걸음을 내디딜 수 없었던 거였다. 몇 분인가가 지났다. 종아리 근육이 풀어진 그녀는 엘리베이터를 타고 일층으로 내려갔다.

밤공기는 차가웠다. 그녀는 아파트 앞마당에 세워진 차들 사이를 오가다 상가 있는 곳으로 가길 몇 번이나 되풀이했다. 아들은 어디에도 보이지 않았다.

울음을 터뜨린 진경은 아파트 출입문을 지나 담벼락 있는 곳으로 갔다. 봄이면 샛노란 개나리 덤불을 이루었던 그곳이 지금은 어둠에 잠겨 사람이 다가오길 원치 않는 듯 무겁고 습한 힘을 퍼뜨리고 있었다. 그녀는 아파트 동과 어둠에 덮인 개나리 덤불 사이의 습하고 차가운 땅에 주저앉았다.

"헌아, 미안하다."

그녀는 한참을 소리 내어 울었다. 차가운 흙의 냉기가 그녀의 몸으로 퍼졌다. 작은 벌레가 그녀의 발목으로 목덜미로 파고들었다. 발목과 목덜미에 두드러기가 돋았다. 무거운 돌덩어리처럼 여겨지는 몸을 일으켜 집으로 들어선 그녀는 아들의 휴대전화 번호를 눌렀다. 아들의 휴대전화는 꺼져 있었다. 그녀는 소파에 누웠다.

"윤선생 첫 결혼에서 얻은 소생이구나."

김여진이 담요를 가져와 진경의 몸을 감싸주었다. 남편이 떠나기 전까지, 같은 일을 하는 커플로 소개될 때마다 실패한 첫 결혼은 없었던 일이 되곤 한 것에 익숙해진 탓이었을까. 진경의 얼굴이 달아올랐다.

"윤선생 첫 남편 폐암 말기라지."

김여진이 핸드백에서 꺼낸 담배 한 개비를 꺼내 입으로 가져갔다. 장걸이 전화를 걸어온 것, 시간이 나면 한번 보러 와달라고 한 것, 아들이 자신을 찾아온 것이 다 그래서였구나 싶어진 진경은 쇠뭉치에 머리를 맞은 듯했다.

"장걸이 죽는다면……"

진경은 다시 아들의 휴대전화 번호를 눌렀다. 아들의 휴대전화는 꺼져 있었다.

"그 양반 공기 좋은 산속에서 몸에 나쁘다는 건 하나도 하지 않고 살아왔다는 데 하필 폐암인지 알 수가 없어."

김여진이 머리를 흔들었다.

"내가 윤선생을 좋아해서인지, 어떻게 아는 연줄로 그쪽 소식을 알게 되었는데 그 양반 약초 키우며 살았다대. 그 양반하고 같이 젊어서 운동인가 뭔가 했다는 친구들 중에는 감옥에도 갔다 오고 한 끝에 국회의원도 되고, 장관도 되고, 무슨 사장 자리도 얻고들 했다더만. 당신하고 그렇게 된 후에 공장에 다니던 여자하고 삼 년인가 같이 지내다 헤어져서는 고향으로 돌아가 혼자 살았다는 그 양반, 자기 인생 돌아보며 무슨 생각을 했을까? 당신 잘나가는 걸 멀리서 보았던 동안에는 또 얼마나 속이 아렸을까."

어느 날 투자자가 되려 한다며 나타나 진경의 삶 가까이에 바싹 다가온 김여진이었다. 김여진한테서 윤선생의 오랜 팬이다 보니 투자자가 되고 싶어졌다는 말을 들었을 때는 그럴 수도 있겠거니

했는데, 지금은 김여진과 이렇게 마주 보고 있다는 게 이상했다. 장결이 폐암이란 것도 이상했다. 젊은 날의 장결과 흡사한 아들을 보았는데도 아들의 존재에 대한 실감이 흐릿해지면서 마치 꿈을 꾸는 건 아닌가 싶기도 했다.

"아들을 그렇게 몰라라 한 건 윤선생 잘못이야, 누가 뭐래도."

붉게 물든 얼굴을 김여진에게 보이지 않으려고 진경은 고개를 수그렸다.

"주변이 조용해야 윤선생이 일에 전념할 수 있는데 말이야."

김여진이 혀를 찼다. 빈털터리라는 소문도 있으니까, 라는 은영의 말을 떠올린 진경은 김여진을 물끄러미 쳐다보았다.

"당신은 정말……"

진경은 말을 잇지 못했다.

당신은 정말 날 도울 건가? 당신은 정말 재력가인가? 아니면 부자 흉내를 내는 사기꾼인가? 머릿속을 떠도는 말들은 많았지만 진경은 아무 말도 하지 못했다. 어음을 막느라 힘들다는 소문이 돌면서 그녀를 찾던 그 많은 친구들, 동창들은 모습을 보이지 않았다. 그들은 진경의 전화를 받으려하지도 않았다.

할 말이 있으면 해보라며 김여진이 진경을 응시했다. 김여진을 보는 진경의 눈꺼풀이 떨렸다.

"나에 대한 소문, 내가 모르지는 않지. 편집장이 윤선생한테 뭐라고 말했을지도 모르지 않는 바고. 내가 가방 끈이 길지 못한 건 사실이오."

김여진이 차분한 어조로 자신은 세월과 사람에게 배운 게 많은 사람이라고 했다. 진경은 생각했다. 눈앞의 김여진이 T타워에서 집 자랑을 하던 김여진이 아닌 듯하다고.

"그러니까 나란 사람은 말로만 삽질하고 집 짓는 부류는 아닌 거지. 시장 바닥에서 내 힘으로 별들의 동네로 진출하기까지 본 것은 얼마나 많으며 겪은 것은 또 오죽 많았을까."

그동안 여러 동네에서, 어느 날 혜성처럼 나타나 화려하게 번쩍이다 한순간 추락하는 무리들을 숱하게 봐왔다고 김여진이 말했다. 진경도 갑작스레 빛났다 스러지곤 했던 별들의 움직임에 대해 모르지 않았다. 주문 옷을 만들다 보면 여러 소문이 모여들었고 소문 속의 얼굴들을 볼 수도 있었다. 가장 빛나는 별 가까이 다가가려는 무리의 아내들 간에 오가는 무서운 말들, 치열한 움직임을 볼 수 있기도 했다. 승리자가 얻는 전리품이 얼마나 대단한지, 패배자의 몫이 얼마나 가혹한 것인지도.

"왕별을 둘러싼 군상들이 무대 위에서 연기하는 모습이며, 무대 뒤에서 싸움박질 하는 꼴들이 얼마나 무자비한지도 알 만큼은 아는데, 그런 꼴들을 오래 보아선지 또 나이 들어선지 보람 있는 일을 하고 싶어진 거요."

아들 생각에서 놓여날 수 없는 진경은 김여진의 말에 몰두하지는 못했지만 그 말을 의심하거나 하진 않았다. 그녀 자신도 별 가까이 있으려는 무리 속 아내들의 싸움을 보거나 전해 들으면서 그런 생각을 하곤 했다.

구경꾼 노릇을 해서였을까? 아니면 가장 큰 별의 수명이 영원하지 않다는 걸 알아서였을까? 진경은 가장 큰 별에게 다가가려는 그 보이지 않는 전쟁이 무의미한 것으로 여겨졌다.

"이 세상에서 일어나는 모든 일들은 우연인 듯해도 필연인 경우가 있는가 하면, 필연인 듯해도 지나고 보면 허술한 인연에 지나지 않는 경우도 있는 것인데, 나는 윤선생과 나의 인연이 전자에 속한다고 봐요. 그 많은 디자이너 양반들 중에서 내가 윤선생 옷을 가장 오래 입어온 것도 그렇지만, 번잡하게 벌여놓았던 세상에서의 모든 일들을 정리하고 싶어졌을 즈음, 윤선생이 무너지고 있다는 소식을 접하게 되면서 아 이것이구나, 싶어졌다고나 할까? 나란 인물이 재주 많은 사람에게 엎어지는 성향이 있는 데다 또 어린 시절 꿈이 윤선생처럼 되는 것이었거든. 윤선생이 잘나가던 동안에는 좋은 그림을 보는 것처럼 멀리서 지켜보아도 좋았지만, 아차 잘못하면 쌓아온 모든 걸 잃을 처지인 걸 알게 되면서 그만 뛰어올 수밖에 없었던 거요."

김여진의 표정은 진지했다. 진경은 T타워에서의 김여진을 잊었다.

"내가 당신을 왜 이렇게 좋아하는지는 나도 모르겠지만……전생에 당신이 내 딸이었나? 안 그러면 말이 안 되는 거니까."

김여진의 얼굴에 미소가 감돌았다.

"내가 당신을 조금만 빨리 만났어야 했는데. 그랬더라면 윤선생이 이 지경이 되지도 않았을 건데."

김여진의 눈엔 진경에 대한 호의와 열정이 가득했다.

"걱정하지 말아요. 지금의 고비를 넘기고 나면 모든 게 잘될 거니까. 내가 밑그림을 그리는 중이기도 하고. 어느 방향으로 가야 하는지 리서치도 부탁해놓았으니까, 그 결과가 나오는 대로 움직여봅시다."

김여진의 열정적인 어조는 진경의 마음속 불안감을 잠재울 수 있는 마취제였다. 어쩌면 진경이 마취제를 원한 건지도 몰랐다. 희망이 있으리라 믿고 싶은 그녀는 짐 정리나 하자는 김여진의 뒤를 따라 다용도실로 갔다. 진경은 몸을 움직이면서 아들과의 만남을 망쳐버린 자신을 잊었다. 앞날에 대한 불안감도.


4


"고맙소."

남의 것을 빌려 입은 듯 헐렁한 회색 바지 저고리 차림인 장걸이 떨리는 목소리로 말했다. 너무 여위어서 눈가와 입 주위의 주름이 두드러져 보이는 장걸의 얼굴을 진경은 쳐다보지 못했다.

"당신이 한 번은 와주겠지 하면서도……"

방석을 내미느라 드러난 장걸의 팔목은 뼈마디뿐이었다. 닥종이를 바른 작은 방에는 엷은 황토 냄새가 배어 있었다. 찻상이 장걸과 그녀 사이에 놓였다.

"말린 국화와 대추로 만든 차요. 예전에는 이것저것 섞는 차는 차도 아니라고 여겼는데 섞어보니 그 맛도 괜찮다 싶어서."

장걸이 건네준 찻잔을 받은 진경의 손이 떨렸다.

"꿈에 당신이 보러 와주더니……"

아주 천천히 차를 마시는 장걸은 마치 이 세상에서의 마지막 차를 마시는 것 같은 모습이었다.

"내가 좀더 일찍 당신한테 헌이 엄마 노릇 해달라고 부탁하지 않았던 게 불찰이었소."

찻잔을 내려놓은 장걸이 눈을 감았다. 진경이 자신의 잘못이라고 말했다.

"당치도 않은 말을. 늦었지만 용서를 구하고 싶소. 당신한테 주먹을 휘둘렀던 것도 당신이 나를 무시한다고 여겨서…… 시골 출신에다 일찍 부모를 잃고 조부모 밑에서 커서 그랬는지, 늘 사람들에게 약하게 보여서는 안 된다고 주먹을 움켜쥔 채로 살다 보니. 아무것도 되돌릴 수 없는 늦은 깨우침이란 게……"

장걸의 눈길이 잠시 천장에 머물렀다. 아무것도 되돌릴 수 없는 늦은 깨우침이란 게. 진경은 그 말을 한 장걸의 마음이 자신의 것인 듯했다.

"그동안 당신한테 헌이를 부탁하고 싶으면서도 실패한 남편, 실패한 아버지가 되고 말았다는 자책감 때문에 그럴 수가 없었던 거요. 저만치 앞서가는 사람이 된 당신한테 작아진 내 모습을 보이고 싶지 않았던 모양이오."

몹시도 옹졸한 인간이었다고 말하는 장걸의 눈에 회한의 빛이 스쳤다.

"흘러가버린 구름을 잡아 올 수는 없는 일이지만 그래도 당신이 이렇게 와주어 우리가 마주 앉아 있다는 게 꿈만 같소."

장걸이 진경을 향해 두 손으로 무릎을 누른 채 윗몸을 깊게 수

그려 절했다. 당황한 진경도 윗몸을 수그렸다.

"나에게 품었던 나쁜 감정들은 부디 다 풀어주시오."

장걸의 꺼진 볼 위로 눈물이 흘렀다. 진경의 뺨으로도 눈물이 흘렀다.

"우리가 함께한 세월은 사 년여에 지나지 않았는데 헌이 때문이었는지 나는 날마다 당신을 떠올리며 살아왔지 싶소. 당신이 떠난 후 만난 사람과 삼 년 남짓 사는 동안에도…… 그 사람하고는 삶의 지향점이 같았는데도 내 안의 어느 부분은 텅 비어 있는 것 같았소. 날마다 끼니를 거른 얼굴을 한 채로 지낸 헌이 때문에 더욱 그랬을까? 하루에 대여섯 끼를 먹으면서도 헌이 녀석은 늘 배가 고픈 것처럼 보였소."

목젖에 피멍이라도 든 것 같은 새의 울음소리가 들려왔다.

"나는 좋은 아버지 노릇을 하지 못했소."

참으려, 참으려 안간힘을 다했던 진경이 울음을 터뜨렸다.

"우는 당신을 보는 건 너무 힘들어."

꼿꼿하게 앉아 있던 장걸의 자세가 허물어졌다.

"당신을, 헌이를 사랑할 줄 몰랐다는 것…… 그것이……"

그만하라고 진경이 말했다. 장걸의 이마에 땀이 배어났다. 방바닥은 따뜻했지만 방 안 공기는 서늘했다.

"젊은 날엔 사는 이치를 몰라 잘못을 저지르고, 이치를 조금 깨우치고 난 다음에는 또 행하지를 못해서…… 헌이를 좀더 일찍 당신한테 부탁했더라면……"

수건으로 장걸의 이마에 번진 땀을 눌러준 진경의 얼굴은 눈물

범벅이었다.

5

"윤선생이 아직도 자나 모르겠다."

방문을 열고 들어온 김여진을 진경은 멍한 눈으로 바라보았다. 편도선이 부어 물을 삼키거나 말을 할 수 없는 그녀는 하루 중 대부분의 시간을 잠에 빠져 지냈다.

"깨어 있었구나. 다행이다."

김여진이 진경의 손을 잡았다. 방금 전 장결과의 시간으로 끌려들었던 잠에서 깨어나면서 진경은 아직 꿈을 꾸는 것 같았다.

"당신 보겠다고 친구가 왔소. 신영주라고."

침대에 걸터앉으며 김여진이 말했다. 밤색 저지 바지에 목 주위가 둥글게 파인 갈색 스웨터를 입은 신영주가 김여진의 옆에 와 섰다.

"윤선생 목에 고장이 생겨서 말하기가 어렵소."

김여진이 신영주를 쳐다보며 말했다. 진경의 손을 잡는 신영주의 얼굴엔 안쓰러움이 가득했다. 진경은 눈을 감았다.

"네 소식을 듣고 걱정이 되어서 오지 않을 수가 없었어."

진경의 손을 감싼 신영주의 손바닥에 힘이 들어갔다.

"윤선생, 일주일 전부터 말도 못 하고 물도 잘 마시지 못해요. 링거 덕에 이나마 겨우 지탱하는 겁니다."

"나도 죽고 싶을 때가 많은데 진경이는 오죽할까."

신영주가 울먹이듯 말했다. 진경은 귀를 막고 싶었다.

"윤선생이 남편을 너무 믿었던 게 잘못이었던 거지요."

"아내 등에 칼 꽂는 남편이 어디 진경이 남편뿐인가요. 평소에 의심 살 만한 행동은 전혀 하지 않았던 우리 아이들 아버지도 이혼만 해달라고…… 그 문제로 진경이한테 의논도 하고 했는데. 진경이 입이 자물쇠라고 알려져 있었으니까요."

"윤선생 인품은 알아줘야 합니다. 이번에 회사 문 닫으면서 있는 걸 모두 내놓았어요. 안 믿는 사람도 있다는 소문을 들었는데 몹쓸 인간들이 너무 많습디다."

김여진은 자신이 진경을 위해 한 일들에 대해 열띤 어조로 말했다.

"직원들의 퇴직금 조정 문제와 채권단과의 그 힘든 협상에 내가 없었더라면 윤선생 쉽지 않았을 겁니다. 회사 직원들이 그래도 윤선생을 위해 양보를 많이 해주었지요. 민사장이 한 짓을 알게 된 채권단이 윤선생이 가진 것 모두를 내놓는 범위 안에서 물러서주어서 그나마 이 정도로 정리가 된 겁니다."

"가족이 아니면 그렇게 헌신적으로 돕는 게 쉬운 일이 아닌데 정말 대단하세요."

진경의 손을 잡은 신영주의 손에 다시 힘이 들어갔다.

"내가 대단해서가 아니라 윤선생의 재능을 믿고, 또 그 인품에 반해 옆에 있게 된 겁니다. 나라도 바람막이 노릇을 해주지 않으면 윤선생이 완전히 무너질 것 같아서였지요. 누군가 해도 해야 할 일이었다고 생각합니다.”

“겸손한 말씀이세요. 진경이를 좋아한 친구들도 많았는데 모임에 가보면 걱정하는 말들만 무성할 뿐……”

힘든 일에 닥쳐보면 여자 동창들 우정은 모래알 우정 같다는 생각이 든다고 신영주가 말했다. 진경은 자신이 우리 안에 갇힌 짐승 같다는 생각을 했다. 자신의 힘으로는 자신을 숨길 수도 없는.

“힘든 일을 겪는다고 다 박국장님 사모님처럼 힘든 처지의 친구를 도우려 하지는 않습니다.”

김여진이 세상인심의 무서움에 대해 길게 말했다. 잠의 너울이 해변의 따뜻한 모래로 스며드는 물결처럼 진경을 감쌌다. 김여진과 신영주는 서로를 치하하느라 진경을 잊은 듯했다.

# 되돌릴 수 없는 지난 시간들

1

끔찍했던 편도선염이 가라앉은 지 한 달이 지났다.

진경은 여전히 음식을 삼키는 게 쉽지 않았다. 말을 하는 것도. 혀와 입 안의 점막이 상한 탓이었다. 나쁜 곳은 입 안만이 아니었다. 며칠 전 하나 둘 돋은 두드러기가 마치 독버섯이 퍼지듯 어느 날 그녀의 온 얼굴을 휘덮었다. 두드러기는 가려움증과 같이 와 조금만 긁고 나면 그녀는 눈, 코, 입의 형태가 불분명한 미라처럼 보였다.

먹는 것이라곤 죽하고 두유 정도인 진경은 며칠에 한 번씩 세수를 했고 머리를 감았다. 어쩌다 거울에 비친 얼굴을 본 후, 그녀는 거울에 눈을 주려 하지 않았다. 한 번도 보지 못한 기이한 자신의 모습을 본 그녀의 두 눈에 설핏 눈물이 어렸지만 그것으로 끝이었다.

원래의 얼굴을 되찾을 수 있을까, 라는 물음은 삶이 이어질까 하는 물음으로 변했다가 사라졌다. 그녀의 마음은 아직 흙으로 덮인 연못인 듯 별다른 움직임이 없었다. 여전히 잠은 그녀의 가장 좋은 친구였다. 비판하거나 충고하거나 분석하려 하지 않는 친구.

그렇게 잠이 올까, 라고 간혹 김여진이 의아한 듯 고개를 갸웃하기도 했지만, 아파트 단지 담벼락에 핀 덩굴장미 잎들이 시들 때까지 잠은 진경을 놓아주지 않았다. 명인주가 진경을 찾은 건 공기 속에 곧 시작될 여름의 숨결이 찾아든 어느 밤이었다. 여느 날처럼 잠든 진경을 김여진이 깨웠을 때 진경은 신영주가 왔나, 했다.

"대학 친구라는데?"

김여진은 새로운 손님에 대해 호의를 느끼지 않는 듯했다.

"오랜만이다."

명인주는 진경의 멍한 눈길과 두드러기로 덮인 여윈 얼굴을 바라볼 수 없었는지 한순간 눈을 감았다가 떴다. 김여진이 이유를 알 수 없는 두드러기라고 말하자 명인주가 말했다. 둘만 있고 싶다고. 김여진이 윤선생은 입 안이 헐어 말을 잘 하지 못한다고 말했다. 명인주는 차 같은 건, 마시지 않겠다는 말도 했다. 김여진이 나가고 나자 명인주는 창 쪽을 향해 앉았다.

"미안하다. 갑자기 와서."

좋은 체격에 옷에 대한 감각도 좋아 뭘 입든 보기 좋았던 명인주는 많이 상한 모습이었다.

“네 생각을 많이 했는데.”

뺨으로 흐르는 눈물을 보이고 싶지 않았는지 명인주가 얼굴을 수그렸다. 진경은 멍한 얼굴로 명인주를 보았다. 명인주에게도 무슨 힘든 일이 생긴 건가, 라는 물음이 떠오른 건 몇 분인가가 지난 뒤였다. 명인주는 검은 옷을 걸친 허깨비처럼 보였다.

“널 떠올리면 조금은 힘을 얻곤 했어. 그런 내가 고약하구나 하면서도.”

명인주의 말소리는 낮았다.

위층에선지, 아래층에선지 해금 소리가 들려왔다. 진경의 눈앞에 모래 언덕 너머의 흰 억새풀들이 보였다. 억새풀들을 부드럽게 춤추게 한 바람이 그녀의 몸으로도 스며드는 것 같았다.

“네가 듣지도 못하고 말하지도 못한다는 소문이 떠돌았어.”

진경에게 명인주의 말은 의미 없는 음의 일부로 여겨졌다.

해금 소리가 멈췄다. 공부 안 하고 뭔 짓거리냐라는 고함 소리, 제발 내 방에 함부로 들어오지 말랬지, 라는 외침에 이어 방문이 꽝 하고 닫히는 소리가 들려왔다.

“나한테 이런 일이 일어나리라곤……”

명인주가 진경을 향해 고개를 돌렸다. 위층에서 쿵쿵거리며 뛰어다니는 발소리가 커졌다. 진경은 이불을 머리까지 끌어 올렸다.

“너도 알 거다. 내가 남편을 자랑스러워한 것. 미스터 클린으로 불리던 그 사람. 지금껏 걸어온 걸음으로 걷기만 하면 자신이 원하는 자리에 갈 수 있으리라고 여겨지던 사람이었지.”

‘명선배가 남편을 구해보려고……’ 은영의 말을 떠올린 순간 진경은 머리가 깨어질 듯 아팠다.

"그런데 그 사람, 내가 모르는 비밀의 동굴을 몇 개나 가지고 있었어."

드럼 소리가 들려왔다. 미쳤니,라고 외치는 소리에 이어 쾅쾅 방문 두드리는 소리도.

"나는 남편에 대해 모르는 게 없다고 믿었어."

명인주의 말소리는 낮았다. 진경의 호흡이 가빠졌다.

"우리는 서로에게……"

명인주가 흐느껴 울었다. 진경의 두 눈도 젖었다.

"그 사람은 따로 비밀 금고를 만들어 동굴 속에 숨겨놓을 필요가 없었어. 내가 상속받은 것만으로 충분하다고 언제나 그렇게 말했던 사람이…… 누굴 돕기 위해서도 아니었어. 그 사람 부모님은 돌아가셨고 여자 동생네도 도움을 청할 형편이 아니었으니까."

계속된 드럼 소리. 그만둬라, 제발. 다른 집에서 뛰어 올라왔어. 누군들 가만히 있겠니?라고 고함치는 소리. 옅은 잠이 시작되려 하는지 진경의 미간에 깊게 잡혔던 주름이 엷어졌다.

"그 사람하고 끝내고 싶은데 지금은 그럴 수도 없어서……"

드럼 소리가 멈추었다. 진경은 잠들었다.

"비밀 동굴 속의 그 사람은 내가 알던 사람이 아니었어. 무엇이 그 사람을 그렇게 만들었을까?"

잠에 빠져든 진경은 꿈을 꾸었다. 꿈속의 그녀는 햇살이 쏟아져 내리는 풀장에서 수영을 하고 있었다. 그러다 갑자기 그녀가 비명을 질렀다. 푸른 타일 빛이었던 풀장의 물이 고춧가루 범벅의 물로 변한 거였다. 못이 박힌 나무판자 조각들이 고춧가루 범벅인 물 사이로 밀려오기도 했다.

"진경아."

명인주가 진경을 흔들었다. 진경이 눈을 떴다.

정말 한마디도 할 수 없는 거냐고 명인주가 진경의 눈을 보며 물었다. 진경은 물끄러미 명인주를 보기만 했다. 화장을 하지 않은 명인주의 얼굴이 낯설어서만은 아니었다. 고춧가루 범벅의 풀장이 눈앞에서 어른대었던 거였다.

"밤마다 수면제를 먹어. 그런데 두어 시간도 자지 못해."

어떻게 하면 잠들 수 있느냐고 명인주가 울 것 같은 얼굴로 말했다. 자신의 몸이 지상의 세계에서 지하의 세계로 내려간다는 어렴풋한 느낌이 시작되는가 싶더니 진경은 다시 잠속으로 빠져들었다.

드럼 소리는 들려오지 않았다. 위층에서 쿵쿵거리며 뛰어다니는 소리도.

"너무 많은 걸 누리며 살았던 것에 대한 대가인가? 그런 생각이 들기도 했어. 사람들은 어느 누구에게도 보여주지 않는 비밀의 방을 가지고 살아가나?"

좌선하는 자세로 앉은 명인주가 혼잣말하듯 말했다.

"난 덫에 갇혔다, 진경아. 남편하고 헤어져야 하는데 지금은 그럴 수가 없으니까. 그 남자가 인간으로서는 파산 선고를 받았다지만 어찌 되었든 형을 살게 해선 안 되잖아. 그건 우리 아들에게 주는 가장 치욕적인 유산이 될 거니까. 지금 그 애가 우리 옆에 없는 게 그나마 다행이야. 그 애가 보스턴이나 뉴욕이 아닌 제네바에 있는 게 다행이고. 그 애가 미스터 클린의 추락을 모함이나 시기의 희생자로 여기는 것도 다행이야. 진경아, 나는 그 애한테 진실을 말하지 못했어. 그 애의 자존심을 위해서라면 난 무엇이든 할 수 있을 것 같지만, 어쩌면 나는 날 용서할 수 없을 것도 같아."

명인주가 진경의 손을 잡으며 진경아, 하고 불렀다. 진경의 입술은 다물려 있었다. 명인주가 진경아, 라고 다시 불렀다. 진경의 눈꺼풀은 열리지 않았다.

"너한테 말하고 나면 더럽고 끈끈한 물감 덩어리가 내 몸에서 씻겨 나갈 줄 알았는데……"

명인주가 가방에서 꺼낸 봉투를 갓등 옆에다 올려놓고는 진경의 손을 놓았다. 그러고는 조용한 걸음으로 방문을 열고 나갔다.


2


진경이 눈을 떴을 때 방 안은 환했다.

침대만 놓인 작은 공간에 가득한 건 따뜻하고 투명한 햇살이었다. 뜨거움을 잃은 가을 햇살엔 고요한 속삭임이 깃들어 있는 듯했다. 일찍 다가오는 저녁, 길어지는 밤을 선물로 받아들여야 할 거라는 낮은 속삭임이.

세상의 모든 소리들이 아주 잠깐 그녀를 위해 숨죽이기로 약속이나 한 듯 주위는 고요했다. 얼마 동안 그녀는 잊었다. 자신에 대해. 오늘 그녀에게 주어진 시간에 대해. 얼마 동안 그녀는 자신이 풀이라고 느꼈다.

개 짖는 소리가 들려왔다. 쓰지 않는 전자제품을 산다는 마이크 소리도.

진경은 뻣뻣한 몸을 일으켜 앉았다. 뻑뻑한 뼈들, 열기가 느껴지는 눈, 굳은 등, 그것들은 좀더 많은 잠과 따뜻한 물을 원하는 듯했다.

넉 달 전 이 집으로 이사 온 김여진의 부탁으로 시작한 집수리가 끝난 건 이틀 전이었다. 그리고 서울에 왔다는 지나의 전화를 받은 건 엊저녁 밤이었다. 지나가 오다니. 놀라움과 기쁨으로 피곤함을 잊었던 그녀는 무엇 하나 제자리에 놓이지 못한 집 안 정리를 하느라 새벽녘에야 잠들었다.

쉽지 않았던 날들. 배달되어 오기로 한 시간에 오지 않는 자재들을 기다리다 소리를 질렀던 날들. 일을 하다 말고 가버리거나, 뜯어야 할 곳이 아닌 곳을 뜯거나, 뚫어야 할 곳이 아닌 곳을 뚫어 놓고서도 잘못을 인정하지 않는 인부들. 그런 날들을 지나, 드디어 집수리를 마친 거였다.

거실로 나간 진경은 지난 석 달 동안 그녀가 온 힘을 다해 새로운 모습으로 만들어놓은 집을 둘러보았다. 초콜릿 빛 마루, 높은 천장과 석회 벽, 그리고 벽난로가 있는 집.

예전엔 그녀가 만든 옷이 그녀인 듯했지만 지금은 벽돌과 목재와 종이로 이루어진 단단한 이 구조물이 그녀의 일부인 듯했다.

따뜻한 온기를 지닌 맑은 물 같은 햇살이 주방의 창을 통해 들어
와 진경의 맨발을 감쌌다. 그러나 그녀 어깨의 추위를 가시게 하
지는 못했다.

물을 담은 주전자를 가스레인지에 올려놓은 그녀의 눈길은 창
너머 뒷마당의 단풍나무로 향했다. 아름답게 타오르는 열정을 느
끼게 했던 단풍나무의 선홍빛 잎들은 며칠 사이 그 열정을 떠나보
낸 듯했다. 단순하게 뻗은 줄기가 보여준 당당함도 어딘가 잃어
버린 듯했다.

주전자가 더운 김을 뿜어내었다. 전화벨이 울렸다. 진경의 눈
에 설렘이 일렁였다. 딸한테서 왔으리라는 그녀의 짐작은 틀리지
않았다. 서울역에서 출발하려 한다고 지나가 말했다. 진경은 어
제 딸에게 이곳으로 오는 교통편을 말하지 않은 것을 깨달았다.

"칠호선을 타고 종점에서 내려. 그런 다음에……"

지나가 타야 할 버스 노선의 숫자가 두 자리 수인지 세 자리 수
인지 진경은 헷갈렸다. 지나는 동네 이름을 아니까 찾아갈 수 있
을 거라고 했다. 진경은 내려야 할 정류장 이름을 세 번 되풀이했
다. 버스에서 내려 곧게 뻗은 길로 십 분쯤 걸어오다 보면 큰 느
티나무가 있다는 말도 두 번 했다.

"느티나무 앞에서 오른쪽 길로 꺾어 다시 오 분쯤 오면 초록색
나무 대문 집이 보일 거다."

흥분한 어조로 그렇게 말한 진경은 무슨 말이든 더 하고 싶었지
만 그럴 수 없었다. 언제나 그렇듯 지나가 해야 할 말 이외의 말
을 하려 하지 않아서였다.

서둘러 커피를 마신 그녀는 시멘트와 타일이며 접착제가 뒤섞인 냄새가 흐릿하게 남아 있는 욕조 안으로 들어갔다. 딸이 오기까지 시간이 많지 않다는 생각에 조바심이 났지만 얼마간이라도 따뜻한 물에 몸을 맡기고 싶어서였다.

딸하고 함께할 시간들. 그동안 함께 해보지 못한 모든 것들을 함께하고 싶어진 그녀의 입가에 미소가 떠올랐지만 그리 오래지 않아 사라졌다. 서울에 온 지나가 머문 곳에 대한 궁금증이 되살아난 거였다. 시간과 마음을 딸에게 아낌없이 주고 싶은 지금, 지갑이 비었다는 게 마음을 아프게 하기도 했다. 집수리를 하는 동안 잊었던 지난날마저 떠올라서인지 따뜻한 물속에 몸을 담그고 있는데도 그녀는 추웠다.

너는 심장이 없는 여자라고 외치는 소리가 귓가에서 윙윙대었던 날들. 손을 대기만 하면 머리카락이 흘러내렸던 날들. 얼굴을 휘덮었던 두드러기가 가라앉고 나자 오른다리가 뻣뻣해져 걸음을 디딜 수가 없었던 날들. 죽 이외의 것을 삼키기만 하면 토하는 날들이 끝나는가 싶더니, 팔뚝이 고무줄로 묶은 듯 저리다가 심장이 조여들어 숨쉬기가 힘들어지곤 했던 날들.

떠올리고 싶지 않은 지난날에 더는 묶이고 싶지 않아 그녀는 서둘러 몸을 씻은 후 방으로 갔다. 이 년 만에 보는 딸에게, 햇볕에 그을리고 윤기 없는 얼굴을 보여주고 싶지 않아 빠른 손길로 화장을 하곤 마당으로 나갔다.

집수리를 하는 동안 진경은 봄꽃들로 아름다울 내년 봄의 마당을 떠올리며 이 집의 먼저 주인이 남기고 간 것들로 가득 찬 뒷마당의 창고에서 플라스틱의 둥근 테이블과 철제 의자들을 찾아내어 감나무 아래로 옮겨놓았다. 대추나무, 목백일홍, 목련과 산벚나무 감나무가 있는 오십 평 남짓한 마당엔 감나무에서 떨어진 잎들이 수북했다.

딸이 오는지를 보려고 키 낮은 나무 담 너머를 살펴본 진경은 집 안으로 들어가 플라스틱 테이블을 덮을 커다란 천을 챙긴 다음 커피를 만들어 보온병에 담았다. 어제 김여진이 사다 놓은 귤과 찻잔들, 그리고 더운물을 담은 작은 보온병과 카모마일 티백도 나무 쟁반으로 옮겼다. 감나무 아래의 둥근 테이블로 준비한 것들을 가져다 놓고 그녀의 걸음은 다시 집으로 향했다. 그러곤 등이 서늘했는지 포도주 빛 모직 숄을 찾아 어깨에 둘렀다.

거울 속의 자신을 보는 동안 진경은 잠시 마음이 설렜다. 포도주 빛 모직 숄 한 장이 만들어낼 수 있는 스타일의 변화가 마음의 어느 부분을 건드린 거였다. 평화롭게 살아야지, 라고 자신에게 타이르듯 말한 그녀가 마당으로 나왔을 때 허리 높이의 담 너머로 누군가 대문 가까이로 다가오는 게 보였다.

'짧은 머리에 나이를 짐작하기 어려운 저 얼굴은……'

진경은 허둥대며 대문의 걸쇠를 열었다. 보지 못한 이 년 동안 키가 많이 자란 지나와 진경이 마주 보며 섰다.

"지나는…… 엄마 딸은……"

눈앞에 딸이 이렇게 서 있다는 게 가슴 벅찰 만큼 기쁘면서도 진경은 마음 어느 곳이 짓눌리는 듯 아팠다. 예전과는 어딘가 달라진 딸이 낯설어서였다. 커져버린 키나 살아온 시간이 드러나는 표정 때문만이 아닌 뭔가가 변해버린 것 같은 모습이었다.

청바지에 흰 셔츠, 검정 가죽 재킷을 입고 목 주위에 연보랏빛 파시미나 숄을 두른 지나는 피부가 맑고 투명했다. 맑은 샘물이 숨겨져 있는 것 같은 두 눈은 많은 이야기를 담고 있었다. 무대에 다시 오를 수 없게 된 발레리나, 혹은 세상의 옷차림을 한 수녀 같기도 했다.

얼굴을 보지 못한 이 년 동안 전화 통화를 할 때마다 지나가 한 말은, 세상 구경이 재미있고 제가 아주 작은 존재라는 걸 알아가고 있어요,가 고작이었다. 아무 일 없이 돌아와주기만 하면 바랄 게 없다 싶더니 어느덧 어딘가 알 수 없는 곳으로 가버린 것 같은 딸이 안쓰러워진 진경은 목이 메어왔다.

"좋은 날이에요."

지나가 철제 의자의 등받이 부분을 만지작거리며 집과 마당, 하늘을 둘러보았다.

"머잖아 겨울이 오겠지."

진경은 후회했다. 하지 않아도 좋을 말을 했다고. 여전히 하늘에 눈을 준 지나가 고요한 울림을 지닌 목소리로 겨울의 추위에도 아름다움은 있다고 말했다. 딸의 격렬하고 강한 성격을 힘들어했던 걸 잊은 듯, 진경은 자신이 알고 있는 딸을 보고 싶었다.

어려서부터 화가 나면 물건을 곧잘 던지거나 몸을 구르곤 했던 지나. 웃거나 울 때도 주위 사람들이 돌아볼 만큼 요란했던 지나의 어린 시절 꿈은 스파이였다. 유학을 간 뒤엔 배우가 되고 싶다며 춤과 노래를 배우면서 옷차림, 화장, 표정이 화려해졌다.

무엇이 지나를 명상 센터로 이끌었나. 낯선 딸을 보며 진경은 더욱 궁금했다. 하지만 그 무엇에 대해 알려 한다는 게 폭탄 꾸러미에 손을 대는 것처럼 여겨져 진경은 커피를 마시겠느냐고 물었다. 커피는 마시지 않는다고 지나가 말했다. 진경은 카모마일 차를 두 잔 만들었다.

"네가 좋아 보여서 좋구나."

무슨 말을 꺼내야 할지, 마음이 혼란스러우면서도 진경은 입속말로 고맙습니다, 라고 말했다. 눈앞의 딸이 온전한 모습인 것, 그것만을 감사하게 여기고 싶어진 거였다.

"많이 편안해 보이세요."

딸의 말이 잘 믿기지 않아서인지 고개를 갸웃한 진경이 말했다. 아침에 눈뜨면서부터 시작된 인부들하고의 전쟁에 대해서. 그리고 밤이면 너무 힘들어 씻지도 못하고 잠든 날들에 대해서도.

"이 집이 엄마 작품인가요?"

"그런 셈이지."

진경은 이 집이 자신의 것이 아닌 걸 굳이 딸에게 말하고 싶지 않았다.

"석 달 동안 날마다 힘들어서 죽겠다 그랬는데 지나고 보니까……"

진경은 말하는 동안 깨달았다. 남아 있는 날들이 어둡고 단단한 장막으로만 여겨지지 않는다는 걸.

"어떤 고통도 영원하지는 않다는 게 우리들에게 주어진 선물인 것 같아요."

　지나의 입에서 나온 고통이란 말이 진경의 가슴에 무거운 돌이 되어 얹혔다. 좋은 엄마가 아니어서 미안했다고 진경이 말했다. 한동안 찻잔만을 들여다본 지나가 천천히 고개를 들어 진경을 보며 말했다.

　"우리에게 일어난 모든 일들은 아득히 먼 시간 속에서 얽힌 관계의 산물일 수도 있으니까 그걸 받아들이면……"

　지나는 어디 먼 곳에 있는 누군가를 보는 듯했다.

　딸이 무얼 말하려는지 조금은 알 것 같았다. 진경은 일그러진 얼굴을 숙였다. 어린 날의 딸과 아들이 견뎌야 했을 마음의 추위가 새롭게 다가온 거였다.

　우리들 저마다는 자신의 의지로 빚어진 존재는 아니라고 지나가 말했다. 딸의 말이 명상 센터의 선물인지 아닌지는 알 수 없었지만 진경은 느낄 수 있었다. 지나가 자신에게 한 걸음 다가오려 한다고.

　"옷 말고도 아름다운 것들이 많은데 그것들을 다 보지 못하고 세상을 떠난다면 많이 아쉬울 거예요."

　지나는 여전히 먼 곳에 있는 누군가를 보는 듯했다.

　시간을 되돌릴 수 있다면. 딸에게 해주지 못한 모든 일들이 되살아나 진경의 마음을 아프게 했다. 그녀는 딸의 머리를 감겨준 적이 없는 엄마였다. 책상 정리를 하는 딸을 지켜보거나 침대에 나란히 누워 동화책을 읽어준 적이 없는 엄마였다, 그녀는. 함께 캠핑을 하거나 수영을 한 적이 없는 엄마였던 그녀는 딸의 친구가 누구인지 담임선생님을 좋아하는지 싫어하는지도 몰랐다.

난 절대 옷 만들지 않을 거다. 그렇게 소리치며 진경이 만들어 주었던 옷들을 가위로 잘랐던 게, 지나 나이 열 살 때였나?

딸의 머리를 감겨주거나 연필들을 깎아 필통에 넣어주었던 남편이 가끔 되돌릴 수 없는 게 시간이라는 말을 했지만 진경에게 그 말은 수많은 말들의 일부로 여겨졌을 뿐.

어린 시절 장사 일로 바빴던 어머니에게 같이 놀아주지 않는다고 울거나 소리친 적이 없었던 그녀는, 혼자 노는 데 익숙했던 그녀는, 딸이 자신과 같지 않다는 걸 이상하게 여겼다.

내가 돈 벌지 않으면 우리는 굶어 죽는다, 라는 말을 자주 했던 어머니. 밥을 얻으러 다니는 아이들이 흔하였던 시절, 어머니가 돈을 벌지 않으면 학교를 다닐 수 없을 거라는 두려움은 어린 그녀를 떠나지 않았다. 혼자 빈방에서 만화를 보며 인형 옷을 그리거나 종이로 인형 옷을 만드는 동안 심심하거나 외로울 때도 있었지만, 어머니가 빨리 돌아오길 애타게 기다린 시간도 많았지만, 어머니에게 소리칠 만큼은 아니었다. 소리쳤다면 언제나 땀 냄새를 풍겼던 어머니는 그녀의 등을 갈겼을 거였다.

딸에겐 또 그녀에게 없는 자상하고 다정한 아버지도 있었다. 진경이 태어난 지 일 년 후에 병으로 죽었다는 아버지 얼굴을 사진으로만 보았던 그녀는 난 아버지도 없었단다, 라고 어린 딸에게 말한 적도 있었다. 중절모를 쓴 채 탑 앞에 혼자 선 누렇게 바랜 사진 속의 아버지 얼굴을 보면서도 울타리가 없는 집에 사는 듯한 느낌을 떨쳐버릴 수 없었던 자신에 비해 딸이 너무 많은 걸 바란다고 여겼는지도 몰랐다.

"어디에나 발가락을 아프게 죄는 구두를 신고 뛸 듯이 걷는 것 같은 사람들이 가득해요."

혼잣말 같은 지나의 말을 들으며 진경은 고개를 끄덕였다. 딸이 무슨 말을 하더라도 수긍하는 것, 그게 자신의 몫이라고 여긴 거였다. 엄마도 그들 중의 한 사람이었다고 딸이 말했다. 진경이 또 고개를 끄덕였다.

"달라지셨어요. 무조건 항복하기로 정하신 것 같은데요."

"나도 그런 생각을 하곤 한다. 어느 시기부터 천천히 걸었으면 좋았을 거라고."

너무 빠른 걸음으로 걷기만 하면 더는 걸을 수 없는 때가 온다는 걸 늦게야 알게 된 거라고 진경이 말했다. 늦게라도 알게 된 건 아름다운 일이라고 지나가 말했다.

"느린 걸음으로 걸으면 길가의 꽃들을 볼 수 있어요."

하늘이 얼마나 푸른지, 구름이 얼마나 멋진지를 알 수 있다고 말한 지나는 먼 길을 오래 걸어온 것 같은 표정이었다. 딸하고 느린 걸음으로 걷는 자신을 떠올린 진경은 가슴이 설렜다. 딸에게 손을 내밀면 이제라도 그럴 수 있을 것 같아서였다. 딸에게 해주고 싶은 말들이 진경의 머릿속에서 춤추는 듯했다.

내 삶의 어느 날들은 열정으로 가득했단다, 라는 말을 그녀는 하고 싶었다. 머릿속에서보다 더 아름다운 옷을 볼 때의 기쁨에 대해서도. 그리고 패션쇼가 열리기 전의 그 치열하고 생생한 시간들에 대해서도.

'정말 그 시간들이 내 것이었나?'

지난 시간들을 지워버리고 싶다고 여긴 걸 잊은 듯, 진경은 열정적으로 일에 빠져들었던 시간들이 그리웠다. 잠깐 동안 그녀는 패션쇼가 끝난 후 무대에 오르는 자신을 보고 있었다. 일을 통해 만났던 아름다운 얼굴들이 미소 지으며 다가오는 듯했다.

나무 울타리 너머로 누군가 다가오는 게 보였다. 반년 전에 뉴욕으로 떠난 은영과 진경의 눈이 마주쳤다. 은영이 돌아왔다는 전화를 해준 건 일주일 전이었다. 온몸에 기쁨이 넘쳐흘러 진경은 대문으로 달려갔다.

"좋아 보인다, 선배."

키 낮은 나무 대문 너머에서 짧게 머리를 자른 은영이 활짝 웃었다. 진경이 허둥대며 대문을 열었다. 은영이 옆에 선 단발머리를 진경에게 소개했다.

"이 친구가 선배 보고 싶다고 해서. 미국 가서 그림은 그만두고 요리 쪽으로 가더니 할리우드 인사들을 고객으로 하는 파티 플래너가 된 정미은."

"저희 어머니 옷장은 선생님 옷으로 가득하답니다."

선글라스를 정수리에 얹은 단발머리 여자가 활짝 웃으며 진경을 포옹하더니 노란 리본을 묶은 상자를 내밀었다. 미은이 선배를 위해 만든 쿠키라고 은영이 말했다. 노란 리본을 묶은 사각의 상자가 진경의 마음에 훈훈한 공간을 만들었다. 노란 리본을 묶은 작은 상자에서 손이 나와 진경을 어느 곳으로 이끌어 간 듯도 했다. 흙냄새를 풍기고 물방울이 매달린 야채들과 여러 그릇들이 올려진 긴 식탁, 그리고 프라이팬과 오븐이 있는 곳. 식탁으로 모여들 누군가를 위해 이런저런 음식을 만들어내는 손들의 움직임이 분주한 그곳. 정겨운 웃음소리가 진경의 귓가에서 울려대는 것 같았다.

진경은 오늘 저녁 딸과 은영, 그리고 단발머리를 위해 그들이 좋아하는 음식을 만들어줄 거라고 생각했다. 언제일지 모르지만 자신의 집을 가지게 되는 날, 햇살이 잘 드는 곳에 큰 식탁을 놓고 싶다고도 생각했다. 노란 리본을 푼 진경이 상자 안의 시나몬 쿠키를 접시에 담는 동안 은영과 정미은, 지나가 인사를 나누었다.

"지나, 멋있어졌다."

뉴욕에 가기 전보다 얼굴 표정이 풍부해진 은영이 지나를 보며 감탄하듯 말했다. 마음을 씻는 혼자만의 큰 샘을 가진 것 같다고.

"누구나 다 그런 샘을 가지고 있는 게 아닐까요?"

그렇게 말하며 지나가 소리 없이 웃었다.

진경은 파도 일렁이는 바다에서의 긴 멀미가 가라앉은 듯했다. 온몸을 에워쌌던 투명한 얼음 갑옷이 사르르 녹은 것도 같았다. 어쩌면 세상으로 걸어 나갈 수 있을 것도 같았다.

딸과 은영, 그리고 정미은을 위해 차를 준비하고, 차를 마시는 그들을 바라보며 그들의 이야기에 귀 기울이는 시간. 열정과 재능과 욕망이 부딪쳐 날마다 새로움을 만들어내며, 달리라고 소리치는 것 같은 도시, 뉴욕. 그곳에서 솟아오른 새로운 디자이너와 모델들, 건축가들 그리고 재즈 바와 레스토랑 갤러리들에 대해 누가 더 많이 아는지를 경쟁이나 하듯 말하는 그녀들. 진경은 문득 그곳에 가고 싶어졌다. 얼마 동안 그토록 멀게 여겨진 그 도시의 소음이 그리워졌다.

가봐야 한다며 지나가 일어선 것은 그때였다. 은영이 지나를 붙잡으려 했지만 친구와 약속이 있다며 지나는 진경을 가볍게 안아주고는 대문 쪽으로 갔다.

지나가 가다니. 머릿속이 텅 빈 것 같은 진경은 지나에게 언제 돌아가느냐고 물었다. 이틀 뒤라고 지나가 말했다.

"민선생님께 전할게요. 윤선생님 잘 지내신다고."

진경의 마음속에서 뭔가가 식었다. 거리감을 안겨주는 호칭 때문이라기보다 딸이 남편에게 속한다고 여겨졌기 때문이었다.

지나는 뒤돌아보는 일 없이 가야 할 길로 갔다. 등을 꼿꼿이 세운 채 발걸음을 하나하나 세며 걷는 것 같은 딸이 보이지 않을 때까지 대문을 떠나지 못한 진경은 이제야 알 것 같았다. 어린 시절, 버려진 딸이라고 느꼈을 때의 딸의 마음을.


3


밀가루 같은 눈이 흩날리는 오후, 잿빛 하늘은 제 품 안에 세상의 모든 지붕들을 덮을 무거운 장막을 감추고 있는 듯했다. 단층 혹은 이층의 볼품없는 건물들이 늘어선 거리를 걷는 사람들은 추워 보였다. 잎을 떨군 가로수들, 전봇대와 건물들 앞의 가판대, 그리고 상점의 유리문들도 사라져버린 햇살의 온기를 그리워하는 듯했다.

추운 얼굴을 한 진경이 종종걸음으로 대로변을 벗어나 골목길로 접어들었다. 집 짓는 공장에서 쏟아져 나온 것 같은 퇴락한 벽돌집들 사이로 십여 분 남짓 걷다가, 칠이 벗겨진 나무색 철 대문에 붙은 주소와 수첩의 그것이 같은 걸 확인한 그녀는 어찌할 바를 모르겠다는 듯 하늘을 쳐다보았다.

시장바구니를 든 아주머니가 "누구슈?"라고 추궁하듯 다가왔다. 진경은 선뜻 뭐라 말하지 못했다. 집주인이라는 아주머니가 왜 남의 집 앞에 서 있느냐고 따지듯 말했다. 진경이 세 든 할머니…… 라고 우물대듯 말했다. 쯧 혀를 찬 아주머니가 지하 방이야, 라며 손을 들어 가리킨 곳은 지하로 내려가는 왼쪽 층계 쪽이었다.

지하 방. 진경은 빠른 걸음으로 좁고 경사가 심한 시멘트 층계를 내려가 잠겨 있지 않은 새시로 된 부엌문을 열고 들어갔다. 주방은 작은 굴속인 양 어두운 데다 더러웠다. 싱크대가 붙어 있지만 그것은 곧 떨어질 것 같았다. 식기들을 씻는 곳이라기보다 걸레를 빠는 곳 같은 개수대엔 지린내와 부패한 음식물 냄새가 고여 있었다. 쥐 한 마리가 개수대 아래에서 튀어나왔다. 비명을 겨우 삼킨 진경은 방 안으로 들어갔다. 오랜 세월 손보지 않았음직한 방도 작고 어둡고 춥긴 마찬가지였다. 어머니는 이불 속에 파묻힌 채 잠들어 있었다.

진경은 이불 속으로 손을 넣었다. 전기장판을 간 듯 그나마 이불 속은 따뜻했다. 머플러로 머리를 감싼 어머니의 코끝까지 이불이 올려져 있었다.

오십 년 세월을 어머니와 같이한 목기 이층 장과 전기 난방기, 그리고 요강이 하나 있는 방. 진경은 목기 이층 장 앞에 놓인 전기 난방기의 스위치를 눌렀다. 열선은 열을 내지 않았다.

일주일 전, 진경을 찾아온 올케가 마지막으로 도와달라고 울음을 터뜨렸을 때 진경은 알지 못했다. 오빠 부부가 어머니를 남기고 사라질 것을. 두 시간 전, 진경은 자동 응답기를 통해 어머니가 옮겨 간 집의 주소를 남긴 올케의 목소리를 들었다.

몇 해 전까지 그녀는 대기업 이사, 성공한 디자이너의 어머니였다. 어찌 자식들만이 어머니의 보람이고 자랑이었을까. 어머니는 혼자 힘으로 자식들을 공부시키고 재산을 모은 포목상이기도 했다. 나는 한평생 내 힘으로 살아왔다, 라는 말을 자랑스레 하곤 했던 어머니. 진경은 숨죽여 흐느꼈다.

"왔나."

눈을 뜬 어머니가 끙끙대며 몸을 일으켜 벽에 기대어 앉았다. 누워 있을 때보다 일어나 앉은 어머니의 얼굴이 진경의 마음을 더 아프게 했다. 많아진 검버섯, 눈과 코, 입술은 굵고 깊은 주름살 사이로 숨어 있는 것 같았다.

"많이 추운갑다. 네 얼굴이 시퍼렇다."

어머니가 진경에게 손을 내밀었다. 나뭇등걸로 만들어진 것 같은 어머니의 손등에도 검버섯이 퍼져 있었다. 여기로 온 게 언제냐고 진경이 고개를 수그린 채 물었다.

"어젠가, 오늘인가."

어머니의 퍼런 입술은 자잘한 꽈리로 뒤덮여 있었다.

"자다가 깨어나 보면 아침인지 밤인지."

"……"

"진택이도 그러고 싶어서 그랬겠나."

어머니의 두 눈이 거의 감길 듯했다.

"어떻게 엄마를……"

진경은 말을 잇지 못했다.

"승조는 학교 휴학하고 일을 한다 카네. 미국 유학 보낸다 할 때는 무신 짓인고 했더마는 지금은 그래도 외지에서 고생하는 것이 낫지 싶다. 내 속이 이래 아리는데."

지나는 잘 있을까? 헌은? 진경은 어디론가 숨고 싶었다.

딸이 다녀간 후 진경은 딸에게 전화를 하려다 그만두곤 했다. 어조는 상냥했지만 의례적인 안부의 말 이외의 말을 하지 않는 딸이 예전의 자신처럼 여겨진 거였다. 딸이 다가오려 하지 않는다는 걸 느낄 때의 서늘함을 어머니도 느꼈겠지. 진경은 울음을 그치지 못했다.

"너무 오래 살았다."

어머니가 혼잣말처럼 중얼거렸다.

남은 날들을 어머니가 견뎌낼 수 있을까? 들끓는 마음을 가라앉히려고 방에서 나온 진경은 좁은 부엌 안을 서성였다.

"뭐 하노?"

어머니의 목소리에 드러난 불안감은 깊었다. 진경은 곧 들어간다고 말했다.

한 칸의 따뜻한 방. 어떻게든 더는 지환과의 만남을 미룰 수 없다는 생각을 한 그녀의 눈에 혼란의 빛이 가득했다. 지환의 전화를 받은 건 사흘 전 저녁 식사를 하려고 주방으로 들어서려던 때였다.

"나요. 당신 소식은 지나한테서 듣고 있었어."

지환의 부드러운 목소리를 들었을 때 그가 드디어 이혼에 대해 말할 거라는 예감 때문이었을까, 진경은 심장이 두근거렸다.

"이렇게까지 되리라고는 생각 못했어. 당신하고 멀리 떨어져 있으면서도 언젠가는 돌아가겠지 그런 마음이었는데."

지환이 이혼을 말할 거라는 예감이 믿음으로 바뀌었을까? 그 순간 진경은 지환이 원하는 걸, 주고 싶지 않았다.

"내가 당신을, 민지환을 받아들일 것 같은가요?"

진경의 호흡이 거칠어졌다.

"당신은 여린 듯해도 강한 사람이어서 날 밀어내겠구나 하면서도 또 우리는 헤어질 수 없는 사이라는 믿음이……"

언젠가부터 진경에게 남편은 먼 존재였다. 지나와, 또 함께한 세월의 무게가 둘 사이에 새로운 통로를 만들어줄 수 있을까, 라는 생각이 들기도 했지만 지환의 전화를 받으니 이제 정말 매듭을 지어야 할 때인 듯했다.

다시는 전화하지 말아요, 라고 진경이 말했다. 지나에게 동생이 생겼다고 지환이 말한 순간이었다. 머릿속이 텅 비며 온몸이 한 줌의 먼지로 변해버린 것 같던 그 순간.

지환과의 통화가 끝난 후 한참이 지나도록 진경은 이 세상에서 가장 먼 곳으로 내던져진 듯했다. 지환과의 긴 시간의 끈이 한 오라기 남김없이 풀려나간 것만 같았다.

"진경아, 뭐 하노?"

어머니가 부르는 소리.

'이혼을 하겠지만…… 당신은 나한테 갚아야 할 몫이……' 그녀의 머릿속에서 떠도는 말들은 뒤죽박죽이었다. 어머니를 보면서 지환에 대한 분노가 커진 진경은, 그도 어쩔 수 없는 어떤 힘에 이끌려 그리된 것일 거라고 생각하려 했다.

어떤 힘. 진경은 혼잣말을 되풀이했다. 끝낼 수밖에 없다면 흉하지 않게. 그럴 수 있길 바라는 그녀의 가슴이 뛰기 시작했다.

자신과 지환, 둘에 대한 연민을 가질 수 있어야만 덜 흉하게 매듭을 지을 수 있을 것이라는 생각은 생각에 머물렀을 뿐. 되돌릴 수 없는 지난 시간에 대해 물어뜯는 게 무의미하다는 생각도 생각에 지나지 않을 뿐.

지환의 새 휴대전화 번호를 찾는 진경의 눈은 여러 빛들이 명멸하는 검은 돌 같았다.

"나예요."

진경은 자신의 목젖이 온전한 게 이상했다. 많은 시간, 뜨거운 돌이 그곳을 짓누르는 것 같은 통증 때문에 힘들었다.

"당신이구나."

지환의 목소리에 반가움이 실렸는지 아닌지 진경은 알 수 없었다. 예전엔 나야라는 말만으로 서로의 감정 상태를 헤아릴 수 있었던 그들이었다.

"전화를 해주었네, 당신이."

진경은 빠른 어조로 작은 아파트를 얻을 돈이 필요하다고 말했다. 빨리 말하지 않으면, 망설이면, 말을 꺼내지 못할지도 몰랐다.

"오빠네가 숨어버렸어."

불도 들어오지 않는 방에 어머니를 남겨두었다는 말을 할 때 진경은 또 한번 가슴을 칼에 베인 듯했다.

"어쩌다가 그런 일이……"

지환은 그렇게만 말했다. 숨거나 도망치는 일이 유행인가, 라는 말을 진경은 하지 않았다.

"안 들어오고 뭐 하노?"

어머니가 고함치듯 말했다. 진경의 미간에 주름이 잡혔다.

"그 정도는 해줄 거라고 믿어."

떨리는 목소리로 진경은 말했다.

"당신 입장에선 그럴 수 있지. 그럴 수 있다고 생각해."

한순간 진경의 마음속 끊어질 듯 팽팽한 긴장의 끈이 느슨해졌다. 황당한 일을 저지른 누군가를 두고 언제나 그럴 수 있지, 그 사람 입장에서는. 사람은 근원적으로 자기 입장이 먼저일 수밖에 없는 거지, 라고 말하곤 했던 지환을 떠올린 거였다. 아주 잠깐 동안 예전의 남편을 되찾은 느낌이 들어서였는지 진경은 곧 일을 시작하게 될 거라고 말했다.

"김이라는 사람하고?"

진경은 얼굴이 달아올랐다.

"그 친구 믿어도 좋은 인물인가? 검증이 안 된 것 같던데."

"믿어도 좋은 사람 같은 건……"

일을 시작할 거라고 말한 자신에 대한 분노로 진경의 얼굴이 일그러졌다. 나중에라도 당신을 나가떨어지게 만들지는 않을까 걱정이 된다는 지환의 말이 이어졌다.

"날 걱정하다니."

"영원하지 않았다는 이유로 당신에 대한 내 마음이 웃음거리가 되나?"

지환의 어조엔 안타까움이 가득했다.

"날 이해해주기에 더 많은 시간이 필요한가?"

"당신 그렇게 발 빼는 게 아니었어."

'얼마나 더 많은 시간이 흘러야 지환을 옛 친구로 여기게 될까? 그런 날이 오기나 할까?' 진경은 지환과 아직 통화를 할 때가 아닌 걸 깨달았다.

"그게 당신의 눈물을 볼 수 없었던 내가 고심 끝에 찾아낸 방식이었다고 여길 수는 없었나? 그렇게 많이 내 몫으로 가져간 것도 아니었어. 내가 기여한 만큼……"

"그만 하자."

진경의 눈꺼풀이 떨렸다.

"뭐 하노?"

어머니가 다시 진경을 불렀다.

"내가 당신을 이해해야겠지. 그런데……"

지환이 말을 멈췄다.

"돈이…… 그게 내가 관리하는 게 아니어서. 미소가 그걸 원해서. 미소가 훈련을 해야 할 것 같아 맡겼거든."

천만 원쯤은 어떻게 해볼 수가 있을 것 같다고 지환이 말했다.
구둣발에 얼굴이 짓이겨지는 것 같은 모욕감과 슬픔이 진경을 사
로잡았다.
　"이혼, 꿈도 꾸지 마라. 개자식아."
　결이 고르지 않은 시멘트 바닥에 주저앉은 진경은 한동안 일어
날 줄을 몰랐다.

# 검은 장막 너머의 손

1

　"나는……" 커튼 너머로 들려온 목소리는 쇳물이 담긴 듯 무겁고 낮았다.

　"자매님은 그분만 믿으세요."

　입원 환자들을 찾아다니며 기도를 해준다는 은발의 할머니가 진경의 손을 잡았다.

　"살아온 세월이 잠깐인 것 같은데." 커튼 너머의 목소리가 떨렸다.

　"이렇게 좋은 병원에서 수술을 받을 수 있게 해주신 것만 봐도 그분의 사랑을 알 수 있지요."

　진경은 처음 보는 은발의 할머니가 조금도 낯설지 않았다. 그분의 사랑이란 말을 듣는 것만으로 울음이 터져 나올 것 같았다.

이영준 선생님 702호실로 와주십시오, 라는 방송이 들려왔다.

"이렇게 떠날 줄 알았으면……" "엄마, 제발." 커튼 사이로 낮게 흐느껴 우는 울음소리가 들려왔다. 진경의 뺨으로 눈물이 흘렀다.

"그분은 자매님을 사랑하십니다. 지금은 많이 놀라고 왜 나한테 이런 시련을 주시나 원망하는 마음이 일어 날 수도 있으시겠지요. 지나고 보면 지금의 시련은 하나님을 알게 된 축복일 수도 있습니다. 우리 하나님은 이 시련을 통해 자매님이 하나님을 만나기를 바라시고 또 이전과는 다른 삶을 살아가시길 바라고 계십니다."

은발의 할머니는 웅변을 하는 것처럼 목소리가 우렁찼다.

"무섭다, 나는…… 나중에 저곳에서 내가 너희들을 알아보려는지. 너희들이 날 찾아올 수나 있을지." 커튼 너머의 울음소리가 커졌다.

"사랑하는 하나님. 크나큰 수술을 앞둔 당신의 어린 딸이 간절한 마음으로 당신께 기도드립니다. 암이라는 말을 듣고 절망하고 좌절했을 당신의 어린 딸을……"

진경의 휴대전화가 울렸다. 지나였다. 진경은 우느라 딸이 무슨 말을 하는지 알지 못했다. 커튼 너머의 모녀도 울음을 멈추지 못했다. 은발의 할머니는 놀랍도록 젊은 목소리로 기도를 이어갔다.

누군가 들어서는 기척에 진경의 눈이 문으로 향했다. 혈압과 체온을 체크한 간호사가 진경의 옆을 떠나 커튼 너머의 침대로 갔다. 진경의 얼굴에 떠오른 환한 웃음은 곧 사라졌다. 지나의 뒤에

선 지환을 본 거였다. 창 아래의 라디에이터가 털커덕 거리는 소리를 냈다. 진경은 눈을 감았다.

"괜찮으신 거죠?"

지나가 진경의 손을 잡았다.

진경은 눈을 떴다. 차가운 지나의 손. 눈 둘 곳을 몰라선지 진경의 눈은 지나의 손에 머물렀다. 하얗고 아주 긴 손가락들. 진경은 지나의 손가락 생김새를 처음 보는 듯했다.

"곧 어떻게 되는 것도 아닌데 널 나오게 했구나."

언젠가는 지환을 볼 거라 여겼던 그녀는 그 언젠가가 지금이라는 게 당황스러웠다. 이틀 전에 왔다고 지나가 말했다.

사흘 전에 수술한 부위가 뜨거워지면서 통증이 느껴졌지만 진경은 딸에게 웃는 얼굴을 보여주려 했다. "전화하지 말라고 했잖아." 커튼 너머의 말기 암 환자가 고함치듯 말했다. 진경의 가슴 속에서 커졌다 작아졌다 하는 작은 돌이 커지며 뜨거워졌다. 진경은 심호흡을 했다.

"있을 곳을 찾느라 바빴나 봐, 지나가."

지환이 입을 연 순간 누군가의 차가운 손이 목을 누르는 듯 진경은 숨이 가빠졌다. 가슴속에서 해일이 일어난 듯도 했다. "내가 원하는 대로 할 거라고 했잖아." 커튼 너머에서 들려온 말소리엔 깊은 분노가 깃들어 있었다.

"방을 찾아야 했어요."

지나 눈 속의 눈동자는 까만 보석처럼 빛났다. 진경은 담요를 머리까지 끌어 올렸다. 라디에이터가 쿵쿵거리는 소리를 냈다.

"날 내버려두라고 했지." 커튼 너머의 말기 암 환자가 울음을 터
뜨렸다. 딸의 마음을 다치게 하고 싶지 않은 진경은 담요를 얼굴
에서 내렸다.

수술할 때 알려주었더라면 좋았을 거라고 지환이 말했다. 수술
실로 들어가며 지환을 떠올렸던 진경은 눈을 감았다. 빈손인 암
환자가 되어 지환을 보게 되다니. 알 수 없는 삶. 진경은 지환에
게 묻고 싶었다. 한때 자신에게 호의적이었던 삶이 왜 이토록 가
혹해졌는지를.

"그동안 지나와 같이 당신을 만나고 싶다, 그런 생각을 하면서
자연스런 계기가 생기겠거니 기다렸는데……"

"당신은……"

진경의 목소리가 떨렸다.

머리로는 다 정리를 했다고 여겼지만 마음엔 아직 풀지 못한 어
떤 응어리가 숨어 있었을까. 그녀는 가슴에 뜨거운 숯불이 쏟아
진 듯했다.

용서해줄 수 있겠느냐고 지환이 말했다.

"나는 죽게 되니까 벌써부터 내 뜻 같은 건 아무것도 아닌 거냐
고!" 커튼 너머의 말기 암 환자가 소리쳤다. "당신이 내 마음을
어떻게 알아? 곱창 굽느라 이십 년 세월을 다 보낸 내가 죽기 전
에 보지 못한 세상 구경하겠다는데 왜 당신이……" 커튼 너머의
말기 암 환자가 비명 같은 울음을 터뜨렸다. 진경도 말기 암 환자
가 한 것처럼 소리치고 싶었다. 진경의 입술이 일그러졌다.

"늘 용서를 구해야지 하는 마음이었는데."

"구차한 변명이라고 생각하지 않으세요?"

날카로운 눈으로 지환을 보며 지나가 말했다. 용서를 구하려 했으면 지금까지 시간을 끌지 않았을 거라고.

"좋은 아버지였던 민선생님이 윤선생님의 파트너로서는 비겁했던 거죠."

"그게…… 나는……"

몹시 당황한 지환이 두 손을 맞잡으며 나는 뭐랄까, 라고 두서없는 말을 했다. 어느 날 갑자기 윤선생님 파트너로서의 민선생님이 보였다고 지나가 말했다. 진경은 가슴이 뛰었다. 커튼 너머의 울음소리가 그쳤다.

좋은 아버지, 윤선생님의 비겁한 파트너, 착한 아들, 좋은 친구, 열정적인 연인, 이렇게 이어지는 민선생님의 얼굴을 차 안에서 처음으로 보았다고 지나가 말했다. 진경의 턱으로 눈물이 흘렀다. 은발의 할머니가 입원실로 들어서려다 걸음을 돌렸다. 진경은 딸의 품에 안긴 듯했다. 간호사가 단정한 걸음으로 문을 향해 걸어갔다.

"지나야."

지환이 딸을 안으려 했다.

지나는 화장실로 가더니 모습을 나타내지 않았다. 세면기의 수도꼭지에서 흐르는 물소리가 길게 이어졌다.

'지나가 우나?' 진경은 가슴이 녹아내리는 듯했다. 화장실에서 들려오던 물소리가 그쳤다. 커튼 너머의 환자가 내려와 화장실로 걸음을 내디뎠다.

방문객 몇 사람이 들어섰다. 커튼으로 분리된, 두 사람의 환자를 위한 공간에 바깥세상의 공기가 스몄다. 화장실에서 나온 지나가 풀밭 위를 걷는 걸음으로 진경에게 다가왔다. 방문객들은 낮은 목소리로 치료를 거부하고 퇴원하려 한다는 말기 암 환자를 걱정하는 말들을 했다.

"어제 방을 계약했어요."

지나는 방학을 맞아 사이좋은 가족 옆으로 돌아온 딸인 듯 밝은 어조로 말했다. 집을 소개해주는 할아버지를 따라 골목길을 걷는 동안 전에 와본 것 같은 느낌이 들었다는 지나는 화장실에 가기 전에 한 말들을 모두 잊은 듯했다. 부드러운 미소를 찾은 지환도 열세 살 때까지 살았던 동네에 가본 적이 있다고 했다. 치료를 그만두고 집으로 간다는 게 말이 되느냐고 방문객 중의 한 사람이 목소리를 높였다.

"어린 날의 내가 여기저기서 튀어나와 말을 건네는 것 같던걸."

지환의 눈과 목소리엔 아련한 그리움이 담겨 있었다. 살겠다는 의지가 중요하다고 방문객 중의 한 사람이 목소리를 높였다. 이야기가 담긴 골목길과 문들, 그리고 작은 마당을 찍고 싶어졌다고 지나가 말했다. 빛이 사물에 미치는 힘에 대해서 지환이 말했다. 피사체의 아름다움, 피사체를 찾기 위해 바치는 시간, 그리고 의지의 중요성을 강조하는 말이 들려왔다.

살아 있는 자들. 죽음의 경계로 가까이 가본 적 없는 이들의 말이 진경의 마음을 외롭게 했다. 남은 사람들 생각도 해주어야 한다고 방문객 중의 한 사람이 말했다. "죽으면서까지?" 말기 암 환자의 말소리는 들릴 듯 말 듯 낮았다.

"이번엔 지나가 금방 가지 않을 모양이야."

지환이 진경의 손을 잡으며 말했다. 지나가 고개를 끄덕였다.

"아주 돌아온 거니?"

진경의 목소리가 커졌다.

"지내봐야겠지만 그러고 싶어요."

진경은 딸의 손을 잡아 자신의 뺨에 대었다. 식사를 배달하는 수레가 지나가는 소리가 들려왔다. 지환이 진경의 발을 부드러운 손길로 어루만져주었다. 아주 오래전, 곧잘 자신의 발을 만져주 었던 남편을 떠올린 진경의 눈이 젖었다.

"당신도 정기적으로 검사를……"

늦은 나이에 얻은 아이를 위해서라도 건강해야 한다는 말을 차 마 할 수 없어 진경은 입을 다물었다. 초기 암이란 진단을 받았을 때의 놀라움과 두려움이 되살아난 진경은 검은 장막 속으로 끌려 드는 느낌이었다. 재발의 가능성이 없다는 말을 들었는데도 그녀 는 죽음이 느닷없이 찾아오는 손님일 수 있다는 불안감을 떨치지 못했다. 고개를 끄덕인 지환이 어머니 건강은 어떠냐고 물었다.

"오래 산다는 건……"

진경은 말을 잇지 못했다.

혼자서는 세수도 잘 하지 못하는 어머니. 때로 눈이 잘 보이지 않는다는 어머니. 내 아들은 비행사라고 말하는 어머니. 텔레비 전에 나온 사람들이 자신을 보며 웃는다고 말하는 어머니. 옷이

며 이불에 오줌을 지리는 어머니. 좋지 못하시구나,라고 지환이
혼잣말하듯 낮게 중얼거렸다.

진경은 딸의 손을 잡았다. 잠기운이 그녀를 사로잡았다. 그녀
는 자신이 물속으로 가라앉는 나뭇등걸 같았다. 짓이겨진 종이
뭉치 같았다. 종이 뭉치는 점점 더 얇아지는 듯했다. 불면의 밤이
이어진 끝에 마침내 잠들 수 있게 된 그녀를 지환과 지나가 내려
다보았다.

"엄마가 미소 짓는 것 같아요."

지나가 속삭이듯 말했다. 지환이 고개를 끄덕였다.


2


너는 어디에 있니?

너는 어디에 있니?

그날 그렇게 널 보내는 게……


눈물이 쏟아져 더는 쓸 수 없어진 진경이 작은 수첩을 덮었다.


헌아, 하고 내가 불렀는데 너는 내가 부르는 소리를 듣지 못한
듯 산으로 갔어. 깊고도 높은 산으로.

깊고도 높은 산으로.

너는 어디에 있니?

눈물이 쏟아져 더는 쓸 수 없어진 진경이 수첩을 덮었다.


　죽부터 시작해 아주 작은 양이지만 식사도 할 수 있게 되었습니다.
　어느덧 시간이 지나면 처음 병원에 온 날의 그 두려움도, 병원에
서의 시간들도 차츰 잊을 수 있을 거라는 생각을 하곤 합니다.
　몸 안의 나쁜 덩어리를 찾아내기 위해 거쳤던 금속성 기기들의
그 차가운 촉감들도 잊겠지요. 선생님이 제게 베풀어주셨던 그 귀
한 마음을 제가 잊었듯이 말입니다.


눈물이 쏟아져 더는 쓸 수 없어진 진경이 수첩을 덮었다.


　화산과 뜨거운 사막, 얼음산을 만든 누군가가 솜씨를 부려 바
다와 바다 사이에 만들어놓은 아름다운 섬. 초록의 조형물 같은
섬의 나무들, 바위들. 신선한 방울 같은 주홍색 꽃들이 흐드러지
게 피어 있는 곳. 하루에 사만 불을 지불할 수 있는 이들을 받아
들인다는 어느 부호의 섬을 보던 진경은 채널을 돌렸다. 비현실
적인 느낌이 들 정도로 아름다운 섬이 영원히 닿을 수 없는 곳으
로 여겨진 거였다.
　침대에 실려 응급실로 들어가는 중년 여자의 얼굴이 화면에 나
타났다. 드라마가 아닌 듯 중년 여자의 얼굴을 덮은 기미와 점들
은 안쓰러울 만큼 두드러졌다. 수술실 복도로 들어갈 때의 그 깊
은 외로움, 두려움이 되살아난 진경은 리모컨을 눌렀다. 그러고

는 휴대전화를 보았다.

날마다 그녀는 아들을 보길 원하는 자신의 마음이 아들에게 가닿기를 간절히 원했지만, 아들에게서는 연락이 없었다. 그녀가 할 수 있는 건 아들이 그녀에게 왔던 시간들로 돌아가는 거였다. 아득히 먼 시간 속의 잠수에서 떠올랐던 작은 파편들. 그 파편들은 그녀의 마음을 찢어놓곤 했다.

임신인 걸 알았을 때, 배가 조금씩 부풀어왔을 때, 그녀는 무서웠다. 자신의 몸이 풍선처럼 부풀어 오르게 될 것이. 그러다 분만대로 올랐을 때 그녀는 울음을 터뜨렸다. 뼈가 어긋나는 고통도 견디기 힘들었지만 자신이 여자가 아닌 생물체라고 여겨졌기 때문이다.

아이에게 젖을 먹이면서는 진경은 자신이 암소인 것만 같았다. 아이의 울음소리에 따라 움직여야 했을 때엔 자신이 노예인 듯도 했다. 잠든 아들의 사랑스러운 모습에 마음이 더없이 순해지기도 했지만, 그 시절 그녀는 아이를 낳기 전의 시간으로 돌아가고 싶어 조바심이 났다. 주문받은 옷을 만드는 게 더 기뻤다.

미안하다. 헌아, 라는 중얼거림이 진경의 입에서 흘러나왔다. 베개 옆의 휴대전화가 울렸다.

"장헌입니다."

아들이 전화를 해올 줄은. 아들과의 해후를 간절히 원했던 마음이 결국 가닿았나? 그녀의 팔에 소름이 돋았다.

"잘 계신가 해서요."

몇 년 만에 전화를 해온 아들에게 아프다는 걸 말해야 하나. 망

설임은 순간에 지나지 않았다. 진경은 병원에 입원했다는 걸 알
렸다.

"수술 같은 것 받으신 건가요?"

진경의 눈에서 눈물이 흘러내렸다.

"괜찮으신 거죠? 그런 거죠?"

위암이었지만 초기였다고 말한 그녀는 아들하고 자신 사이의
그 높았던 담이 스르르 사라진 것 같아 가슴이 벅찼다. 수술은 잘
되었느냐고 아들이 물었다. 진경은 걱정하지 말라고 했다. 이틀
뒤에 찾아오겠다고 아들이 말했다. 아들을 곧 보게 될 거라고 여
긴 진경이 실망한 어조로 이틀 뒤에?라고 반문하듯 말했다. 사정
이 있다는 아들에게 그녀는 바쁘면 오지 않아도 된다고 했다. 아
들은 무슨 말을 그렇게 하느냐고 목청을 높이다가 곧 미안하다고
했다.

아들과의 통화가 끝난 뒤에도 가슴속에서 소용돌이치는 벅찬
감정이 가라앉지 않은 진경은 혼잣말을 했다. 헌이 온다, 라고. 그
녀는 누군가에게 헌에 대해 말하고 싶었다.

그때 프리지어 꽃다발을 든 은영이 거칠 것 없는 걸음걸이로 다
가 왔다. 멋지구나, 라는 말이 진경의 입에서 탄성처럼 흘러나왔다.
짧게 자른 머리, 반짝이는 피부, 자부심으로 빛나는 표정. 멋진
옷차림과 그 모든 것들이 은영을 빛나게 했다. 선배야말로 좋아
보인다는 은영의 말에 진경은 아들한테서 전화가 왔다고 말했다.

"녀석, 드디어 마음을 풀었구나."

은영이 활짝 웃었다. 진경은 은영에게 부탁했다. 지나와 헌을

너의 울타리 안에 받아들여달라고. 내 친구가 되려면 재능이든 열정이든, 뭐든 하나는 가져야 한다며 웃은 은영이 이렇게 덧붙였다. 지나 감각이 예사롭지 않다고. 나흘 전에 사무실에 놀러 온 지나가 디자인해준 청바지 판매가 폭발적이라고.

인터넷을 통해 옷을 판다는 사업에 대해 들었을 때, 은영이 동업자로 그 사업을 시작한다고 들었을 때, 진경은 입어보지 않고 옷을 사려는 사람이 있을 거라고는 생각하지 못했다.

어쩌면 지나 덕분에 선배도 이 사업에 들어올 수 있을 것 같다는 은영의 말을 진경은 여전히 무슨 뜻인지 알 수 없었다. 은영은 지나가 진경을 다른 세상으로 데려갈 수 있다고 했고, 진경은 그 말을 가만히 듣기만 했다.

"부모와 자식을 묶는 그 단단한 끈을 이제야 알게 된 거지."

은영은 빠른 어조로 말했다. 선배가 부럽다고. 진경은 무슨 말을 해야 좋을지 알 수 없었다. 나이 들어야만 알게 되는 게 있다는 걸 인정하지 않은 건 잘못이었다고 은영이 말했다. 진경이 고개를 끄덕였다.

"나에 대해 잘 안다고 여긴 것도 잘못이었어."

자신이 하고 싶은 말을 하는 은영에 대해 친밀감을 느낀 진경의 얼굴에 미소가 퍼졌다.

"믿어져요? 이은영이 부자가 되고 싶어 하는 게?"

산다는 건 의외성과 돌발성의 연속인 것 같다고 은영이 말했다. 은영이 인터넷을 통해 옷을 파는 일을 한다고 했을 때 돈을 위해서라는 생각을 하지 못했던 진경은 조금 놀랐지만, 그 감정을 드

러내진 않았다. 산다는 건 의외성과 돌발성의 연속이라는 은영의
말을 받아들이면 딱히 놀랄 일이라곤 일어나지 않으리라는 생각
이 들기도 했다.

선배가 김에게 묶여 있는 것도 그렇지만 나 자신에 대해 알지
못하는 범위가 어디까지인지 궁금하다고 은영이 말했다. 김에게
묶여 있다는 말을 들을 때마다 진경은 늘 가슴에 쐐기풀이 박혀드
는 것 같았다. 그녀는 몇 달 전 김여진이 진경의 이름을 내건 스
니커즈와 속옷 스카프를 내놓으려 했을 때 동의하지 않아야 했다
고 후회했다. 품질은 진경의 기대에 못 미쳤고 제품들의 판매 또
한 마찬가지였다.

할인점에서 보았다며 그 제품들이 진경의 것인지를 묻는 전화
를 받는 일이 늘면서 진경과 김여진의 갈등은 심해졌다. 부진한
판매 탓도 있었지만 자신의 몫인 디자인에 김여진이 관여하는 걸
진경은 받아들이기 힘들었다. 김여진에게 더는 이런 식으로 갈
수 없다고 소리쳤던 밤, 진경은 이 병원 응급실로 실려 왔었다.

정말 혼자라고 여기면 선배 안에서 어떤 힘이 나올 거라고 은영
이 말했다. 내가 나 자신에 대해 재발견을 하게 되었듯 선배도 그
럴 거라는 은영의 말에 진경은 고개를 끄덕였다. 은영의 말이 아
니더라도 그녀는 수술 전과는 달라질 거라고 생각했다. 커튼 너
머의 퇴원한 말기 암 환자를 떠올릴 때마다 그녀는 새로운 날을
꿈꾸곤 했다. 세상을 처음 보는 아이 같은 마음을 되찾고 싶었다.

"부상병한테 빨리 일어나서 달리라고 채근하네."

진경은 김여진과 단절보다는 병원에 머무는 동안 자신을 찾아

온 여러 감정들에 대해 말하고 싶었다. 진경의 그런 마음을 아는지 모르는지 은영은 돈의 흡인력은 대단한 거라고 말했다.

"내가 누렸던 작은 힘을 권력으로 여긴 것도 우스워."

새로운 일을 하면서 새로운 자신을 발견하는 기쁨과 놀라움에 대해 말하는 은영을 보며 진경은 은영과 자신이 마치 투명한 벽을 사이에 놓고 이야기를 하는 것 같았다. 앞으로 누군가와 이야기를 하든 곧잘 투명한 벽을 느낄 거라고 여긴 그녀는 자신만의 공간으로 돌아간 느낌이었다. 진경은 들끓는 마음이 서늘해지며 투명한 슬픔이 고여 있는, 누구도 알지 못하는 그 공간에서의 자신이 한없이 자유로운 존재로 여겨졌다.

"내가 움직일 수 있는 돈의 규모가 커지면 해보고 싶은 일이 얼마나 많은지."

해보고 싶은 일의 목록을 늘어놓는 은영을 진경은 말간 눈으로 바라보았다. 은영의 휴대전화가 울렸다. 짧게 통화를 마친 은영이 잡지사 후배가 뇌종양 수술을 받게 되었다고 했다.

"아직 두 눈이 아이처럼 고운 스물다섯 살인데. 두 달 전에 낳은 아이는……"

은영은 말을 잇지 못했다.


3


아침엔 맑은 날씨였다가 점점 흐려지더니, 비가 오기 시작한 게 점심나절부터였다. 유리창을 뚫을 듯한 바람의 기세는 무서울 지경이었다.

화장실에서 나와 창가로 간 진경은 길 건너의 공원을 내려다보았다. 날씨가 좋은 날엔 의젓해 보였다가 지금은 가련하게도 제 몸을 간수할 아무런 힘도 없다는 걸 보여주는 나무들. 진경은 나무들을 더는 보고 싶지 않았다. 흉한 모습으로 이리저리 뒤틀리는 나무가 마치 자신의 모습인 듯해서였다.

병실 공기는 차가웠다. 그녀는 기침을 했다. 몸의 상태는 좋아졌다 나빠졌다 했다. 은영이 다녀간 날 밤부터 열이 다시 올랐고 설사를 하기도 해 몸의 기운이 다 사라져버린 듯했다. 어제는 온종일 잠을 잤다.

'헌이 올까?'

세수를 하면서도, 멍하니 누워 있으면서도 진경은 아들 생각에 붙들리곤 했다. 그녀는 문득 나무를 뒤흔드는 바람이 자신에겐 상념일 거라고 생각했다. 상념이 그녀를 의젓한 모습으로 서 있게도 하고 비명을 지르는 것 같은 모습으로 만들어놓기도 한다고.

텔레비전을 켰지만 어느 채널도 그녀의 눈을 오래 붙들지 못했다. 해일과 지진, 살인과 전쟁을 보여주는 화면은 감당하기 힘들었다.

부모에게 버림받아 보육원에서 자라는 아이들의 눈망울과 술에 취할 때면 가족들에게 폭력을 휘둘렀다는 아버지를 죽인 아들, 그 아들을 바라보는 어머니의 울음도 참기 어려웠다. 복권 당첨액이 이십억이라는 소식도. 갈리아노의 연극적인 옷을 보여주는 화면도. 대학생들의 졸업 행사인 쇼도.

리모컨을 눌러대던 진경의 손이 더는 움직이지 않았다. 깊은 산골 마을, 높은 산자락 아래 자리한 집과 마당, 그리고 마당 옆의 우물에서 빨래를 하는 젊은 여성이 그녀의 눈을 사로잡은 거였다.

"가장 힘든 건 추위예요."

생각이 바르고 큰 욕심으로 스스로를 가두지 않을 성싶은 얼굴과 목소리를 가진 젊은 여성은 도시의 어느 장소에서도 위축되거나 하지 않을 듯했다.

"심심하지 않으세요?"

모습을 나타내지는 않는 남자의 목소리는 사람들이 살아가는 이런저런 모습을 보여주는 프로그램 피디의 것이었다.

"혼자 있어도 심심하다고 여긴 적은 없었던 것 같은데. 할 일이 많거든요. 그리고 산을 보는 게 좋아서요."

눈이 맑고 예민한 심성을 지녔을 것만 같은 젊은이가 빨래를 너는 젊은 여성 곁으로 다가갔다.

"겨울 추위는 정말 굉장해요. 모든 걸 내 힘으로 해야 하니까 그것도 힘들긴 하죠. 지붕 위에 올라가 쥐구멍을 막는 것부터. 쥐들이 많아요, 아주. 몇 번은 떠날까 하는 생각도 했었어요. 그런데 서울에 다니러 가면 여기로 오고 싶어지는 거예요."

출입문이 조심스레 열리더니 점퍼에 배낭을 멘 장헌이 그 모습을 드러내었다. 텔레비전 소리는 진경의 귓가에서 멀어졌다. 아들을 바라보는 진경의 얼굴에 놀라움과 반가움, 그리고 당황해하는 기색이 뒤섞였다. 아들의 뒤에 선 아들과 같은 점퍼 차림에 배낭을 멘 젊은 여자가 고개를 꾸벅 숙였다.

진경을 향해 다가오는 젊은 여자는 몹시 긴장한 모습이었다. 진경을 바라보는 아들도 마찬가지였다. 통화를 하던 때와 달리 서먹한 거리감이 되살아나서인지 입원실 안 공기가 점액질로 변한 듯 진경은 숨쉬기가 거북했다.

"수술 결과는……"

물이 묻은 갈색의 모자챙을 만지작거리며 아들이 우물대듯 말했다.

"깨끗해졌어, 이제는."

진경은 아들과 아들 옆의 여자, 누구에게 시선을 주어야 할지 알 수 없었다. 무거운 짐을 내려놓은 것 같은 아들을 정답게 바라보던 아들 옆의 여자가 연정혜입니다, 라고 말하며 절을 했다.

"이 친구가 그날, 아니 그 전부터 전화를 해야 한다고 성화를 해서…… 정혜가 아니었으면 전화를 못했을 겁니다."

어깨가 넓고 얼굴이 반짝이는 정혜를 보며 아들이 조금은 부드러워진 어조로 말했다. 아들과의 해후가 처음 보는 아들의 여자 친구 덕분이라는 게 고맙고 또 의외인 진경은 아들의 여자 친구를 보며 미소 지었다.

"어머니를 보고 싶었습니다."

무슨 구호를 외치듯 씩씩하게 말한 정혜의 두 눈엔 진경을 향한 호의가 흘러넘쳤다. 어머니. 처음 보는 아들의 여자 친구한테서 어머니라고 불리는 게 진경은 서먹했다. 그렇지만 정혜가 싫다거나 한 건 아니었다.

"어머니가 환자복 차림으로 만나는 걸 싫어하실 거라며 따라오지 말라는데 제가 우겼어요."

"싫어하긴."

"전 옷 입을 줄 모르니까 어머니를 이렇게 보는 게 좋겠다 싶었어요. 아무리 멋쟁이시라 해도 환자복 차림으로는……"

정혜는 자신만이 아는 무슨 비밀을 알려주는 것 같은 표정이었다.

"바라던 대로 된 거네."

"어느 정도는요."

정혜가 입을 크게 벌려 웃었다.

"여러 가지로 중간 점수에 미치지 못하다 보니까 그런 식으로 머리가 열리나 봐요."

"정혜야, 너무 앞서 나간다."

장헌이 손톱을 입으로 가져갔다.

"나는, 아니 저는 이게 고질병이에요. 조금만 누가 친절하게 해주면 정신을 잃어버려요. 보육원에서 자란 티를 그렇게 낸다고 헌이가 구박을 하는데도 잘 안 고쳐져서요. 누굴 만나든 그 사람이 날 좋아하는지, 싫어하는지를 금방 알아차리는데 어머니는 절 싫어하는 거 아니시죠?"

지나치다 싶게 빠르게 자신을 열어 보인 아들의 여자 친구. 진경은 뭔가 조금은 아쉬웠지만 여전히 손톱을 물어뜯는 아들을 위해서라도 정혜에게 친절해야 한다고 생각했다. 그녀는 아들의 편안하고 행복해하는 얼굴을 보고 싶었다. 이틀 전 전화 통화를 하던 때의 그 감정을 되찾고 싶었다.

"밝고 좋은데."

"정말요?"

정혜가 진경의 손을 움켜잡아 자신의 얼굴에 가져다 대었다.

"고맙습니다, 어머니. 어머니가 날 싫어하지 않을까 얼마나 걱정했는데요."

정혜의 볼록한 뺨으로 눈물이 흘렀다.

"어머니가 날 밀어내시지만 않으면 헌이하고 나는, 아니 저는 어머니를……"

"내가 그랬지. 오버하는 것 고쳐야 한다고."

아들의 저, 표정, 목소리. 진경의 입가에 감돌던 미소가 사라졌다. 아들의 아버지, 장걸이 떠오른 거였다. 좋을 때의 감정이 격정적이었던 장걸은 분노도 그랬다.

"미안해."

진경의 손을 놓아준 정혜가 아들 옆으로 바싹 붙어 섰다. 어리광을 부리는 표정인 정혜의 머리를 장헌이 쓰다듬었다. 키가 작고 어깨도 좁으며 얼굴빛이 어두운 아들이 보호자연하는 표정으로 자신보다 키가 큰 데다 씩씩한 모습인 정혜를 바라보는 모습이 조금 우스우면서도 마음이 놓였다. 진경은 미소 지으며 너희들, 예쁘구나,라고 말했다. 그 순간 장헌의 표정이 환해졌다. 마치 마술의 손이 아들의 얼굴을 바꿔놓기라도 한 듯 그렇게.

"어머니, 감사합니다. 그렇게 말해주셔서요."

진경의 손에 입 맞춘 정혜가 장헌의 배낭에서 보온병을 꺼내었다.

"전복죽이에요. 공항에서 오는 길이라 일식점에 들러 사온 건데요. 아주 무르게 해달라고 한 거라 드시기 좋을 거예요. 어머니, 저 날마다 와도 괜찮죠? 제가 어머니 머리도 감겨드리고 몸도 닦아드리고 그러고 싶은데요."

침대 발치께에 설치된 접이식 탁자를 펴 전복죽과 국물김치가 담긴 플라스틱 용기를 놓으며 정혜가 말했다. '공항에서 오는 길?' 아들과 정혜가 어디 여행을 한 건가, 궁금하면서도 진경은 굳이 알려 하지 않았다.

지나친 친절이 부담스러울 수 있다며 장헌이 정혜를 노려보듯 했다.

"부담스럽긴."

진경은 그렇지 않다고 말했다.

"어머니. 전 진심은 통한다고 믿어요. 전 어머니를 보기 전부터 좋아했고 지금은 더 좋은데요. 어머니가 절 싫어하시지만 않으면 전 어머니를……"

"정혜야. 너 감당이 안 될 만큼 오버하고 있어. 내일 다시 오는 게 낫겠다."

정혜의 팔을 잡은 채 문으로 가려는 아들에게 진경이 말했다. 정혜와 같이 있고 싶다고.

"어머니."

정혜의 눈에서 눈물이 흘렀다.

"고마운 건 나지."

진경이 정혜의 손을 잡았다.

"내 말이 맞았잖아. 어머니가 너하고 날 좋아해주실 거라고."

정혜의 말이 끝나기 전에 장헌이 입원실 문을 열고 나갔다.

"이번에 태국으로 간 게 신혼여행만 아니었으면 헌이는 어제 오려고 했을 거예요. 관광을 하는 중에도 내내 시무룩해서는."

신혼여행. 결혼을 한 아들. 결혼을 알리지 않은 아들. 진경은 얼굴이 달아올랐다.

"어머니, 저희들 혼인 신고하고 여행 다녀왔어요. 헌이가 결혼식 같은 건 의미 없는 거라고, 언젠가 사는 게 심심해서 이벤트가 필요하다 싶어지면 그때 하면 될 거라고 했어요."

결혼식이라는 형식이 번거롭다며 고집을 부렸던 장걸. 진경은 모든 게 내 탓이라고 말했다.

"저도 어쩐지 결혼식은 내키지 않았어요. 그러니까 어머니 탓이 아니예요. 드레스 입고 그런 것, 쑥스러운걸요, 생각만으로도."

정혜는 진경의 손을 잡은 손에 힘을 주었다.

"저희가 바라는 건 어머니가 저희를 좋아해주시는 것뿐인데요. 헌이와 저는 어머니가 우리와 같이 살아주시면 좋겠어요."

정혜는 간절함이 담긴 눈으로 진경을 쳐다보았다.

"헌이는 할아버지가 남기신 땅을 팔아서라도 어머니를 돕고 싶다고 그랬어요."

알 수 없는 삶. 그녀는 멍한 중에서도 알 수 없는 어떤 힘이 자신의 삶에 스며든다는 생각을 했다.

4

산자락의 집엔 가을이 일찍 찾아들었다.

나무로 지은 산자락의 집은 제 몸의 틈으로 서늘한 숨결과 말간 빛을 거느린 채 다가오는 새벽을 조용히 맞이했고, 한순간에 완강한 기세로 눈앞의 모든 걸 안으려는 검푸른 저녁의 너울에도 순순히 제 몸을 내주었다. 산의 입김, 나무들을 뒤흔드는 바람의 노래도 제 것인 양 온몸으로 받아들였다.

눈을 감고 있노라면 진경은 산자락 어딘가에 누운 것 같았다. 바람이 심하게 불 때엔 이 집이, 그녀가, 그네처럼 여겨지기도 했다. 밤이 깊어지면 나무로 지은 집은 흙이나 짚, 나뭇잎으로 빚은 동굴로, 그녀 자신은 동굴 속의 진흙 덩어리로 여겨지기도 했다. 폭우가 쏟아지기라도 하면 집은 강물 속에서 출렁이는 배 같았다. 산자락 너머의 계곡에서 쏟아져 내리는 물소리가 커다란 짐승의 신음 소리처럼 그녀의 마음을 두려움에 빠져들게도 했다.

자주 폭우가 쏟아지는 건 아니었다. 자주 드센 바람이 휘몰아쳐 오는 것도 아니었다. 때로 이 세상이 존재하지 않는 것 같은 고요함이 찾아오기도 했다. 지금이 바로 그런 순간이었다.

진경은 눈을 뜨고 싶지 않았다. 이 고요함이 투명한 멍석이 되어 자신을 안아 어디론가 데려다주었으면 싶었다. 하지만 언제나 그렇듯 그런 일이 일어나는 대신, 아들의 짐으로 살아가는 자신이 어이없게 여겨지는 마음이 깨어나기 시작했다. 여섯 달 전 어느 날 사라져버린 김여진이 나타나 그녀를 내려다보는 것도 같았다.

"어떻게 그럴 수가."

눈을 뜰 때마다 어떻게 그럴 수가, 라고 곧잘 중얼거리곤 하는 그녀는 다시 잠속으로 빠져들고 싶었지만 잠은 그녀를 받아들이지 않았다.

그 여자는 선배를 들러리 삼아 뭔가 큰일을 할 것같이 판을 벌여 여기저기서 돈을 빌리고는 사라진 거지, 라는 은영의 말이 되살아났다. 김여진이 사라진 뒤, 김여진을 통해 알게 되었던 여자들이 몰려와 당신한테도 책임이 있는 거라며 부렸던 소동들도. 아무 때나 찾아와 김여진이 도망친 곳을 말하라며 소리쳤던 여자들. 김여진의 부탁에 따라 그 여자들하고 식사를 하고 예전의 쇼를 담은 비디오를 보거나 같이 법당에도 가곤 했던 대가를 그런 식으로 치러야 했다니.

새벽이면 언제나 기도하듯, 지난 일에 묶이느니 자신의 일을 찾아야 한다고 스스로에게 말하는데도 나갈 길이 보이지 않는 느낌을 떨쳐버릴 수 없었다. 진경은 낮은 목소리로 오빠를 불렀다. 무슨 의식을 치르듯 간절한 마음으로 오빠를 부르면 그 마음이 오빠에게 전해질 거라고 여겨선지, 진경은 아침마다 오빠라고 소리 내어 부르곤 했다.

자신처럼 모든 걸 잃은 처지가 새삼 가여워진 데다, 어느 하루 오빠를 찾지 않는 날이 없는 어머니를 위해서라도 그녀는 오빠를 만나고 싶었다. 그렇지만 그녀는 오빠를 찾으려는 행동을 하지는 못했다. 형편이 좋지 못한 오빠가 자신의 아들에게 도움을 청하려 할지도 모른다는 걱정 때문이었다.

바닥에 떨어지면, 갈 곳이 없으면, 누구나 그러기가 쉬웠다. 아들에게 그런 부담을 안겨줄 수 없어 오빠를 찾는 일에 나서지 못하는 그녀는 사정이 좋아지면 오빠에게 먼저 손을 내밀고 싶었다. 오빠를 향한 그녀의 마음이 달라진 것도 어쩌면 아들과 정혜와 같이 지내면서 그리된 것인지도 몰랐다.

아들과 정혜를 볼 때면 자신의 나이와 마음이 부끄러워졌다. 자신이 아들의 처지라면 아들이 자신에게 해준 것처럼 해주었을까?라는 생각을 할 때마다 그녀는 아들의 변모가 놀랍기만 했다. 너무 놀라워서 때로 불안했다. 그녀가 입원한 병실로 왔을 때, 정혜는 헌이 어머니와 같이 살기를 원한다고 했다. 그때 진경은 그 말대로 될 것이라고는 여기지 않았다.

아들한테서 모시러 오겠다는 전화가 왔을 때에도 진경은 믿지 않았다. 그런데 정말 아들이 나타났고, 김여진에게 돈을 빌려주었던 여자들로부터 도망치고 싶었던 그녀는 망설일 겨를 없이 그녀의 어머니와 같이 아들의 차에 올랐다.

산자락 아래의 나무로 지은 이 집을 처음 본 게, 그러니까 사월이었다.

대로변에서 접어든 길을 따라 산자락 아래의 이 집으로 향하는 동안 진경의 눈에 들어온 건 연둣빛이었다. 산은 맑은 연둣빛 천지였다. 연둣빛 산자락에 빛의 얼룩을 만들었던 밝고 환한 햇살을 받으며, 집 앞마당에 서 있던 정혜가 환하게 웃는 모습으로 진경에게 왔었다. 정혜도, 나무로 지은 집도, 산자락도 잠시 그림

속의 풍경인 듯했다.

갑자기 사라져버린 김여진처럼 정혜도, 나무로 지은 집도, 산자락도, 아들도, 사라져버릴 것만 같았다. 아들이 진경에게 어머니 집이라고 말했을 때, 그녀는 한동안 아무 말도 하지 못했다. 그 순간 그녀는 가슴이 뻐개지는 것 같았다. 발 딛고 선 마당이 흔들리는 듯했었다. 어딘가로 도망치고도 싶었다.

진경은 그 후로도 가끔씩 아들이 어머니 집인데요, 라고 말한 순간을 떠올리곤 했다. 한밤중이거나, 새벽빛이 그녀의 눈언저리를 맴돌기 시작하거나, 폭우가 쏟아지거나 할 때였다. 이 집은 아들의 조부가 남긴 땅을 팔아 지은 거라고 했다.

거실 건너편 방문이 열리는 소리, 주방으로 걸어가는 발 소리가 들려왔다. 수도꼭지에서 물이 쏟아져 내리는 소리도. 장헌은 커피를 만들 것이고 정혜는 노인을 위해 쑥물을 끓일 것이다. 그것이 장헌과 정혜가 아침을 여는 일이었다.

이제 곧 커피 향이 이불 속에 누워 있고 싶은 진경의 마음으로 스며들 것이다. 향기 속엔 마음을 두드리고 등을 두드리고 발바닥을 두드리는 힘이 있었다. 하지만 산마을 구월의 차가운 새벽 공기는 진경의 마음과 몸을 그녀의 방 네 평 공간에 머물러 있고 싶게 했다. 그러나 어서 일어나 정혜와 같이 하루를 시작하길 바라기도 하는 그녀였다. 혼자인 걸 좋아하지만 혼자이다 보면 상념에 빠져들고, 그러다 보면 아들의 변모에 대해 놀라워하며 불안해하게 되었다.

아들이 처음 그녀를 찾아왔을 때 얼굴에 깃들었던 불안함과 모

호함이 뒤섞인 표정은 어느덧 보기 어려웠다. 얼마 전부터 아들
은 머릿속의 것들을 눈앞에 나타나게 할 수 있다고 믿는 것 같은
눈빛을 보여주었다. 키는 변함없이 작았지만 체중이 늘면서 전처
럼 왜소해 보이지도 않았다.

"키도 작은데 큰 나무라면 우습지만, 헌이는 어느새 큰 나무처
럼 보여요."

아들이 지었다는 이 집도 진경을 놀라게 했지만, 아들이 큰 나
무 같아 보인다고 말한 정혜도 진경을 놀라게 했다. 같이 살면서
정혜를 좋아하는 진경의 마음은 점점 커졌다. 어머니와 할머니와
같이 살게 되어서 얼마나 좋은지 모르겠어요, 라는 말을 정혜가 자
주 해서만은 아니었다. 정혜의 행동이나 말이 예뻐 보인 거였다.

노인의 방에서 기침 소리가 들려왔다. 한번 시작되면 오래가는
기침이었다. 익숙해지려 애쓰는데도 기침 소리는 늘 진경의 신경
을 곤두서게 했다. 이곳으로 온 후 노인은 매일 아침 약쑥을 달인
물로 목욕을 했다. 오래된 메주에서 나오는 듯한 몸의 냄새는 어
느덧 나지 않았다. 갈색의 작은 반점들이 있어도 노인의 얼굴빛
은 맑았다.

장헌은 하루에 한 번씩 노인을 거실 앞 데크로 나오게 해 해바
라기를 하게 했다. 장헌이 하지 못할 때는 정혜가 했고, 정혜가
하지 못할 때엔 진경이 했다.

다른 사람의 부축이 없으면 잘 걷지 못하고 묽은 음식이 아니면
삼키지 못하는 노인은 때로 진경을 며느리로 여겨 험한 욕을 쏟아
내었다. 우리 아들은 미국 출장 갔소, 라고 말하는가 하면 때로 장

헌을 보고 니가 누고?라고 말한 뒤에 미안합니다,라며 합장을 하기도 했다. 속옷을 갈아입히는 진경의 머리를 움켜잡기도 했다.

진경은 가끔 어머니의 삶이 너무 오래 계속된다고 생각했다. 자신이 어머니처럼 오래 살지도 모른다는 생각을 할 때마다 진경은 마음이 헝클어졌다. 두려움과 난감함과 곤혹스러움으로. 그럴 때마다 그녀는 돈을 마련해야 한다는 생각으로 초조해지곤 했다.

"어머니, 커피가 아주 황홀해요."

진경을 일으켜 세울 때마다 정혜는 늘 커피 맛을 들먹였다.

진경은 침대에서 내려왔다. 아들은 여러 종류의 원두를 사들여 매일 다른 향을 원하는 커피 애호가였다. 아들이 나무로 만든 집의 설계자이고 아침을 새로운 커피 만들기로 시작하는 커피 애호가라는 것에 진경은 놀랐다.

아들이 아들이라는 것, 정혜가 자신을 어머니라고 부르는 것이 아직은 거북할 때도 있었다. 아들이 쉽게 들어설 수 없는 골목길로 여겨지기도 했다. 하지만 이곳에서의 아들은 그녀가 막연히 짐작한 존재는 아니었다.

진경은 아들이 뭔가에 몰두할 수 있을 거라고 생각하지 못했다. 어디 한곳에 뿌리내리지 못하고 떠돌아다니며 마음속 상처를 계속 들여다볼 거라는 두려움을 품었다. 함께 지내면서 알게 된 아들은 그러나 진경이 짐작한 그런 모습이 아니었다. 사람들하고 있을 때엔 농담도 꽤 잘해 진경을 놀라게 했다.

"어머니, 어서 나오세요. 새로운 산이 밤사이에 태어난 것 같아요."

조바심과 감동이 서린 정혜의 목소리. 정혜는 새벽과 아침이 서로의 숨결을 주고받을 때의 건너편 산과 하늘을 보여주고 싶어 했다. 이슬비가 나무들과 안개 속에 섞일 때의 풍경도. 그럴 때 정혜의 말소리엔 숨넘어갈 때의 조바심이 느껴졌다.

"어서요, 어머니."

검정색 스판덱스 바지에 회색 스웨터를 입은 진경이 마루로 나 갔다. 아들이 우유를 많이 넣은 커피를 진경에게 건네주었다. 오늘 아침의 커피 잔은 하얀 바탕에 갈색 나뭇잎이 하나 그려진 것으로 우묵하게 깊었다.

"보세요, 어머니."

입가에 우유 거품을 수염처럼 두른 정혜의 눈은 창 너머로 향했다.

산이 가장 장엄해 보이는 시간. 오렌지, 담황색, 아마 빛, 모래 빛, 옅은 흙색으로 물든 산은 거대한 비단 천을 펼쳐놓은 듯했다. 산의 이마에 머물고 있던 엷은 안개는 천천히 물에 적셔진 한지처럼 허리께로 흩어졌다.

어느 하루도 같은 풍경이 아니라고 말하며 정혜가 진경의 팔장을 꼈다. 진경은 고개를 끄덕였다. 산의 이마 쪽이 밝아졌다. 햇살이 투명하고 엷은 금빛 물을 제 몸에 닿는 모두에게 선물했다. 진경의 마음, 구석진 곳으로도 그 금빛 물이 흘러 들어오는 듯했다.

진경은 이 아름다운 금빛 물을 다른 사람에게도 선물하고 싶어졌다. 지환과 지나에게, 그리고 김여진과 은영에게도.

'김여진은 어디로 사라졌나?' 진경의 미간이 접혔다.

"연정혜."

장헌이 정혜의 곁으로 다가갔다.

"장사할 준비 해야지. 토요일이잖아."

장헌이 힘이 실린 목소리로 말했다.

금요일 밤부터 장헌의 가게엔 손님이 늘었다. 비빔밥, 칼국수, 묵, 파전, 커피와 대추차를 파는 장헌의 가게엔 노래도 부를 수 있는 작은 무대와 벽난로가 있었다.

하루 분량의 음식 준비 중에서 칼국수 국물을 만드는 것이 먼저였다. 다시마, 멸치, 양파와 파를 자루에 넣어 끓여내야 했다. 파를 다듬고 파전에 넣을 해물을 손질하는 것은 정혜의 일이었다. 진경은 나물을 만들고 칼국수에 넣을 양념장을 만들었다. 간장과 고춧가루, 매운 고추와 홍고추, 마늘을 잘 섞는 건 어렵지 않았다. 대추를 다듬어 차를 끓이는 일도 그녀의 몫이었다. 가게 주방일은 정혜가 맡아 했다.

진경과 정혜가 자신들의 일에 몰두해 있는 동안 장헌은 세탁한 매트들을 챙겼다. 음식들을 담는 나무 쟁반에 놓는 매트는 진경이 만든 거였다. 한번 사용하면 빨아야 했지만 매트가 있으면 잘 차려진 음식이라는 느낌을 들게 했다. 가게 안의 모든 것들이 최상의 상태이길 원하는 아들의 안목도 진경의 기대 이상이었다.

이것들부터 먼저 씻어달라며 장헌이 주방 구석에서 상자를 들고 왔다. 분청으로 된 식기들과 찻잔들이었다. 그릇에 대한 욕심도 적지 않은 장헌은 시간이 날 때마다 가마가 있는 곳을 찾아다닌다고 했다.

도라지나물을 볶다 그릇들을 본 정혜의 입에서 멋지다, 라는 감탄의 말이 흘러나왔다. 진경도 고개를 끄덕이며 타원형도 아니고 세모의 형태도 아닌 잿빛 그릇에 치즈들을 올려놓으면 좋겠다고 생각했다.

"어머니 한 말씀 부탁드려요. 제 눈엔 대단해 보이는데요."

정혜의 어조엔 열렬함이 담겨 있었다.

"기교가 지나치지 않아 좋구나."

"우리 저이한테 늘 감탄해요. 어머니, 저는 우리 저이 볼 때마다 피는 못 속인다 싶어요. 어머니 아들이라서 그런 거잖아요."

정혜는 곧잘 진경과 장헌을 묶는 말을 하곤 했다. 저이는 어머니를 닮아 초콜릿을 안 먹어요. 저이는 어머니를 닮아 말이 없어요. 저이 이마하고 어머니 이마하고 꼭 같아요. 그럴 때, 진경은 아들에게 친밀감을 품었지만 자신이 아들을 위해 해준 거라곤 아무것도 없다는 생각은 사라지지 않았다.

어느 날 정혜가 어머니, 우리 저이를 안아주세요라고 간곡하게 말하기도 했다. 진경은 그렇게 하고 싶었지만 그럴 수가 없었다.

"먼저 갑니다."

그릇들을 담은 나무 상자를 들고 장헌이 집을 나갔다. 그는 늘 아침 일찍 가게로 가곤 했다. 혼자 가게 안에서 음악을 듣는 시간은 그가 가장 좋아하는 시간이었다. 그가 수집한 시디 삼백 장도 나무로 된 장에 꽂혀 있었다.

"저이는 자기가 좋아하는 일엔 아주 열심이에요."

정혜는 손을 바쁘게 놀리면서도 진경에게 쉬지 않고 말을 건넸다. 날씨에 대해서나 공기 속에 약초 향기가 떠돌아다닌다는 말. 어느 때엔 과장이 섞이기도 한 정혜의 이런저런 말들이 진경은 듣기 좋았다. 진경이 이곳에 머물 수 있는 것도 정혜가 있어서였다.

"어머니, 전 저이가 원하는 건 다 이룰 수 있을 것 같아요. 놀랍고 장하고 자랑스러워요. 저이는 할아버지가 남긴 이곳을 멋진 곳으로 만들고 싶어 해요."

주방은 따뜻했고 참기름 냄새가 감돌고 있었다. 양념장을 만들어놓은 진경은 파를 씻었다. 정혜가 압력밥솥에 현미와 보리, 콩, 조를 넣었다.

"헌이 꿈이 궁금하지 않으세요, 어머니는?"

정혜가 진경의 옆으로 다가왔다. 진경이 고개를 끄덕였다.

"우리 그이의 꿈 중의 하나는 버려진 아이들의 아버지가 되는 것이라고 해요."

장헌의 꿈에 대해 말하는 정혜는 진경의 가슴에 불길이 번지는 걸 알지 못했다.

노인의 방에서 울음 같은 비명 소리가 터져 나왔다. 모르는 사람이 듣는다면 무서운 헛것을 보았거나 뜨거운 기름이 발등에 떨어졌다고 여겼을 것 같은 비명이었다. 하루에도 몇 번씩 그 비명 소리로 식구들을 놀라게 하는 노인은 또 몹시 슬프게 울곤 했다. 진경이 집을 비우지 못하는 것도 그래서였다. 그녀는 산책을 오래 할 수도 없었다. 앞마당에 오래 나가 있을 수도 없었다. 어제 오후, 노인은 진경이 늦게 나타나자 숨이 넘어가는 듯 가슴을 쥐어뜯었다.

"목에 벌레가…… 솜뭉치가……"

갈색 반점으로 가득한 노인의 얼굴은 여러 겹의 주름으로 덮여 있었다. 진경은 눈을 감았다.

"할머니. 뭘 삼키셨어요?"

노인의 가슴을 쓸며 정혜가 걱정이 가득한 목소리로 말했다.

"여기가 불에 타는 것처럼 아프단 말이다."

목이 불에 타는 것처럼, 가슴살을 바늘 쌈지가 뚫는 것처럼, 노인은 비명으로 몸의 아픔을 호소했다. 한밤중에 장헌이 노인을 병원 응급실로 데려간 게 여러 번이었다.

"많이 아프셔서 어떡해요."

정혜가 노인을 눕게 했다. 그러고는 오래된 가죽을 눌러놓은 것 같은 가슴과 불룩 솟은 배를 어루만져주었다.

"어디가 아프세요?"

아침마다 되풀이되는 진경의 물음이었다.

"네도 늙어봐라."

노인의 말소리는 낮았다. 어머니를 볼 때면 곧잘 자신의 노년을 떠올리게 되는 그녀는 죽을 쑤어 오겠다며 주방으로 갔다.

주방 창 너머, 단풍나무의 선홍빛 잎들을 본 순간 그녀는 가슴이 저렸다. 저리도 아름다운 선홍빛. 불타오르는 것 같은 선홍빛의 범람. 그녀는 눈을 감았다.

5

고추를 따고 있는 진경의 등으로 파고드는 유월의 햇살은 따가 웠다. 고춧대를 세울 때는 허리도 아프고 허벅지며 종아리 속에 딱딱한 뭔가가 들어 있는 것 같더니 어느덧 저마다의 모양이 조금씩 다른 고추를 바구니에 담는 일은 즐거웠다.

여위어서 밋밋해 보이는 것, 끝부분이 오른쪽 혹은 왼쪽으로 휜 것, 안이 비지 않고 가득 차 보이는 팽팽한 것, 같은 텃밭에서 자랐는데도 고추들은 조금씩 다 달랐다. 피망도 가까이서 보면 조금씩 달랐다. 작고 오동통한 것, 어깨에 비해 길이가 너무 길어 부실해 보이는 것. 똑같은 건 하나도 없었다. 돌봐주지 않아도 잘 자라는 고추와 피망, 깻잎을 진경은 특히 좋아했다.

"고맙다, 얘들아."

봄날 씨를 뿌리고 가물 때 물을 주고 바람과 제 열매의 무게를 견딜 수 있도록 지지대를 세워주었을 뿐인데, 이처럼 풍성하고 신선한 선물을 안겨주다니. 진경은 미소 지으며 중얼거렸다. 아주 작은 씨앗들. 너무 작아 아무것도 아닌 듯했던 그것들이 흙의 무게를 어떻게 이겨내고 제 생명을 토해내었는지 그녀는 새삼스레 땅에 묻혔던 씨앗들의 변모된 모습이 감탄스러웠다.

그토록 작은 알갱이 속에 생명이 숨죽인 채 깃들어 있다는 것도 놀라웠지만 흙과 물 그리고 햇살, 그 모든 것들의 도움을 받아야 씨앗이 제 껍질을 열어 온전히 제 모습을 드러낼 수 있다는 것에 생각이 미치면 진경은 누군가에게 흙이고 물이며 햇살로 산 적이 없었던 자신이 부끄러워졌다.

씨앗들이 작은 싹을 틔울 때의 모습들은 또 얼마나 예뻤나. 텃밭이 그녀의 마음을 그토록 사로잡을 수 있다는 게 믿어지지 않을 정도로 그녀는 텃밭에 사로잡혔다. 욕심을 내지 말라는 아들의 말을 듣지 않고 이랑을 많이 만들어달라고 했던 그녀는 고추, 피망, 적상추, 쑥갓, 청경채, 치커리, 방울토마토, 파를 바구니에 담을 때마다 부자가 된 것 같았다. 그것들로 샐러드를 만들 때엔 무슨 의식을 치르는 것도 같았다.

자신이 만든 샐러드를 먹는 아들과 정혜를 보는 것이 그녀는 큰 기쁨이었다. 아들과 정혜가 최고의 샐러드라고 말하면 그녀는 자신이 최고의 요리사인 듯했다. 아들의 가게 메뉴에 텃밭에서 자란 야채로 만든 샐러드가 내놓아졌다. 샐러드를 담는 그릇들을 고르고 여러 종류의 소스를 만드는 일도 그녀를 사로잡았다.

진경은 올리브 오일과 식초, 꿀, 후추, 레몬 즙을 섞은 소스나 간장에 꿀, 식초, 마늘, 양파 간 것을 섞은 소스도 만들었다. 마요네즈와 핫 소스, 꿀을 넣은 소스도 만들었다. 올리브 오일에 카레 가루와 식초, 꿀을 섞은 소스도 있었다. 샐러드의 종류도 늘렸다. 야채에 삶은 오징어를 곁들인 것, 야채에 살짝 익힌 가지와 문어 삶은 걸 곁들인 것도 만들었다. 처음엔 찾는 사람이 드물었지만 차츰 많이 팔려나갔다. 진경은 호박과 양파, 당근으로 호박 수프도 만들었다. 양송이 수프도. 하루 동안 팔릴 거라 짐작해 만든 분량이 다 팔렸을 때의 기쁨이란. 그 기쁨에 빠져 텃밭과 주방

을 오가는 동안 아무것도 가진 게 없다는 상실감이 그녀 마음에
파놓았던 구덩이도 많이 줄어들었다. 앞날에 대한 두려움도.

아들에게 작은 도움이 될 수 있다고 여겨지면서 아들과의 서먹
함, 미안함도 차츰 줄어드는 날들이었다. 그러면서도 스스로 문
을 닫은 결과라고는 해도 자신을 찾는 사람이 이토록이나 없다는
것에 진경은 놀랐고 좌절했다. 은영을 통해 그녀의 소재를 알아
전화를 걸어온 사람은 몇몇에 지나지 않았다. 진경의 밑에서 일
했던 후배나 전혀 왕래가 없었던 학교 동창들 몇이 고작이었다.
'이토록 쉽게 세상에서 멀어지다니.' 한때 그녀를 에워쌌던 그 많
은 고객들, 동창들은 여전히 그녀를 찾지 않았다. 자신이 먼저 연
락을 하면 지인들의 울타리 안으로 들어갈 수도 있을 테지만 진경
은 그것이 쉽지 않았다.

"전화 안 받으세요?"

장헌의 목소리였다. 진경의 손에 들린 바구니는 어느덧 초록빛
꼬마 친구들로 가득했다. 텃밭의 모든 것들이 그녀에겐 소리 없
는 인사를 주고받는 친구로 여겨졌다. 그녀의 슬픔이나 후회를
알 길 없고, 알려고 하지 않으며, 어떤 충고도 하지 않는 친구들.
텃밭에서 안녕 애들아. 잘 잤니? 혹은 오늘 너희들 참 예쁘구나,
또는 미안하다, 널 여기 있지 못하게 해서라고 혼잣말을 하는 진
경이 원하는 게 바로 그것이었다.

"애들, 참 예쁘지?"

다정한 눈길을 바구니 속의 친구들에게 준 진경의 말에 고개를
끄덕인 장헌이 진경의 휴대전화를 내밀었다.

밝고 환한 햇살이 쏟아져 내리는 유월의 오후, 은영에게서 걸려온 전화가 숙제의 일부로 여겨져서인가. 진경은 의례적인 말을 하고 싶지 않았다. 가게에 나가봐야 한다는 말로 통화를 끝낸 진경은 안정적이고 편안해 보이는 아들을 보았다.

"점점 좋아지는구나."

진경은 텃밭과 몇 걸음 떨어진 곳에 놓인 나무 평상에 걸터앉았다. 보이지 않는 바람이 그녀의 흰 블라우스 사이로 들어와 서늘함을 안겨주었다. 그녀는 크게 숨을 들이켰다. 거미가 그녀의 발등으로 기어올랐다.

아들이 가게에서 들고 온 아이스티를 담은 유리병을 진경에게 주었다. 진경은 유리병을 반쯤 비웠다. 그녀는 커피를 좋아하지만 아이스커피는 좋아하지 않았다. 그래서 장헌은 진경을 위해 늘 아이스티를 챙겼다. 진경은 아이스티를 좋아했다. 텃밭 주위에선 더욱 그랬다. 어머니도 좋아 보이신다고 장헌이 말했다.

"집집마다 텃밭을 가지라고 떠드는 전도사가 되고 싶을 정도인걸."

진경은 다시 숨을 크게 들이켰다. 공기 속에 약초 향이 떠돈다는 정혜의 말이 떠올랐다. 낮엔 아니었어도 공기 속에 깊은 계곡의 물이 섞인 것처럼 여겨질 때도 있었다.

"고맙다."

그녀는 자의식에 걸리는 것 없이 그렇게 말했다.

"너도 고맙고, 정혜한테 특히 고맙고."

약쑥 달인 물에 노인을 목욕시키는 일을 하루도 거르지 않는 정혜였다. 가끔 노인이 속옷이나 이불을 더럽혀놓아도 정혜는 얼굴을 찡그리지 않았다. 어느 날엔 몸을 씻기는 중에 노인이 설사를 한 적도 있었다. 그때 진경은 얼굴을 찡그렸지만 정혜는 웃기만 했다.

"정혜가 인물은 없어도 정이 많죠."

장헌의 머리 위를 맴돌던 날벌레들이 대추나무가 있는 곳으로 날아갔다. 한가롭고 평화로운 오후였다. 머잖아 다가올 여름의 열기가 느껴지긴 하지만 아직 덥지는 않은 유월의 대기가 진경을 나른하게 만들었다.

"너의 열렬한 추종자이기도 하고 말이다."

진경의 입 주위로 미소가 퍼져나갔다. 장헌이 어깨를 으쓱했다.

"그 애가 너한테 반해서 따라다녔다지만, 그래도 그렇지."

정혜가 장헌을 만난 것은 인터넷 번개 모임을 통해서였다고 했다. 그런 이야기도 했느냐며 아들이 두 손바닥을 비비며 어깨를 굽혔다.

"낭군님 자랑이 취미인 것 같아, 그 애는."

"그 친구가 내 난로인 셈이지요."

텃밭 주위에 흩어진 나뭇잎들과 나뭇가지를 주우며 장헌이 말했다. 아들에게 미안한 마음이 솟구칠 때마다 미루고만 있는 편지를 써야 한다는 생각에 그녀는 마음이 조급해졌다. 그러나 편지를 써야 한다는 생각은 겨우 무너지지 않을 만큼 허술한 가건물 상태인 그녀에게 덮치는 태풍이나 같았다. 텃밭이 생긴 후 허술한 가건물 내부로 햇살이 쏟아져 들어오긴 했어도 혼자일 때 그녀는 가건물이 무너질 것만 같은 두려움에 빠지곤 했다. 아직 그녀는 아들을 찾지 않은 자신에 대해 말한다는 게 끔찍했다.

"저…… 아이들을 돌봐주고 싶은데요."

장헌이 말을 꺼냈다.

"아이들?"

진경은 아들의 말이 무얼 뜻하는지 알아듣지 못했다.

"할머니들이 돌아가시면 보육원으로 보내져야 하는 아이들이 많아서요."

아주 많아요, 라고 아들이 덧붙였다. 진경은 남은 아이스티를 마셨다. 힘들겠구나, 라는 말을 그녀는 하지 못했다. 파리가 날아와 아이스티가 담겼던 유리컵의 가장자리를 맴돌았다.

아이들. 진경은 고개를 들었다.

광채를 뿜었던 푸른 하늘 저편으로 구름이 다가오고 있었다. 하늘의 푸른빛에도 흰빛이 스며들어 쨍한 광채가 많이 스러졌다. 멸치 떼 형상을 한 구름은 천천히, 아주 천천히 남쪽으로 이동하기 시작했다. 그녀의 얼굴엔 상기된 빛이 드러났다.

아이들. 진경은 다루기 힘들고 깨지기 쉬운 데다 귀한 유리 세공품을 두 손에 안은 듯했다. 할머니한테도 좋을 것 같다고 아들이 말했다.

"그렇겠구나."

무슨 말인가를 해야 한다는 생각을 하면서도 진경은 아무 말도 하지 못했다. 쉽지 않은 일을 하려는 아들이 대견하면서도 그녀는 겁을 내고 있었다. 아이들. 미지의 아이들과의 삶은 가보지 않은 길이었다.

"정혜는 잘할 거다."

진경이 한 말은 고작 그것이었다.

"정혜가 원한 일이기도 했어요."

장헌이 일어나려다 주저앉더니 오른손 검지 손톱을 입술 사이로 밀어 넣었다. 아들이 손톱을 씹는 걸 볼 때마다 마음에 손톱 조각이 박히는 것만 같은 진경은 고개를 숙였다.

"우리 가게에 들렀던 피디가……"

잠깐 머뭇대던 장헌이 빠른 어조로 어머니를 보고 싶어 한다고 말했다.

"피디? 무슨 피디?"

"케이블 방송의 피디라는데요. 어머니 이야기를 담으면 좋겠다고 해서요."

여전히 진경은 멍한 눈빛이었다.

"피디 말로는……"

아들의 말을 가로막으려는 듯 진경은 팔을 저었다.

"어떻게 너는……"

얼굴이 달아오른 진경은 몸을 일으켰다.

"그렇게 싫으세요?"

아들이 왼손의 검지 손톱을 씹었다. 아들의 그 모습을 볼 때마다 미안해지곤 하는 진경은 두 손으로 아들의 왼손을 감쌌다.

"부담 가지지 마세요. 어머니가 원치 않는다고 말하면 되니까요."

아들이 눈을 깜박거렸다.

"어머니를 힘들게 하려는 뜻은 없었는데요."

"알아. 내가 그걸 왜 모르겠니? 너희들한테 많이 미안하고. 빨리 내 일을 시작해서 짐이 되지 말아야 하는데."

"짐이라니요? 정혜가 어머니를 진정으로 좋아하는 거 모르세요?"

떼 지어 몰려온 날벌레가 진경의 뒷머리 주위를 맴돌았다.

"저와 정혜는 어머니와 할머니 모시고 이렇게 지내는 게 참 좋으면서도 가끔은 어머니의 실력을 썩히게 하고 있다는 생각을 할 때가 있긴 합니다. 어머니가 답답하시겠구나, 그래서 제 마음이 급해지기도 합니다. 어머니가 다시 출발하실 수 있도록 해드리고 싶은데, 가게 수입으로 언제 그날이 올는지."

"그런 터무니없는 생각을 하다니."

개미 떼가 진경의 종아리로 기어올랐다.

"제가 어머니를 돕고 싶어 하는 건 당연한 일 아닌가요? 김회장이란 분도 헌신적으로 어머니를 도우셨다는데요."

남편의 충격적인 사라짐에 대해서는 입을 다물었지만 모든 걸 잃은 후 김여진의 도움을 받았던 일, 그리고 갑작스레 김여진이 사라진 것에 대해 진경은 정혜에게 말한 적이 있었다. 언젠가 정혜에게는 자신의 지난날에 대해 많은 이야기를 할 수 있을 것 같았지만 아들에게는 그럴 수 있을지 그녀는 알 수 없었다.

"네가 그런 생각을 하는 줄은. 그건 날 돕는 게 아니라……"

진경은 말을 잇지 못했다.

"어쨌든 저와 정혜는 어머니가 계셔야 할 곳에 있도록 만들 겁니다."

장헌은 맹세를 하는 듯한 표정이었지만 진경은 망연한 기분이었다. 앞날에 대한 그림을 그린다는 게 흘러가는 구름을 액자 안에 가두려는 짓으로 여겨졌을 뿐.

산의 이마 가까이로 내려오기 시작한 구름은 어느덧 잿빛으로 변해 있었다. 어머니는 어머니의 자리에 있어야 합니다, 라는 말을 되풀이하는 아들을 바라보는 진경은 얼굴빛이 차츰 어두워졌다.


현관 옆방으로 간 진경은 방문을 열지 못하고 서 있기만 했다. 며칠째 말이 없던 정혜가 오늘은 종일 방에 누워 있었다.

늦은 밤이었다. 이층 아이들도 잠들었는지 울음소리, 웃음소리 싸우는 소리도 들려오지 않았다. 모처럼 찾아온 집 안의 고요함을 흔들어놓은 건 거실 유리문 너머에서 들려오는 바람 소리였다.

잠깐 멈춘 듯했던 정혜의 기침 소리가 이어졌다. 자신의 폐가 찢기는 것 같아 진경은 주방으로 가서 아들의 휴대전화 번호를 눌렀다.

한 시간 전쯤 아들에게 전화를 했을 때 아들은 약을 사올 거라고 했다. 그런데 아직 돌아오지 않았고 휴대전화는 꺼져 있었다. 조바심이 나는 마음을 누른 채 꿀물을 만든 진경이 현관 옆방 문을 두드렸다.

"정혜야."

땀으로 머리칼이 젖은 정혜는 많이 상한 모습이었다. 진경은 꿀물이 담긴 머그잔을 내밀었다. 정혜는 천천히, 조금씩 꿀물을 마시다 왜 안 주무세요? 하고 말했다. 몹시 기진한 목소리였다. 아들 부부에게 무슨 일이 있는지 궁금하지만 물어볼 수가 없어서 진경은 정혜를 바라보기만 했다. 정혜가 머그잔을 내려놓았다. 방 안 공기는 차가웠다.

"걱정하지 마세요, 어머니."

정혜의 뺨으로 눈물이 흘렀다. 진경은 가슴속에서 뭔가가 뚝 떨어지는 것 같았다. 이층에서 울음소리가 들려왔다. 정혜의 손을 잡아준 진경은 방에서 나와 이층 쪽을 보았다.

층계참의 난간에 웅크리고 앉은 송이가 흐느껴 울고 있었다. 석 달 전에 아들이 데려온 아이는 낮엔 방긋거리다가도 밤이면 자주 울었다. 그럴 때마다 정혜나 아들이 달려가 송이가 잠들 때까지 안아주었다. 아들이 데려온 네 명의 아이들 중에서 중학생인 남자 아이가 어느 날 아무 말 없이 집을 나간 뒤 세 명이 남았고 송이는 그중에서 가장 어린 아이였다.

"송이야."

진경은 송이를 안았다.

"무서워."

아이가 진경의 품을 파고들며 흐느껴 울었다.

"네 이놈. 이 도둑놈아!"

노인이 내지르는 비명 같은 고함 소리였다. 아이가 다시 몸을 떨며 울었다. 노인이 꿈에서 내지르는 목소리는 노인의 내부에 어둡고 깊은 심연이 있는 것 같은 생각이 들게 했다.

"네 이놈. 어서 서라 안 하나."

무서운 탈바가지를 쓴 기골이 장대한 남자 노인의 것인 듯 기괴하고 무서운 목소리. 진경은 달려가서 어머니의 입을 막고 싶었다. 어머니는 한동안 차마 듣기 민망한, 험한 말을 쏟아내었다. 아이의 작은 몸이 감전이라도 당한 듯 부르르 떨렸다.

"송이야, 할머니가 나쁜 꿈을 꾸는 거란다."

진경은 두 손으로 아이의 귀를 덮어주었다. 방에서 나온 정혜가 흐느적대는 걸음으로 노인의 방으로 갔다.

"할머니."

노인이 꿈속에서 여러 기묘한 소리를 질러댈 때마다 정혜는 노인의 방으로 가서 노인의 두 손을 잡아주거나 어깨를 감싸 안아주곤 했다. 노래를 불러주기도 했다.

"비가 오는데 빨래를 안 걷었다. 어서 가서 걷어 온나."

꿈에서 깨어난 뒤에도 노인이 내지르는 소리는 종잡을 수 없었다. 진경은 한숨을 삼켰다. 바람 소리는 굴착기로 땅을 파는 소리와 흡사했다. 쉽게 울음을 그치려 하지 않는 아이가 가여워 진경은 아이를 안았다.

버둥대는 아이의 뺨에 그녀의 뺨이 닿았다. 아이의 숨결, 아이의 냄새가 노인의 고함 소리에 찢겼던 그녀의 마음을 부드럽게 감싸 안아주었다. 진경의 입술 사이로 낮은 자장가가 흘러나왔다. 엄마가 섬 그늘에…… 그녀가 아는 유일한 자장가가.

"괜찮아요, 할머니. 제가 옆에 있잖아요."

부드러운 정혜의 목소리. 진경은 정혜가 놀라울 뿐이었다.

"누고 이게 누고. 승조 에미가."

진경의 입술 사이로 흘러나오던 자장가가 멈추었다. 노인이 정혜를 며느리로 착각하는 일이 처음은 아니었다.

"할머니, 저 정헨데요."

"어디서 거짓말을. 나쁜 년."

수없이 많은 전선 가닥이 진경의 온몸을 얽어매는 듯했다.

얼만가의 시간이 흘렀다. 다행히 노인이 잠들었고 아이도 고른 숨을 내쉬었다. 벽 쪽으로 나란히 놓인 두 개의 침대 중, 왼쪽 침대 아래 칸에 아이를 뉘었다. 맞은편 침대 아래 칸과 위 칸은 자매간인 빛나와 윤나 차지였다.

왼쪽 벽, 촛불 모양의 등에서 새어 나오는 불빛으로 방 안은 완전히 어둡지 않았다. 할머니 손에 키워지다 할머니의 병과 죽음으로 이곳에 온 아이들은 모두 어둠을 무서워했다. 여전히 무서운 기세로 몰아치는 바람 때문에 방 안 공기는 차가웠다. 위 칸의 아이가 흐느껴 울었다. 아래 칸의 아이가 팔을 휘저었다. 진경이 낮은 한숨을 내쉬며 아래층으로 내려갔다.

노인의 방에서 나와 현관 옆방으로 들어가는 정혜의 뒷모습은 수렁을 걷는 것 같았다. 푸우 푸우 푸우, 노인의 코 고는 소리가 요란했다. 여러 사람들이 부는 휘파람 같은 바람 소리가 들려왔다. 다듬이질을 당하는 것처럼 가슴이 아파서 그녀는 벽에 기대어 앉았다.

'아들이 어느 날 어딘가로 떠나버린다면……'

나쁜 생각은 하지 않아야 한다고 진경은 스스로에게 말했다.

노인의 코 고는 소리가 높아졌다. 눈꺼풀 안쪽에 돌가루를 뿌린 듯, 눈이 아파온 진경은 수면제를 삼켰다. 무서운 바람 소리를 견디기 힘들어서만은 아니었다. 아들이 돌아오길 기다리는 게 무서운 형벌로 여겨진 거였다.


6


목욕을 하고 나온 진경은 주방 탁자에 앉아 녹차를 만들어 마셨다. 일곱 시가 겨우 넘었을 뿐인데 집 안은 조용했다. 노인은 오늘따라 일찍 잠들었고 토요일인 오늘 송이와 빛나, 윤나는 캠프에 가고 없었다. 지난주부터 장헌은 토요일 아침이면 토요일, 일요일 이틀 동안 영어로 말하고 노는 캠프가 열리는 K시 교회로 아이들을 데려다주었다.

그동안 너무 바쁘게 지낸 탓이었을까. 진경은 혼자 있다는 게 오랜만에 받은 선물인 것 같으면서도 이상했다. 혼자 버려진 것 같은 쓸쓸함이 그녀를 떠나지 않고 있었다. '노인이 깨어나면 이 고요함도 사라지겠지.' 그때 전화벨이 울렸다.

"할머니."

송이가 집에 가고 싶다고 울먹였다.

"무서워. 영어 선생님이 원숭이같이 생겼어요. 빛나 언니는 날 본 척도 하지 않아."

송이가 울음을 터뜨렸다. 진경의 얼굴에 미소가 감돌았다. 아이들하고 어울리는 것, 집이 아닌 다른 장소에서 자는 게 어색하고 힘들었던 어린 시절이 생각난 거였다. 부드러운 목소리로 송이를 위로한 진경은 영어 노래를 배워 오면 예쁜 잠옷을 만들어 줄 거라고 말했다. 송이의 울음이 그쳤다.

"도둑놈 잡아라. 저 저 저놈이."

노인의 고함 소리가 터져 나왔다.

'어머니는 당신 삶의 끝이 이럴 줄 알았을까?' 언제나 씩씩해 보인 탓에, 좀체 힘들다는 말을 하지 않았던 탓에, 진경은 어머니의 삶이 특별히 힘들었을 거라고는 생각하지 않았다. 어려서부터 진경은 세상 사람들 모두가 얼마쯤은 힘들어하며 사는 거라고 여겼는지도 몰랐다. 옆집 친구 아버지는 갑작스런 교통사고로 죽었고, 병원 집 담 너머로는 둘째 부인이 된 간호사가 아이들을 나무라고 욕하는 소리가 날마다 들려왔다. 잘생긴 뒷집의 대학생은 어느 날부터 정신병원에서 지낸다고 했다. 또 골목길 안쪽의 푸른 대문 집에서는 느닷없이 나타난 아이 때문에 소동이 벌어졌다. 이 동네 어느 집 치고 사연 없는 집이 없다. 알고 보면 우리가 제일 마음 편하게 사는 것이다, 라는 어머니의 말이 어린 진경의 마음에 아로새겨졌는지도 몰랐다. 아버지의 부재를 어머니가 한탄하지 않은 탓에, 그것조차도 특별한 일이 아닌 걸로 받아들였던 것인가.

병으로 그들 곁을 떠났다는 아버지도 그랬지만, 어머니에 대해서도 아는 게 없다는 생각에 진경은 망연한 느낌이었다. 장사 일로 어머니가 늘 바빴던 탓에 모녀는 얼굴만 보는 게 고작이었다.

잠들기 전이나 학교에 가기 전에 잠깐씩. 전화벨이 울렸다.

"어머니, 지금 가게로 오셨으면 해요."

정혜의 목소리는 밝았다.

"정혜씨가 먼저 오는 게 순서지."

정혜가 전화를 해준 것만으로 기분이 밝아진 진경의 말소리도 여느 때보다 높아졌다. 진경은 기분에 따라 정혜를 정혜씨, 혹은 정혜, 우리 정혜, 정혜양이라고 부르곤 했다.

"준호 엄마가 할머니를 돌봐드린다고 했으니까 걱정하지 마시고 내려오세요, 어머니."

정혜의 말이 끝나기 전에 현관문이 열리는 소리가 들려왔다.

"선생님, 저 왔어요."

검정 스판텍스 바지에 꽃무늬 스웨터를 입은 준호 엄마가 진경을 향해 환하게 웃었다. 가게에서 차로 이십 분쯤 떨어진 동네에 산다는 준호 엄마는 우연히 가게에 놀러 왔다가 정혜와 친구가 되었다고 했다.

"오늘 정말 멋지신데요."

준호 엄마가 무슨 말인가를 하려다 입을 다물었다.

집을 나온 진경은 가게로 이어진 나무 계단으로 가려다 걸음을 멈춘 채 숨을 크게 들이켰다. 강렬한 밤공기가 온몸으로 파고들면서 그녀를 짓누르던 상념들이 사라져갔다. 눈을 감은 그녀는 사람의 발길에 몸을 내주지 않은 흙의 속살 냄새와 뒷산 나무들의 냄새가 뒤섞인 밤공기에 자신을 내맡겼다.

그녀는 자신이 나무인 듯했다. 어느 한순간 존재하지 않는 느낌이기도 했다. 주위가 더없이 조용한데도 눈을 감고 있으면, 아주 낮은 속삭임이 그녀의 귀로 들려오는 듯했다.

그 속삭임이 밤의 산에서 들려오는 것인가. 눈을 뜬 그녀는 집을 에워싼 뒷산을 보았다. 밤이면 늘 그렇듯 뒷산은 장엄해 보였다. 어둠 속의 나무들은 저마다의 이야기를 가진 듯 비밀스레 보였다. 안개는 산의 머리를 덮는 베일이 되었다가 애무하듯 나무들을 맴돌다가 골짜기를 덮는 이불자락으로 변하기도 했다.

겨울을 나는 동안 사정없이 휘몰아치던 거친 바람과 층계를 삼켰던 폭설 때문에 이곳을 떠나고도 싶었던 그녀는 어느덧 아름다운 선물을 받은 느낌이었다.

미안합니다,라는 낮은 중얼거림이 그녀의 입에서 흘러나왔다. 장걸이 생각나서였다. 해 저물어 만난 장걸은 완연히 달라진 모습이었다. 체중이 많이 준 때문이었는지, 자신 안의 격렬하고 강한 기운을 어디론가 흘려보낸, 텅 빈 집 같은 느낌이었던 그의 눈에서 그렁대던 눈물. 진경의 눈에서도 눈물이 흘렀다. "고맙소. 정말 고맙소. 당신을 한번 보고 가는 게 마지막 소망이었는데." 그의 간곡한 청으로 그가 준비한 나물 반찬으로 식사를 하고 헤어지기 전 장걸은 헌을 돌봐달라는 부탁을 했었다.

두 눈이 젖은 진경은 머리를 흔들었다. 그러고는 하늘을 올려다봤다.

검은 하늘에 흩뿌려진 별들은 물에서 갓 건져낸 반짝이는 보석 같았다. 오늘 밤 그녀는 누구에게나 잘못했다고 말할 수 있을 것 같았다. 하늘의 별들이 그녀 마음으로 쏟아져 들어와 맑은 물로 변한 듯했다.

둘이 같이 사는 일에, 서로가 다른 존재임을 이해하고 받아들이는 일에 서툴렀던 그들. 장걸의 사랑이 자신의 모든 걸 받아들여야 한다고 믿었던 젊은 날의 그녀. 더는 바랄 게 없다고 여긴 지환하고도 끝나는 게 삶이었다. 그리고 한 달 전, 아들은 아무 말 없이 집을 비워 정혜를 울게 만들었다. 아들이 귀가하자 정혜는 여느 날처럼 밝게 웃었지만, 아들도 아무 일 없었던 것처럼 다시 가게 일에 열심이었지만, 진경의 마음에서 걱정의 불씨가 사라진 건 아니었다.

'삶이 물 머금은 소금 가마니처럼 여겨지지 않는 날이 올까?' 아들네를 지켜주길 간절히 바라는 자신의 마음이 장걸에게 전해졌길 바라며 진경은 가게 쪽으로 걸음을 옮겼다. 진경이 가게 문 앞에 다다랐을 때 나무문 위쪽의 작은 유리창으로 불빛이 번져 나오고 있었다. 그녀는 문을 열고 들어갔다.

"축하합니다."

가게의 가운데 탁자 주위에 모여 앉은 사람들의 환히 웃는 얼굴. 박수 소리가 터져 나왔다. 지나와 은영이 와 있을 줄은. 기쁨으로 진경의 가슴이 뛰었다.

"어머니 생신 축하합니다."

"생신 축하드려요, 어머니."

"생신 축하해요."

"축하해, 선배."

아들과 정혜, 지나, 은영으로부터 축하의 말을 듣는 진경은 가

숨이 벅찼다. 그들이 꽃다발을 안겨주었을 때 진경의 마음으로
갖가지 아름다운 꽃물이 드는 듯했다. 어떻게 된 일이냐고 그녀
는 선뜻 묻지 못했다.

"아드님께서 우릴 불러들였어. 윤선생님을 놀라게 해드리고 싶
다고 해서."

두 달 전에 이곳에 온 적이 있는 은영은 여유롭고 풍성한 모습
이었다. 비둘기 빛 실크 블라우스는 잘 어울렸고 어깨에서 찰랑
이는 머리에서는 윤이 났다. 일이 잘되고 있다는 걸 보기만 해도
알 수 있을 듯했다.

꽃들을 옆 탁자에 옮겨놓은 진경은 지나 옆으로 앉았다. 그 자
리가 비어 있기도 했지만 그동안 보지 못한 딸을 제대로 보고 싶
어서였다. 학위와는 상관없이 자유로운 춤을 추는 그룹의 일원이
되었다는 지나는 한 달에 두어 번쯤 전화를 해주었다.

"고맙다, 와줘서."

진경은 지나의 손을 잡았다가 놓았다. 목선이 둥글게 파인 흰
블라우스에 자줏빛 머플러를 두른 딸의 얼굴은 맑아 보였고 손은
따뜻했다.

"어머니, 생신을 축하드립니다."

불빛 때문일까. 장헌의 얼굴은 빛났다. 한 달 전 아무 말 없이
집을 비워 정혜를 울게 한 일은 있지도 않은 듯, 그는 당당하고
자신만만해 보이기까지 했다.

선물 상자들이 열렸다. 정혜의 선물인 손뜨개질로 만든 조끼와
지나가 준비한 보랏빛 속옷, 그리고 은영이 가져온 비단 천을 보

는 진경의 눈에 탄성의 빛이 어렸다. 선물들 모두 그녀를 행복하게 했지만 특히 흰빛에 가까운 맑은 회색과 봄날 아침의 푸른 하늘빛이 섞인 비단의 아름다움이 진경의 눈을 사로잡았다.

"이렇게 아름다운 것을……"

비단 천을 만지작거리는 진경은 몹시 상기한 표정이었다.


7


아침부터 내리기 시작한 비는 저녁까지 이어졌다. 실비인가 하면 굵은 빗줄기로 변했다가 잠깐씩 멈췄다가 다시 폭우로 변하기도 했다. 세상이 비에 갇힌 것 같은 날이었다. 가게 안의 모든 것들 위로 축축한 비닐이 드리운 듯했다. 어두운 조명 때문인지 카운터 안의 의자에 앉아 미지근한 물을 자주 들이켜는 진경의 모습이 마치 누런빛과 검은빛이 뒤섞인 종이로 만들어진 형상처럼 보였다.

'언제쯤 나는 모든 것 뿌리치고 혼자, 친구도 없이, 기쁨도 없이, 모든 것은 오직 꿈이라는 성스러운 확신만으로 고요 속에서 휴식을 취할 수 있을까? 언제 나는 넝마를 걸친 채 아무런 욕망도 없이 만족한 모습으로 산속에 묻힐 수 있을까? 언제 나는 나의 몸은 다만 병이고 죄악이요, 늙음이요, 죽음임을 깨닫고 자유로이 행복하게 숲으로 귀의할 수 있을까? 언제? 아, 언제쯤에?'

며칠 전 가게에 들렀던 손님 중 누군가가 탁자에 놓고 간 종이에 적혀 있던 구절에 진경의 눈길이 머물렀다. 그 구절을 처음 읽었을 때 그녀의 마음은 고요한 정적이 깃든 숲으로 변한 듯했는데, 오늘은 아니었다. 오늘, 그녀는 몸도 마음도 맷돌에 눌린 듯했다.

집을 떠난 지 며칠 동안 연락이 없는 아들. 그리고 오늘 아침 집을 나간 후 전화조차 없는 정혜.

진경은 입 안이 타는 듯했다. 며칠 전 텔레비전에서 카지노를 드나들다 모든 걸 잃은 이들을 보면서부터 진경은 아들이 가 있는 곳이 카지노일 거라는 생각에서 벗어날 수 없었다. 아들에게 여자가 있을지도 모른다고 의심하던 때와는 또 다른 절망감이 그녀를 사로잡았다. 정혜의 얼굴에서 웃음이 사라진 것, 정혜가 점점 뚱뚱해지면서 말이 없어진 것도 다 그 때문이지 싶었다. 빈방에서 흐느껴 우는 정혜의 울음소리를 들은 것도 여러 번이었다.

진경이 무슨 일이 있느냐고 물었을 때 정혜는 별일 아니라고만 했다. 아들과 정혜가 서로를 바라보는 눈빛, 주고받는 말소리에서 차가운 냉기는 숨길 수 없이 드러났다. 보기 좋았던 때의 모습을 어느덧 잃어버린 아들과 정혜였다. 주인이 자주 가게를 비우는 걸 알아차리기라도 한 듯 손님마저도 줄어든 가게에서 장헌이 돌아오길 기다리는 동안, 진경과 정혜는 불안감과 의혹에 휩싸여 점차 말을 잃었다. 종달새 같던 정혜는 하루 종일 몇 마디밖에 하지 않았고 그러면 진경은 더욱 말을 할 수 없었다.

석 달 전 노인이 잠자던 중 홀로 숨을 거둔 후, 마치 기다렸다는 듯 장헌은 가게를 비우기 시작했다. 처음엔 일주일에 하루 정도이더니 얼마 전부터는 한 주에 사흘 나흘씩 집을 비웠다. 노인이 떠나면 아들을 떠날 거라고 생각했던 진경이 그러지 못한 건, 노인의 죽음이 갑작스러워서만은 아니었다. 정혜 홀로 아들이 돌아오지 않는 밤을 견디게 할 수 없어서였다.

'왜 또다시.'

아들을 따라 이곳으로 오는 게 아니었다고 진경은 후회했다. 어머니를 혼자 감당할 수 없어 이곳으로 온 거였지만 지나고 보니 이곳 역시 어느덧 또 하나의 수렁이었다. 이곳의 바람이, 텃밭의 초록 친구들이 그녀의 찢긴 마음을 감싼 붕대가 되어주었다고 여긴 걸 잊은 듯, 그녀는 아들과 엮인 걸 후회했다.

전화벨 소리가 울렸을 때 진경은 가슴이 뛰었다. 그녀는 자신의 감정을 드러내려 하지 않았지만 수화기 건너편의 지나가 어디 아프냐고 물었다. 감기 기운이 있을 뿐이라고 진경이 말했다. 잠깐의 망설임 끝에 지나가 물었다. 내일 오후에 서울에 올 수 있으세요?라고.

"내일?"

진경은 터져 나온 기침 때문에 말을 잇지 못했다. 사진 아카데미 졸업 전시회 오프닝이 내일이라고 지나가 말했다. 딸한테서 사진 아카데미에 대해 들었던 게 기억나지 않아 난감해진 진경이 변명하듯 말했다. 언제부터인가 늘 멍한 상태라고. 그러자 할머니가 떠나신 탓일 거라고 지나가 말했다.

"외삼촌을 보지 못하고 가시게 한 게 늘 마음에 걸려서."

딸에게만은 어떤 마음의 무거움도 전하려 하지 않았던 진경은 그만 그럴 수 없어졌다. 망할 년. 어서 가서 우리 아들 찾아오란 말이다. 내 소중한 아들을 네년이 쫓아낸 것 모를 줄 아나. 죽었는지 살았는지. 아이구, 내 새끼. 불쌍한 내 새끼. 분명히 누구 손에 죽었을 것이다. 안 그라고는 이 에미를 이래 몰라라 할 수는 없을 끼라. 보고 싶구나. 진택아, 라고 소리치며 울었던 어머니. 멍이 들도록 주먹으로 가슴을 쳤던 어머니. 어느 날은 죽어야 한다며 물 마시는 것조차 거부했는가 하면 어느 날은 오래 살아야 한다며 온종일 음식을 달라고 했던 어머니. 어느 날은 장헌을 아들로 착각하기도 했다.

"고맙다, 진택아. 이래 날 보러 와주어서. 나는 네가 꼭 날 찾아올 줄 알았다. 그동안 네를 얼매나 기다렸는지. 이래 봤으니 여한이 없다. 내가 속아지가 좁아, 네가 날 보러 안 왔으면 니를 저 세상에 가서도 원망할라 안 했더나. 내가 당한 꼴, 니도 니 자식한테 꼭 그대로 당해야 한다꼬 말이다. 무신 에미가 그렇노 싶겠지마는 니도 나중에 당해봐라. 나이 들면 얼굴에 주름만 지는 게 아니다. 가슴도 쪼그라든다. 네 동생하고 헌이하고 헌이 댁한테 고마운 마음 잊지 말거라. 네가 할 도리를 가아들이 다한다고 고생 많았다. 니한테만 하는 말이다마는 진경이 그거는 나를 귀찮아 할때도 더러더러 있었구마는. 진경이 그거는 남한테 모진 마음 품고 하는 일은 없었지마는 뜨신 데가 없었다. 죽은 지 애비 성미를 닮아서 그런갑다 했는데. 나를 몰라라 팽개치지 않은 것만 해도 고맙다는 거를 내가 와 모르겠노. 젊은 나이에 남편 잃고 혼자 살아오면서 내 새끼들 번듯하게 키울라꼬 참 애탕지탕 살아왔는데, 남의 눈에 눈물 빼게 했던 것이 많았던가? 잘 살아가던 내 새끼들이 와 다 추수해야 할 시기에 그리 무참하게 거꾸러졌는 지. 청상에 과부 된 것도 이년의 팔자 박복한 탓이고 자식들 망한 꼴 보게 된 것도 다 이 에미 탓이었겠지. 미안타, 진택아. 니를 원망했던 것도 용서해주고, 이래 얼굴 보여준 것만 해도 고맙다.”

저세상으로 떠나기 보름 전이었던가. 잠시 맑은 정신을 찾았던 노인이 한 말이 진경의 귓가에서 울려대었다.

“지나고 보니 왜 그렇게 살았나, 후회가⋯⋯”

어머니가 살아 있는 동안엔 어머니로부터 자유로워지길 원했지 만 정작 노인이 세상을 떠난 후, 진경은 혼자라는 고립감에 빠져 들곤 했다. 언제쯤 서울로 올 것인지를 지나가 물었다.

“내가 떠난다면 헌이는 날 예나 지금이나 변함없이 이기적인 사람으로 여길 거다. 그리고 또 나는⋯⋯”

진경은 자신이 빈손인 걸 말하지 못했다.

“헌이에게 조금은 도움이 되어주고 싶다. 너한테도 그렇고 말 이다. 이렇게 살면 그게 가능하기나 할지⋯⋯”

잠들지 못한 밤, 마음을 어지럽혔던 생각의 조각들을 말했는데 도 진경은 마음이 조금도 가벼워지지 않았다. 이사장님하고 같이 일할 수도 있을 거라고 지나가 말했다. 처음 듣는 이야기는 아니 었다. 노인이 떠난 후 은영이 지나에게 그런 제의를 했었다.

“지금은⋯⋯”

망설이다 때가 아닌 것 같다,라고 말한 진경은 졸업 사진전이 열리는 곳이 어딘지를 물었다. 경복궁 건너편 M갤러리라고 지나가 말했다. 은영이 선물로 주었던 수직 비단을 떠올린 그녀는 딸에게 옷을 만들어주지 못한 게 아쉬웠다.

　오프닝 행사라는 게 번거로울 것 같아 내일 가지 않을 수도 있다고 지나가 말했다. 진경은 가야 한다고 했다. 그러자 지나가 좋은 관계를 위해서는 거리가 필요하다고 했다. 진경은 아주 먼 존재로 여겨진 딸과 자신이 보이지 않는 끈으로 묶인 느낌이 들었다. 소중한 선물로 여겨진 그 느낌에 대해 말하려다 진경은 입을 다물었다. 자신이 한 걸음 다가가면 딸이 한 걸음 물러서려 할 것 같아서였다.

　좋아하는 사람과 있어도 오래 같이 있고 싶지 않았던 진경은 그 이유가 바빠서였다고 여겼지만, 언제부터인가 알게 되었다. 자신이 존재가 가지기 마련인 상처의 무게를 두려워한다는 것을.

　미국으로 가기 전, 딸은 곧잘 베개를 던지고 쿵쿵 뛰거나 소리를 질렀다. 그러면 그녀는 딸이 무얼 원하는지 헤아리려 하기보다 소리 지르는 딸에게서 멀어지려 했다. 어쩌면 그녀 마음의 어느 부분은 너무 약하거나 차가운 기운으로 둘러싸여 있는지도 몰랐다.

　"나는 엄마가 되지 말았어야지 싶다."

　"……"

　명상 센터로 가기 전까지, 붉은 옷을 입고 맨발로 다니는 외국의 승려, 교민들 사이에서 심령사로 알려진 중년의 남자, 나이트 클럽을 가진 사업가, 재즈 피아니스트에게서 안식을 구하려 했다는 지나. 지나의 지난 시간들을 은영한테서 들었던 진경은 또다시 가슴이 아렸다.

작은 놋쇠종이 딸랑이는 소리가 나더니 문이 열리는 기척이 들렸다. 지나와의 통화를 이을 수 없어진 진경은 오랫동안 먼 길을 걸어온 듯 기진한 몸을 일으켰다.

"이런 날에 차가 서다니."

"하늘에 구멍이 뚫렸나?"

비에 젖은 점퍼 차림의 남자 둘이 투덜대며 가게 안으로 들어섰다. 카운터 맞은편 벽난로 옆에 세워둔 벽시계가 깊은 울림을 품은 소리를 냈다. 벽시계를 수집하는 장헌은 여러 종류의 벽시계를 가게 곳곳에 걸어두거나 세워놓았다.

"커피 두 잔."

진경의 앞을 지나면서 검정 모자를 쓴 남자가 서두르는 어조로 말했다.

잠시 후 진경이 벽난로 앞쪽에 앉은 손님들에게 갔을 때, 그 검정 모자는 진경을 살피듯 보며 고개를 갸웃했다. 독일인가 프랑스에서 오래 살다가 돌아와 이런 곳에 정착해 카페를 한다는 아주머니와, 대학에서 미술을 가르치다 빵집을 낸 아주머니를 텔레비전에서 보았다는 검정 모자는 카운터로 가는 진경의 등에 대고 목소리를 높였다. 어느 쪽인지를 말하라고.

진경은 시디를 고르기 위해 시디장 앞에 섰다. 마음에 따뜻한 온기를 줄 음악을 듣고 싶어서였다. 맑고 투명한 피아노의 선율이 흘러나오자 그녀는 눈을 감았다. 물에 흠뻑 젖은 비닐에 둘러싸인 듯했던 가게의 천장이 열리며 푸른 하늘이 펼쳐진 듯했다.

비를 머금은 나무들 사이로 난 오솔길도 보였다. 오솔길로 달려가는 자전거도 볼 수 있었다.

검정 모자가 신청곡을 쓴 종이를 들고 카운터로 왔다. 진경은 눈을 떴다. 그때 금속의 종이 딸랑거리는 소리가 들려왔다. 흙과 나뭇잎 냄새가 어우러진 비 냄새와 함께 정혜가 들어섰다. 온몸이 비에 젖은 정혜를 보는 순간 진경은 주위가 검은 목탄화의 공간으로 변하는 것 같았다. 갈색 면 코트를 입고 생머리를 하나로 묶은 정혜의 표정이 너무 무거워, 진경은 아무 말도 건넬 수가 없었다.

검정 모자가 신청한 곡은 비틀스의 「예스터데이」였다. 비를 머금은 나무들 사이의 오솔길은 이제 진경의 눈앞에 나타나지 않았다. 혼란스러운 마음을 가라앉히려는 듯, 아무 생각도 하고 싶지 않은 듯, 진경은 노랫말에 귀 기울였다. 무심히 들었던 노래 구절들은 투명한 구슬이 되어 그녀의 마음으로 스몄다.

"스피커 성능이 대단한데요."

검정 모자가 만 원 지폐와 명함을 같이 내밀었다. 간혹 있는 일이어서 진경은 명함을 가져가라는 말 같은 건 하지 않았다. 갈색 모자를 쓴 다른 일행이 빨리 출발해야 한다며 검정 모자를 재촉했다. 오디오를 새로 준비하려 한다며 도움을 줄 수 있겠느냐는 검정 모자에게 진경은 고개를 저었다. 검정 모자는 무슨 말인가를 더 하려다 입을 다물고는 가게를 나갔다.

진경은 가게의 문을 잠근 후 작은 등 하나만 남겨놓곤 다른 등들을 껐다. 오디오의 스위치도 끈 후 그녀는 주방 옆의 방으로 갔다. 창으로 흘러드는 달빛이 미치지 못하는 벽 앞에 웅크리고 앉은 정혜의 옆으로 진경이 앉았다.

"어머니, 죄송해요."

정혜가 울음을 터뜨렸다.

"어머니, 우리 빈손이 되고 말았어요. 그이가 카지노에서……"

커다란 쇳덩어리가 진경의 뒷머리를 친 듯했다.

"어머니 죄송해요. 그 사람이 어머니한테 말하면 그날로 날 안 보겠다고 해서…… 어머니, 어떻게 해요. 어머니."

정혜가 두 손으로 얼굴을 가린 채 울었다. 얼음 창고에 갇힌 듯 진경의 온몸이 싸늘해졌다.

"다 제 잘못이에요. 제가 어머니한테 말했어야 했어요. 지금도 그 사람 그곳에 있어요. 아무리 매달려도 움직이지 않으려……"

진경은 아무 말도 할 수 없었다. 장걸이 남겨준 집, 가게, 아들이 모래알로 흩어져 허공에 사라지는 형상을 보지 않으려고 그녀는 눈을 감았다.

# 시소 게임

1

 딸에게 줄 봉투가 들어 있나, 가방 안을 들여다본 후 진경은 704호 벨을 눌렀다.

 그녀의 등 뒤로 헤이즐넛 커피 향을 퍼뜨리며 누군가 지나갔다. 구두 굽 소리는 습기 찬 대기 때문인지 낮게 들렸다. 몹시 기운이 빠진 듯 조심스레 옮겨놓는 누군가의 걸음. 그녀는 복도 끝으로 걸어가는 누군가의 오늘 하루가 너무 무겁지 않았기를 바랐다.

 오피스텔 문이 열렸다. 길이 막히지 않았느냐고 묻는 지나의 어조는 밝았다. 엷은 모과 향이 떠도는 오피스텔로 들어섰을 때 그녀는 잊었다. 헤이즐넛 커피 향과 누군가의 걸음을.

 일자형의 검정 가죽 소파와 왼쪽 주방에 놓인 검정 빛 탁자, 그리고 의자가 전부인 오피스텔. 딸이 이사한 그곳은 사진 전문 갤러리인 것 같은 분위기였다.

무수히 많은 사진들. 집 안의 흰 벽은 오직 사진들을 걸기 위해 존재하는 듯했다. 천천히요, 라고 지나가 웃으며 말했지만 구두를 벗는 동안에도 진경의 눈은 벽으로 향해 있었다.

하나하나의 사진들을 다 보진 못했는데도 검정 액자 속의 크고 작은 흑백 사진들은 덩어리의 느낌으로 그녀의 마음에 던져졌다. 뭔가 무겁고 단단한 느낌이 진경을 에워쌌다.

"이 사진들 모두⋯⋯"

지나는 진경이 물으려 한 것을 알아차린 듯 여러 사람들 것이 모여 있다고 말했다. 머리를 후려치거나 위안과 슬픔을 주는 것, 어느 쪽도 아니어서 왜 저곳에 걸렸는지를 묻게 만드는 것들이 섞여 있다고도.

"어느 것이 지나양의 작품인지 찾을 수 있을까?"

마음속의 무거운 느낌을 떨치려는 듯 가벼운 어조로 말하며 진경이 벽을 향해 한걸음 내디뎠다. 아직 보여줄 만하지 못하다고 지나가 두 팔을 펼치며 말했다. 폭탄이 터지는 소리가 귀에 들릴 거라고.

진경은 궁금했다. 딸의 사진을 찾아낼 수 있을지. 사진 찍기를 놀이라고 여기면 재미있지만 다른 사람의 눈을 의식하면 마음을 다친다고 지나가 말했다. 진경은 그렇게 가는 거라고 받아쳤다. 굳이 서툰 사진을 찾고 싶으시다면 식사 후가 좋겠다고 말하며 지나가 진경에게 우유와 얼음, 베일리스가 든 유리잔을 가져다주었다. 진경은 달콤한 액체를 한 모금 마셨다. 그리고 또 한 모금.

그녀는 잠시 투명한 물방울 같은 피아노의 선율에 귀 기울였다. 지나에게 무얼 바라는 마음이 바다에 떨어지는 빗방울처럼 사라지길 바라며. 소파에 던져둔 가방 안 휴대전화가 둔한 숨소리 같은 진동음을 냈다.

'윤선생님, 데이트 중이신가요?' 정혜가 보낸 문자를 본 진경은 갑자기 저녁 약속이 생겼다는 답신을 보냈다. 지나가 오늘 저녁 식사 초대에 정혜를 빠뜨린 걸 그녀가 알길 원치 않은 거였다.

이삼 분 쯤 지났을까. 휴대전화를 든 진경의 얼굴에 환한 빛이 어렸다.

"할머니, 빨리 집으로 오세요."

응석이 가득한 목소리로 바다는 한 말을 되풀이했다.

"알았어요, 바다님."

바다와 말할 때엔 늘 그렇듯, 진경의 목소리에 달콤함이 묻어났다.

"윤선생님 표정이 황홀해 보여요."

싱크대를 향해 돌아서며 지나가 말했다. 진경의 눈이 딸의 뒷모습에 머물렀다. 단단하지만 여윈 딸의 어깨엔 서늘한 고적감이 얹힌 듯했다. 누군가의 것이든 뒷모습엔 그것의 주인이 무엇으로도 감출 수 없는 자기만의 삶의 무게가 드러나는 법이었다.

침묵이 찾아왔다. 바다 옆의 지나는 어린 날의 지나라는 은영의 말을 떠올린 진경은 후회했다. 바다와 말했을 때 웃지 않았더라면 하고.

높은 벽으로 여겨지는 침묵이 이어졌다. 딸의 마음에 온기로 스며들 말을 찾고 싶었지만 머릿속이 어수선하기만 한 그녀의 입에서는 헌이가 그렇게 가버려서라는 말이 흘러나왔다. '지나가 고개를 끄덕였나?' 진경은 아들의 죽음을 입에 올리고는 다시 후회했다.

카지노에서 돌아오는 길에 중앙 분리대를 넘어 트럭에 부딪혀 죽은 아들. 병원 응급실에서 본 피투성이 아들의 마지막 모습. 그녀는 눈을 감았다.

지나가 십 분 뒤에 식사를 할 수 있을 거라고 했다. 아들의 마지막 모습을 잊고 싶은 진경은 소파에서 일어나 사진들을 향해 섰다.

사람의 온기가 머물러보지 못한 것 같은 커다란 방, 그 방의 가운데에 놓인 화려한 화장대 앞에 앉아 루주를 바르는 여자 아이와 그 옆의 인형은 쌍둥이인 듯 닮았다. 퍼머를 한 머리에 보석으로 치장한 선정적인 느낌의 비단 드레스를 입고서 거울을 보는 네 개의 눈은 공허해 보였다. 긴 식탁의 끝에 혼자 앉아 아름다운 접시를 보는 여자 아이도 얼핏 보기에 커다란 인형 같다. 접시에 담긴 게 더러운 벌레이기나 한 듯 여자 아이의 눈엔 두려움이 어려 있고, 인형의 동그란 두 눈은 작은 구멍 같다. 머리칼이 없어져 섬뜩해진 느낌의 인형을 안고서 차들이 오가는 거리로 곧 뛰어내릴 것 같은 모습으로 아파트 베란다에 기대어 선 여자 아이도 있었다.

사진을 더는 볼 수 없어진 진경은 창 앞을 서성였다. 폭우가 쏟아지는 거리를 내려다보기도 했다. 드세어진 바람에 온몸을 뒤흔들며 소리 없는 비명을 질러대는 것 같은 가로수들을 보았지만 사진 속의 여자 아이와 인형은 진경의 눈에서 사라지려 하지 않았다.

무슨 일 때문인지는 잊었지만, 온몸을 버둥대며 울던 지나가 갑자기 인형의 머리카락을 한 가닥도 남기지 않고 뽑았던 게 다섯 살이었던가, 여섯 살이었던가. 머리카락을 잃은 인형은 팔과 다리도 없어진 흉한 모습으로 변해 지나의 등에 업혀 다녔다.

지난날에 끌려들고 싶지 않은 진경은 검정 소파에 앉아 클라리넷의 선율에 귀 기울였다. 그러나 마음속의 진흙 덩어리는 점점 단단해졌다. 딸의 사진 아카데미 졸업 전시회에 가지 못한 일마저 되살아난 거였다. 그동안 묻혔던 지나의 사진 아카데미 졸업 전시회에 대해 말하려다 미루기만 했던 그녀는 망설임 끝에 입을 열었다. 졸업 사진전에 가지 못한 게 아쉽고 미안하다고.

"아프셨으니까요."

지나의 졸업 사진 전시회 첫날, 사람들 속에 섞일 자신이 없어 서울로 가지 못한 그녀는 마지막 날 가려 했지만 그럴 수 없었다. 아들의 몸이 고속도로에서 찢기고 부서졌다는 소식을 들었던 게 사진 전시회 마지막 날 새벽이었다. 짧은 침묵 후에 지나가 식사하실래요? 하고 말했다.

진경은 문득 말하고 싶었다. 카지노에서 모든 걸 잃었던 아들을 짓눌렀을 고통에 대해. 하지만 그녀는 말할 순간을 넘겼다. 지나가 면과 밥 중에서 어느 쪽이 좋은지를 물어온 거였다. 어느 쪽이든 상관없다고 말하고 진경은 지나 옆으로 다가갔다. 자신의 마음속 미안함을 드러내려 한 게 후회가 된 그녀는 그릇이나 컴퓨터 어느 것을 올려도 자연스럽게 보일 것 같은 까만 식탁을 보며 짐짓 밝은 어조로 말했다. 군더더기라곤 없는 곳이네, 라고.

"친구가 공부하러 떠나며 이 집을 맡길 사람으로 날 뽑은 이유가 내 짐이 제일 가벼워서였다고 해요."

지나는 집주인이 헐렁한 옷, 비어 있는 공간을 사랑한 친구였다고 덧붙였다.

이곳으로 오기 전 지나는 마당이 있는 집 이층에 세 들어 살았다. 이층 창으로 후박나무 가지가 뻗어 있던 그 방에 살 때 지나의 짐은 식탁을 겸한 책상, 몇 개의 상자와 작은 옷장 하나, 배낭이 전부였다.

갑자기 딸과 집주인이 가진 것의 차이가 무겁게 여겨진 진경이 물었다. 이 집 주인은 결혼했는지를. 지나는 결혼이란 울타리를 떠나고 싶어 한 친구의 남편이 준 선물이라고 했다.

무슨 말인가를 더 하려던 진경의 입이 다물어졌다. 그림마저 가져간 지환이 생각난 거였다. 지나에게 남자 친구가 있다는 은영의 말도.

지나는 매트에 물 잔을 가져다 놓았다. 딸의 남자 친구에 대해 알고 싶지만 딸과의 시간을 망가뜨리고 싶지 않아서 진경은 좋은 사진을 찍을 수 있겠더라, 라는 말로 화재를 바꿨다. 영화의 한 장면처럼 찍은 기법의 새로움에 대해서도 감탄의 말을 아끼지 않았다. 그때 지나의 휴대전화가 울렸다.

"식사하려던 참이야. 간은 나도 맞출 줄 아니까."

냉장고에서 접시들을 꺼내는 지나의 손놀림이 빨라졌다. 통화 상대가 은영이 말한 남자 친구일까? 진경이 더는 참지 못하고 남자 친구가 어떤 사람이지를 물었다.

"사람에 대해 안다는 건 오랜 시간이 걸리는 퍼즐 맞추기 같은
게 아닐까요?"

사람은 누구든 보이는 게 다는 아닌 거라고 지나가 말했다. 진
경이 고개를 끄덕였다.

"에너지로 충만한 사람 같긴 해요. 부담스러운 건……"

색색의 파프리카와 청경채, 치커리 위에 오징어와 새우를 얹은
커다란 샐러드 접시가 탁자에 놓였다.

"그 친구가 결혼을 원한다는 거예요."

미리 코르크 마개를 따두었던 와인 병을 들고 온 지나가 호주산
펜폴드라고 말하며 잔의 반가량을 채웠다. 진경은 향을 느끼는
시늉 같은 것도 없이 와인을 마셨다. 부드러운 향이 나는 와인은
맛이 강하거나 떫은맛이 나지 않아 좋았다.

"흑임자와 잣을 섞어 만든 죽이에요."

전자레인지에서 꺼낸 작은 회색의 종지 모양 사발을 탁자에 놓
으며 지나가 말했다. 결혼 말만 하지 않으면 그 친구를 편하게 만
날 거라고.

검은깨의 진한 맛과 잣의 부드러운 향이 섞인 죽을 떠먹는 동
안, 진경은 어딘가 먼 곳으로 간 듯했다. 그녀는 창 너머의 선홍
빛 단풍나무가 아름다웠던 주방에 가 있었다.

아침마다 서로의 일로 바쁘게 움직이며 이런저런 이야기들을
주고받았던 곳. 그녀가 새로운 샐러드와 소소를 만들어낼 때마다
신기한 발명품을 보듯 감탄하던 정혜와 그런 정혜를 흐뭇한 눈으
로 지켜보던 아들이 있던 그곳. 어쩐지 현실의 시간 같지 않아 불

안감을 안겨주기도 했던 그곳에서의 시간들. 다시는 볼 수 없는 아들, 그리고 어머니.

새어 나오려는 한숨을 삼킨 진경은 칠리소스를 섞은 올리브 오일 소스를 샐러드 위에 뿌렸다. 야채들은 신선했고 소스의 맛은 자극적이었다. 진경은 칠리소스를 섞은 게 좋다는 말로 무겁고 짧은 침묵을 밀어냈다.

"거절을 하는데도 고집을 부려요. 부모를 만나야 한다고."

지나는 비어 있는 잔에 병을 기울이며 말했다. 만나는 게 나쁘지 않을 것 같기도 하다고.

"결혼은 안 된다고 할 그 친구 부모의 완강함을 그 친구가 확인하는 게 낫겠다 싶어서요."

"만나지도 않고 그렇게 단정적으로 말하는 건……"

진경이 머리를 저었다.

"모든 사고가 세상에서 통하는 틀 안에서만 움직이는 부류의 사람들이라면 전 받아들여지지 않을 거예요."

냉장고에서 꺼낸 파전과 버섯전을 프라이팬에서 익혀 분청의 우묵한 접시에 담는 지나의 얼굴에 쓸쓸해하는 기운이 스쳤다.

"그런 장면들이 보여서 그 친구와 끝낼까 싶기도 하지만 그러고 나면 또 그만한 친구 만나는 것도 쉬운 건 아니니까."

오늘 준비한 음식들, 모두 그 친구가 만들어준 거라고 했다.

"요리사니?"

진경의 얼굴에 놀라움이 스쳤다. 지나가 고개를 끄덕였다.

"학부 때 전공은 경영학. 졸업 후에 요리 공부를 시작했다고 해요. 그것 때문에 부모와는 냉전 상태라니 산다는 게 낡은 책갈피 넘기는 거나 다름없는 거죠.”

지나에게 무슨 말을 해줄 수 있을까. 진경은 혼자의 외로움을 모르지 않았다. 아들과 정혜와 같이 지낸 그 바쁘던 날들 속에서도 그녀는 가끔 자신의 어깨를 안아주고 출렁거리는 감정을 다독거려줄 누군가를 원했다. 서울로 돌아온 후 여준을 만난 건 진경이 얻은 큰 선물이었다. 둘만의 시간을 열망하며 진경이 무슨 말을 하든 옳다고 하고 진경의 몸이 원하는 기쁨을 안겨주는 여준이었다.

“굳이 그 친구를 멀리할 필요는 없지 않을까?”

삶. 안전하다고 보이는 삶이 그렇지 못한 걸 그녀는 많이 봐왔다. 외양으로는 평온한 모습을 보여주던 그녀의 고객들, 동창들의 삶이 그러했다. 헤어지는 게 구원이 될 것처럼 일그러진 모습으로 살아가는 이들은 또 얼마나 많았나.

이런 경우엔 이런 어려움이 있을 거니까 시작하지 않는 게 좋겠다고 미리 문을 닫지는 말았으면 좋겠다고 진경이 말했다. 지나가 프라이팬에서 살짝 데운 너비아니를 분청 접시에 담아 식탁에 올려놓았다. 잣가루를 뿌린 고기는 연하고 부드러웠다. 바다와 정혜를 떠올리며 진경은 너비아니도 맛있다고 감탄하듯 말했다.

“언제 비가 오고 바람이 휘몰아칠지는 누구도 모르는 일이지만 비가 오면, 맞아주겠다고 그렇게……”

진경은 말을 멈췄다. 언제부터인가 삶에 대해 말할 때면 자신에게 어울리지 않는 옷을 입고 무대에 오른 느낌이었다. 자신의

옷을 많은 이들이 입어주었다는 것으로 삶을 스스로 이끌어온 것
으로 믿었던 시절도 있긴 했다. 하지만 언제부터인가 그녀는 삶
이 저마다의 몫으로 주어진 커다랗고 무거운 보따리의 무게를 견
디는 거라는 생각을 하곤 했다. 그러면서도 딸의 삶만큼은 평온
하길 바랐다. 그래서 그녀는 삶의 무거움을 입에 올리고 싶지 않
아졌다.

진경은 가방에서 꺼낸 봉투를 지나에게 주며 언젠가 작은 오피
스텔을 사주겠다고 했다. 지나와 은영이 없었더라면 아들이 죽고
나서 여덟 달 후에 태어난 바다와 정혜, 빛나, 윤나, 송이의 생계
를 책임져야 했던 그녀는 어찌할 바를 몰랐을 것이었다.

조부가 남겨준 모든 것을 카지노에서 잃었던 아들. 아들이 교
통사고 전에 들었던 생명 보험금으로 아들 명의의 은행 빚을 갚고
나자, 남은 건 방 두 칸의 연립 주택을 얻을 수 있는 전세금뿐이
었다.

진경은 은영과 지나의 도움으로 인터넷 쇼핑몰을 시작했는데
다행스럽게도 지나가 디자인해준 셔츠와 청바지가 놀랄 만큼 팔
려나갔다. 그동안 은영의 일을 도와주었던 지나는 진경이 일에
익숙해지기까지 쏟아져 들어오는 물량을 확인하고 새로운 품목을
디자인해 공장에 제작을 의뢰하는 일까지 모두 해내었다. 그 덕
분에 진경은 작은 사무실에서 세 명의 직원과 일할 수 있었고, 대
출을 받아 아주 작은 평수일망정 외곽 도시에 아파트도 마련할 수
있었다.

인터넷 쇼핑몰의 시스템을 알게 해준 지나는 또 진경이 만든 드

레스를 들고 뉴욕과 엘에이의 드레스 숍으로 가서 삼만 불어치의 주문을 받아 오기도 했다. 그 모든 일들이 가능했던 건 원단과 자재를 외상으로 거래를 할 수 있게 해준 은영의 도움이 있어서였다.

"제 걱정은 하지 마세요."

봉투 안의 것을 들여다보지도 않는 딸에게 진경은 많지 않다고 하며 거듭 내밀었지만 지나는 물러서려 하지 않았다. 이걸 받으면 편하게 돕지 못한다는 지나의 말은 단호했다.

"은영 이모 선물은 받으면서."

말을 마치기도 전에 진경은 후회했다. 은영을 들먹이는 게 아니었다고.

"이렇게 생각하시면 안 될까요? 이사장님은 윤선생님보다 부자여서 선물을 받는 거라고."

지나와 바다에 대한 자신의 감정이 다른 걸 진경은 모르지 않았다. 그러니 그녀는 딸이 드러내는 감정적인 거리를 받아들여야만 했다. 진경은 병에 남은 와인을 자신의 잔으로 옮겼다. 잔은 금방 비었다.

"부자가 되마. 그래야겠다."

이런 순간 멋진 유머로 장면 전환을 할 수 있길 바랐지만 그게 쉽지 않았다. 진경이 우물대듯 앞으로도 너의 도움이 필요하다고 말했다.

"약속합니다. 윤선생님의 충실한 서포터가 될 것을."

지나가 잔을 들어 올리며 말했다. 마음속의 무거움이 사라진 건 아니었지만 그런대로 그것이 견딜 만한 것으로 여겨졌다. 진경이 혼잣말처럼 중얼거렸다. 변하고 싶은데 쉽지 않다고.

"자신에게서 벗어나보려고 애를 써보지만 늘 지고 마는걸요. 우리 모두가요."

지나가 진경을 위로했다. 진경의 마음에서 일렁였던 파도가 조금씩 가라앉는 듯했다. 잣가루가 뿌려진 너비아니의 접시가 비었다. 마지막 메인 요리라는 도미찜을 맛보며 진경은 그동안 자신이 도미를 별로 좋아하지 않았다는 게 이상했다.

"간이 잘 맞네. 양념 맛이 강하지도 않고."

얼마 동안 귀를 스쳤던 음악이 진경에게 아주 오래전 옛 시절을 떠올리게 해주었다. 조앤 바에즈나 나나 무스쿠리, 사이먼과 가펑클, 로드 스튜어트의 노래를 듣는 동안 그녀의 눈에 얼핏 물기가 어렸다.

지나온 날들. 복장 학원을 다니기 전까지 자신의 앞날에 무엇이 숨겨져 있는지 몰라 기대와 두려움으로 흔들렸던 젊은 날의 그녀. 전공인 사학엔 흥미가 없어 강의실에서도 『엘르』니 『보그』 같은 잡지를 넘겨보곤 했던 그녀. 여전히 저 노래들을 좋아하느냐는 지나의 물음에 진경이 고개를 끄덕이며 말했다. 오래전에 떠나 온 옛집을 찾은 것 같다고. 사이먼과 가펑클의 음반을 열 번씩 되풀이해서 들었던 장걸을, 로드 스튜어트에 빠졌던 지환을 떠올린 그녀는 문득 궁금해졌다. 조앤 바에즈나 나나 무스쿠리를 들으면서 장걸과 지환도 마음의 문이란 문은 모두 다 열려버린 것 같았을지.

윤선생님의 인터뷰 기사를 찾아 읽은 남자 친구가 저 노래들을 시디로 만들어준 거라고 지나가 말했다.

"보고 싶네, 그 친구."

진경의 말에 무슨 말을 할지 모르겠다는 듯 어깨를 들어 올린 지나가 커피를 드릴까요? 하고 물었다. 휴대전화가 울렸다. 못 갈 것 같아. 은영이었다. 지나에게 은영의 말을 전하는 진경은 표정이 환했다. 늘 은영하고 나누었던 지나가 모처럼 자신만의 딸로 여겨진 거였다.

현관 초인종이 울렸다. 비디오 폰으로 다가간 지나가 잠깐의 망설임 끝에 현관문을 열었다.

"가지 말라고 명령했는데도 발이 와버린 거야."

어리광과 응석이 감도는 어린 청년의 목소리였다.

"혼내고 싶으면 여길 밟아."

까만 털모자로 머리와 이마를 가린 청년이 오른손 검지로 자신의 두 발을 가리켰다.

"말했잖아. 오늘 저녁 식사 모임이 있을 거라고."

"그래서 와본 거지. 확인하려고."

털모자가 지나의 어깨 너머로 진경을 보았다. 진경은 못 본 척하려 했지만 털모자와 눈이 마주쳤다.

"안녕하세요."

털모자가 팔을 들어 보이며 웃었다. 술기운 때문인지 강아지와 곰을 뒤섞어놓은 느낌인 털모자의 얼굴이 귀엽게 여겨졌다. 진경이 미소 지으며 팔을 들어 보였다.

"저녁 식사 모임이라고 해서 밥을 얻어먹어볼까 하고. 햇반하고 스팸, 라면이 내 주식인 거 알잖아. 한 끼 건지게 해줄 거지?”

지나가 한 걸음 물러섰다. 자신만이 듣는 음악에 몸을 맡긴 걸음으로 걸어온 털모자가 진경의 앞에 멈추어 섰다.

“지나 친구예요. 사진 아카데미에서 만난. 이름은 이, 정인데 친구들은 정키라고 불러요.”

털모자는 고집이 담긴 목소리로 빠르게 말을 이어갔다.

“털모자야 하고 부르는 친구도 있는데 뭐 그건 아무래도 좋은 거지만. 내가 말하고 싶은 건 우리가 서로를 부르는 호칭에 문제가 있다는 거예요. 내 친구들은 지나를 누나라고 부르는데 난 누나, 오빠, 이모, 할머니, 이렇게 부르는 거 끈적이는 느낌이어서 싫거든요. 난 우리가 서로를 이름으로 부르면 만남의 폭이 넓어진다고 생각해요. 아무래도 이름만으로는 부족하다고 여기는 이들의 이름에는 님을 붙여드릴 수도 있는 거죠.”

진경은 털모자가 귀여웠다. 고집과 응석이 깃든 두 눈은 사람의 눈이라기보다 새까만 단추처럼 보였다. 스물 혹은 스물하나일까? 진경은 그에게 앉으라고 했다. 털모자가 진경의 옆에 앉았다.

“아이를 만든 이들의 하사품을 죽을 때까지 가지고 가야 한다는 거 정말 이상해요. 그렇게 생각하지 않으세요?”

진경은 고개를 끄덕여주었다.

“우리가 매일 어떤 옷을 입을지에 대한 선택권을 누리듯 이름도 그럴 수 있어야 한다고 생각해요.”

털모자의 눈길이 지나와 진경을 오갔다.

“멈출 수 없을까?”

지나가 샐러드와 너비아니, 버섯전과 파전이 담긴 커다란 접시를 털모자 앞으로 놓아주며 말했다. 맑은 장국도 커다란 접시 옆에 놓였다.

"반응이 호의적이시잖아요. 이럴 때 지지자를 확실하게 만들어야 해요."

털모자는 수저를 사용하는 모범 손놀림을 보여주는 모델인 듯했다.

"나는 오늘 털모자를 쓴 내 모습이 마음에 드니까 털모자라고 부르셔도 좋아요. 지나는 가끔 날 곰돌,이라고 불러요. 내 눈언저리가 곰 인형하고 닮았다면서요."

"나한테도 그렇게 보였는데. 곰돌, 좋구나."

진경은 활짝 웃었다.

"좋아요. 오늘 저녁 난 곰돌이에요."

털모자는 약간 느리다 싶게 접시의 것들을 조금씩 비웠다. 지나가 식탁에 하이네켄 맥주를 셋 올려놓았다.

"안 잊었네. 내가 하이네켄만 마신다는 거."

털모자가 재빠르게 지나의 이마에 입 맞추었다.

"기억해줄게. 이름이 날마다 달라지고, 하이네켄만 마시고, 세상의 모든 산과 바다를 보길 원하고, 자신이 본 것들을 다른 사람과 함께 나누길 원하고, 오늘을 이 세상 마지막 날인 듯 살고 싶어 하고, 군복 입은 무리들을 무서워해 손가락을 아주 조금 짧게 만들어버린 소년으로. 넌 나이 들어도 소년일걸. 어쩌면 죽을 때까지 그럴지도 모르지."

지나의 입술에 하이네켄의 거품이 남았다.

"빠뜨린 게 있어. 아름다움에 대한 취향의 스펙트럼이 좁지 않다는 것."

털모자가 어깨를 으쓱해하며 말했다.

"어느 자리에서나 특별해 보이길 원하는 부류들을 경멸하지만 실제론 스스로를 아주 특별한 존재로 보이고 싶어 한다는 것."

지나가 놀리듯 말했다.

"들켜버렸잖아."

젓가락을 내려놓은 털모자가 두 손으로 얼굴을 감쌌다. 진경은 집으로 돌아가야 한다고 생각하면서도 그렇게 할 수 없었다.

"널 보면 십 년 전의 내가 떠오르거든."

어떻게 널 비난하겠느냐고 지나가 말했다.

"그건 지나의 착각이야. 난 십 년 전의 지나가 아니거든. 어떻게 그럴 수가 있겠어?"

어떻게 그럴 수가 있겠어, 라는 말을 한 번 더 되풀이하며 털모자가 주먹을 움켜쥐었다.

"넌 십 년 전의 나와 같지는 않아. 됐니?"

지나에게 털모자는 어느덧 잘못 배달되어온 소포로 여겨지나 보았다. 설거지를 하겠다며 털모자가 재빨리 일어섰다. 키가 크고 어깨가 넓은 털모자의 뒷모습에 진경의 시선이 머물렀다. 옷을 벗어버린다면 털모자의 몸은 줄기가 단단한 나무로 여겨질 수도 있을 듯했다. 잠깐, 아름다운 지나의 몸을 휘감은 나무의 가지들을 떠올린 그녀는 초록빛 맥주 캔을 입으로 가져갔다.

"이렇게 짓이겨져요, 지나한테. 다섯 달 전까지 날 귀여워해주
더니 지금은 쉽게 치울 수 없는 폐기물 취급을 받게 된 거죠."

접시들을 씻으며 털모자가 말했다.

"퇴장 사인을 받고서도 움직이려 하지 않는 배우처럼 구니까
그렇지."

식탁 위를 말끔히 정리한 지나가 안주를 챙기며 말했다. 마른
멸치와 콩, 튀긴 다시마가 조금씩 담긴 길고 네모난 접시가 식탁
에 놓였다. 진경은 여느 때보다 빨리 맥주 캔을 비웠다. 그녀의
몸에 밀착되어 있던 속옷들이 어디론가 사라져버린 듯했다. 팔과
다리가 그녀의 것이 아닌 듯도 했다. 뜨거운 늦여름의 밤공기가
그녀를 에워싼 느낌이기도 했다.

진경의 손이 따지 않은 맥주 캔으로 내밀어졌다. 그만 마시는
게 좋겠다고 지나가 말했다. 때로는 정지 신호 같은 건 무시해야
한다고 말한 털모자가 진경의 옆으로 돌아왔다. 아주 오랫동안
내일을 염두에 두지 않고 마신 날이 없었던 진경은 털모자의 말이
좋았다.

"진경님은 그럴 필요가 있어요."

털모자가 두 손바닥으로 악기를 연주하듯 식탁을 두드리며 말
했다.

"진경님?"

진경의 눈과 털모자의 눈이 마주쳤다.

"처음 볼 때 알아봤어요. 지나를 품었던 자궁의 주인이신 걸
요."

진경은 소리 내어 웃고 말았다.

"지나와 은영님, 나 셋이서 술을 마시면서 수집한 정보들 중의 하나인 거죠."

다시 찾아든 잠기운을 밀어내려는 듯 진경이 눈을 크게 떴다.

"내가 은영님 쇼핑몰의 청바지 모델 노릇도 했으니까요. 내 엉덩이 때문에 청바지 엄청 팔렸다고 은영님이 쓴 거죠. 좀더 정확하게 말하면 내가 지나와 같이 있다는 걸 알고 끼어든 거죠. 나에게 한 번은 쏘아야 한다는 핑계를 앞세워서요. 은영님은 지나를 자신의 울타리 안에 가두고 싶어 해요."

일어나라고 말하는 지나의 미간은 좁혀져 있었다.

"은영님은 지나에게 사랑하는 친구, 언니, 선배, 이모가 되고 싶어 해요. 아니 정말은……"

"이정,"

털모자를 노려보던 지나가 몸을 일으켰다.

"널 안쓰럽게 여겼지만 지금은 참기 어렵거든."

현관 쪽을 향해 선 지나가 나가라는 손짓을 했다.

"내가 말하고 싶은 건 여러 사람하고의 사랑을 숨기거나 부담스러워할 필요가 없다는 거예요. 사람들이 다가오는 순서대로 사랑해야 한다는 룰이 절대의 것은 아니니까."

지나가 손바닥으로 이마를 누르며 입술을 씹었다. 진경은 눕고 싶었지만, 손으로 턱을 받친 채 술기운에 무너지지 않은 걸로 보이길 원하며 앉아 있었다.

"네가 앵무새인 것 아니?"

“무얼 말하는지는 알고 있는 앵무새 아닌가?”

털모자가 덧붙였다. 내가 떠들고 다니는 말의 대부분은 지나가 준 거라고.

더는 손으로 턱을 받칠 수 없게 된 진경의 상체가 식탁으로 기울었다. 진경의 휴대전화가 울리더니 멈추었다. 복도를 지나가는 발소리, 위층에서 뭔가가 딸그락거리며 굴러가는 소리가 들려왔다. 진경을 바라보던 털모자가 침대에 눕게 해드려야겠다고 말했다.

“네가 가는 게 먼저다.”

두 팔을 허리 옆에 가져다 댄 지나가 말했다. 털모자가 머리를 흔들며 우리 둘 사이엔 좀더 함께해야 할 시간이 남아 있다는 걸 왜 받아들이려 하지 않느냐고 말했다.

“열정을 가라앉게 하는 건 시간이라고 말한 이가 지나 아니었나?”

시간에 의지하지 않고 열정을 토막 내려 할 때, 열정은 미움이나 증오 같은 흉한 모습으로 변한다는 말도 지나가 해주었다고 털모자가 말했다.

“내가 말하고 싶은 건, 날 만난다고 해서 지나가 요리사를 만나지 말아야 한다거나 그럴 필요가 없다는 거지.”

너하고의 시간은 충분했다고 지나가 말했다. 요리사 때문에 널 밀어내려 하는 게 아님을 받아들이는 게 좋을 거라고도.

“언제부터 지나가 자신의 것을 나누는 데 인색해졌지? 요리사는 지나가 버리고 떠나온 세계로 돌아가자고 유혹해? 나는 지나가 요리사의 세계로 흡수되지 않아야 한다고 생각해. 지나가 말했잖아. 아주 힘든 고통의 시기를 지나면서 누구도 흔들어놓을 수 없는 자신만의 공간이 생겼다고. 그 공간이 지루해졌나? 나 때문에 지나 주위로 몰려든 어린 숭배자들을 참기 어려워진 건가? 목숨 가진 모든 것들은 다 용서받을 수밖에 없다던 자비롭던 그 마음은 어디로 간 거지? 조금씩 무얼 쌓아놓고 싶어졌나? 어쩌면 새로운 사랑이 내 삶을 흔들어놓았다, 라는 전향서가 가장 무난하겠지."

"너의 그 수다, 이빨 사이에 낀 생선 뼈 같거든."

지나가 머리를 흔들었다. 지나의 전부를 원하는 게 아니라고 털모자가 말했다.

"네가 바라는 건 네가 날 원하지 않을 때까지 내가 널 밀어내지 말라는 건데, 난 그걸 받아들이고 싶지 않아."

지나가 침착한 어조로 말했다. 초인종이 울렸다. 털모자보다 어린 여자 아이들과 남자 아이들 몇이 열기를 퍼뜨리며 들어섰다. 새로 등장한 무리들이 지나를 에워싼 채 거친 새소리 같은 목소리로 떠들어대었다.

진경은 방으로 들어갔다. 어떻게 해도 물리칠 수 없는 졸음이 그녀를 에워싼 거였다.

2

　지난밤부터 지상의 모든 것들을 적셨던 비가 그친 거리는 오가
는 사람이 없어 조용했다. 하늘은 푸르렀고 대기는 맑고 서늘했
다. 비 오기 전까지 그곳에서의 삶이 어쩐지 남루할 것 같았던 길
가의 집들은 금빛 햇살을 받으면서 정겨운 추억을 간직한 것처럼
보였다. 지나가는 차들도 보이지 않는 텅 빈 거리에 넘쳐흐르는
건 환한 햇살이었다. 보도를 덮은 수북한 노란 은행잎들 사이로
빛의 터널이 숨겨져 있는 듯했다.

　진경은 어쩐 선물인가, 라고 중얼거리며 은행잎들을 밟으며 걸
었다. 눈에 들어오는 모든 걸 기억하려는 듯 그녀의 눈은 반짝였
다. 나무를 휘덮고 있을 때도 그랬지만 보도를 덮는 노란 이불로
변한 다음에도 은행잎들은 그녀의 마음에 밝은 빛을 안겨주었다.
어깨 위의 짐이 어디론가 사라져버린 듯 그녀의 발걸음은 가벼워
졌다.

　커피숍에 이르기 전 그녀는 가방에서 꺼낸 디지털 카메라로 아
름답고 고요한 늦가을 거리의 풍경을 담았다. 대로변 저쪽에서
운동복 차림에 검정 테 안경을 쓴 남자가 걸어오면서 엽서 속의
풍경 같던 거리의 고요함이 흔들렸다. 진경의 얼굴에 어렸던 환
한 빛도 조금씩 줄어들었다.

　접이식 유리문의 문틀이 타오르는 선홍빛인 커피숍 앞에 이르
렀을 때, 진경은 잠시 머뭇거렸다. 안으로 들어서자 검정 캔버스

천으로 만든 앞치마를 입은 커피숍 주인이 진경을 보며 웃었다. 강하고도 매혹적인 커피 향기와 스윙풍의 재즈가 흐르는 작은 커피숍 안의 유일한 손님인 점퍼 차림의 여자가 엉거주춤한 자세로 일어나며 진경을 쳐다보았다.

굵게 쌍꺼풀진 두 눈, 높은 코, 푸석하고 메마른 피부, 예전과는 달라진 신영주가 웃으려 했다. 서먹한 마음을 숨기려는 듯 활짝 웃은 진경이 뭘 마시겠느냐고 물었다. 신영주는 너하고 같은 걸로, 라고 우물대듯 말했다.

진경은 카운터 쪽으로 돌아섰다. 어째선지 신영주와 마주하는 걸 조금이라도 미루고 싶었다. 그녀는 캐러멜 마키아토 둘을 주문한 뒤 기가 막힌 날씨예요, 라고 말했다.

"영화 속의 어느 거리로 변한 것 같아요."

여주인은 자신의 가게를 처음 가져보는 즐거움과 모든 감정을 눌러오며 살아온 조심성이 깃든 수줍은 미소를 지었다. 더는 다른 말을 나누지 않았어도 커피숍 주인과 진경 사이엔 아름다운 가을 오후의 대기, 햇살, 고요함을 같이 누린 기쁨이 오갔다. 혼자 이곳에 올 때, 진경은 창 쪽에 앉아 천천히 우유 거품 속 달콤하고 부드러운 커피를 마시며 거리를 내다보거나 출입문 쪽의 작은 탁자 위에 올려진 잡지들 혹은 시집을 펼치며 스윙풍의 재즈를 듣곤 했다.

작은 원탁이 네 개, 그리고 벽으로 네 사람이 앉을 수 있는 긴 걸상이 놓인 작은 커피숍에서 재즈를 들었던 건 뜻밖이었다. 진경에게 스윙풍의 재즈는 새로운 발견이었다. 출근길에 잠기운이

떠나려 하지 않거나 나른한 오후 머리가 무거워지면 그녀는 이곳
으로 오곤 했다. 커피 향 속에서 스윙풍의 재즈에 귀를 열어두면
새 드레스에 대한 이미지를 얻을 수 있기도 했다.

"정말 의외였어요. 재즈 애호가시라는 것."

커피를 만들어준 여주인을 보며 진경이 말했다.

"다들 그렇게 말씀하세요."

커피숍 여주인의 얼굴에 뭔가에 대해 말하고 싶어 하는 표정이
떠오르나 싶더니 사라졌다. 감정을 잘 드러내지 않는 단정한 얼굴
로 살아왔으리라 싶은 그녀의 마음속 깊은 곳이 문득 궁금해진 탓
일까. 진경은 몸의 아름다움을 드러내고 싶지만 노출은 부담스러
운 여자들을 위한 드레스의 실루엣을 스케치해보고 싶었다.

"좋아 보인다."

머그잔을 만지작거리며 신영주가 말을 건넸다. 진경은 오랜만이
다, 라고 말했다. 그동안 잘 지냈는가, 라는 말은 이어지지 않았다.

"네가 김회장 아파트에서 지내던 때가 어언 육 년 전이네."

신영주는 목소리조차 달라진 듯했다. 오전에 신영주의 전화를
받았을 때 그랬던 것처럼 진경은 목에 뭔가가 걸린 듯했다.

"그때 넌 수면병에 걸리기라도 한 것처럼 늘 잠들어 있었는데.
그래서 김회장하고 그렇게 친해졌지 싶다."

신영주의 입술엔 여러 가닥의 주름이 잡혀 있었다. 눈 주위의
주름도 깊었다. 신영주의 전화를 받았을 때부터 진경은 김여진을
떠올렸다. 등 뒤에서 부산스러운 발소리가 들리는 것 같았다.

"믿었던 남편의 배신으로 사람에 대한 불신이 깊었던 그때, 널

돌봐주는 김회장을 보며 얼마나 감동을 받았던지."

　신영주하고의 만남을 반가워하기보다 김여진을 의식하는 게 싫었지만 진경은 자신의 마음을 어쩌지 못했다. 김여진이 자신을 향해 손을 내미는 느낌이었다. 그러나 그동안 가끔씩 김여진이 나타날 때를 떠올렸을 때와는 다르게 당혹스러웠다.

　김여진이 한마디 말도 없이 사라진 후 그녀를 원망하기도 했지만 오랫동안은 아니었다. 삼 년 전인가 중국에서 김여진이 진경 행세를 하며 옷을 팔러 다닌다는 소문을 은영이 전해주었을 때도 그녀는 김여진이 보고 싶었다. 그런데 왜 지금은 김여진과의 만남을 생각하는 것만으로 마음이 무거운지 알 수 없었다.

　"사람을 그렇게 지켜줄 수 있다는 건 아무나 할 수 있는 일은 아니잖아."

　신영주의 말에 진경은 천천히 고개를 끄덕였다.

　"진경아. 너 다시 일어섰다는 소문 들었다."

　신영주가 부러운 어조로 말했다.

　"겨우 늪에서 빠져나온 거지."

　김여진에 대해 물어야 한다는 생각에도 진경의 입은 열리지 않았다.

　"한 걸음 잘못 디뎠을 뿐이었어. 그런데……"

　신영주의 눈에서 눈물이 흘렀다.

　이혼을 한 건가. 진경은 무슨 말을 해야 좋을지 몰라 신영주를 바라만 보았다. 커피숍 주인이 녹차 두 잔을 가져다주었다.

　몇 분인가가 흘렀다. 눈물을 닦은 신영주가 녹차를 마시다 말고 얼음물을 달라고 했다. 그러고는 긴 유리잔의 얼음물을 남김 없이 들이켠 신영주가 입을 열었다.

"김회장이 날 위로해준다고 카바레로 데려갔는데 그곳에서 초등학교 동창을 만났어. 정신을 차리고 보니까 나는 내 삶의 궤도에서 이탈해버렸더라. 이혼하면서 위자료는 받지 못했어. 아이들도 창피하다며 날 보려 하지 않아."

일그러진 신영주의 얼굴을 보는 게 힘들어서 진경은 눈을 감았다.

"그 동창하고도 오래가지 못했어. 어느 날 어느 한 걸음이 날 이렇게……"

신영주가 두 손으로 얼굴을 감쌌다.

어느 날, 어느 한 걸음이. 아들이 카지노에 드나들기 시작한 것도 어느 날 한순간의 충동에 이끌린 때문이었을까. 중앙 분리대를 넘어 트럭과 부딪히던 순간, 헌은 무슨 생각을 했을까. 진경은 자신만이 아는 가장 무서운 곳으로 끌려든 듯했다.

"김회장을 만나지만 않았더라면 남편 몰래 모아둔 돈을 김회장에게 빌려주지도 않았을 거고, 카바레에 가지도 않았겠지. 요즘은 이 모든 게 내 운명이려니 하고 살지만. 난 정말 김회장이 꼭 성공할 줄 알았단다."

신영주가 코를 풀었다. 진경의 휴대전화가 울렸다.

"오늘 날씨, 기막히지. 높은 곳에 계신 양반이 모처럼 선물을 주고 싶으셨나 봐."

은영의 어조는 밝고 부드러우면서 힘찼다. 날카롭고 명석한 기운이 담겼던 은영의 목소리도 언제부터인가 여유와 규모가 담긴 목소리로 변했다. 그 양반이 이런 선물을 좀더 많이 주면 지구를 시끄럽게 하는 총소리가 줄어들 거라고 은영이 말했다.

진경은 접이식 유리문 너머의 거리로 눈을 주었다. 대로변에 흩날리던 노란 은행잎들이 나비들의 군무 같았다. 세발자전거를 탄 남자 아이가 진경의 시야로 들어왔다 멀어져갔다. 남편 몰래 모아둔 돈을 김회장에게…… 진경은 신영주의 처지가 가여웠다. 어느 날 어느 한 걸음이란 말이 또다시 마음에 사무쳐오기도 했다.

"누군가 무덤에 가지고 가고 싶은 것들의 목록을 만들고 있다던데 나는 오늘 날씨를 그 목록에 올려야겠어. 이런 아름다운 날을 만날 때마다 좋은 사람들과 축하하고 즐겨야지, 그냥 넘어가서는 안 될 것 같아."

신영주를 보지 않았거나 아들을 떠올리지 않았더라면 은영의 말에 공감했을 테지만 지금 진경은 그럴 기분이 아니었다. 무덤이란 말을 들어서인지 마음이 어지러운 중에서도 진경은 자신이 일을 할 수 있는 시간들에 생각이 미쳤다. 정혜나 지나에게 짐이 되지 않으려면 노후 준비를 해야 할 거고, 그리고 무엇보다 바다를 위해서라도 열심히 일해야 할 거였다. 통화하기 나쁘냐고 은영이 물었다. 진경은 아니라고 했다.

"내일 보자, 선배."

별장을 마련했다고 은영이 말했다.

"별장을?"

진경은 은영이 부러웠다.

"굳이 별장이 필요할까 싶었지만 친구들 모두한테도 좋겠다 싶

어서. 내일 오픈 파티에 투자할 데를 찾는 재력가들도 몇이 오게
되어 있으니까 선배한테 기회가 될 수도 있을 거다."

"관중석으로 내려온 게 언젠데."

진경은 그동안 새로운 기회라는 것에 그다지 마음이 흔들리거
나 하지는 않았다. 자신의 좋은 날들은 다했다고 여겼다. 새로운
출발은 언제나 가능하다고 은영이 말했다. 나이 들면서 점점 일
의 규모를 넓혀가는 몇몇 이들이 이룬 성취를 전하는 은영의 말을
진경은 어쩔 수 없이 들어야 했다.

파리에 매장을 가지겠다는 희망으로 가족 모두가 파리로 옮겨
가 매해 프레타포르테 쇼에 참가하게 된 ㅎ, 자신의 시대별 대표
작들을 모아 사진집을 낸다는 ㄴ, 세계적인 건축가가 설계한 건
물에 화랑과 레스토랑, 그리고 매장을 낸 ㅅ, 최고급 원단으로만
만드는 새 브랜드를 내놓을 거라는 ㅈ에 대해 말한 후 은영이 투
자하고 싶어 하는 재력가들은 많다는 말을 덧붙였다.

"선배도 다시 시작할 수 있어. 눌러놓은 열정이 기회를 만나면
터져 나올 거다."

"낡은 감각으로 무얼 하겠다고."

위가 아파진 진경의 양미간이 닿을 듯했다. 선배의 감각이 낡
은 건 아니라고 은영이 말했다. 정말 그렇게 생각하는지를 되묻
고 싶었지만 그렇게 말하는 대신 진경은 나는 장거리 주자는 아니
었다고 말했다.

"지나가 내일 선배 사무실로 다섯 시까지 태우러 갈 거니까 그
렇게 알고 있어요."

진경은 손으로 배를 눌렀다. 신영주가 많이 아프냐고 물었다. 진경은 고개를 끄덕이며 자신에게 말했다. 수술실로 들어가던 그날을 잊었느냐고. 그날을 기억하는 것, 아들의 죽음을 떠올리는 것은 그녀 마음속에서 들끓는 욕구들을 달래는 가장 좋은 진정제였다. 가끔씩 더 많은 걸 빨리 얻고 싶어질 때마다 죽음이 어느 순간에 모습을 드러낼지 모른다는 생각으로 마음속의 파도를 가라앉힐 수 있었는데, 지금은 아니었다.

ㅎ, ㄴ, ㅅ 들이 얻은 성취에 비하면 자신의 몫은 얼마나 작은가. 직장 여성들을 위한 옷을 만드는 걸로 그칠 줄 알았던 ㅎ. 자신만의 독창성을 가지지 못한 걸로 여겼던 ㅅ. 진경이 인정한 건 ㄴ이었다. 더디게 나타나는 재능이 있다는 걸 알게 해준 ㅎ. 나이 들어도 변하지 않는 감각으로 소수의 충성스러운 고객을 붙잡아둘 수 있는 ㄴ. 지루할 만큼 평범한 옷을 만들다 땅에 대한 투자로 멋진 건물을 얻은 ㅊ.

지금이라도 다시 시작해볼 수 있을까?

진경은 마음이 급해졌다. 투자자를 만날 때는 차림새에서 신뢰를 주어야 한다던 은영의 말이 떠올라서였다. 투자자들에게 인상적으로 보일 만한 옷이 옷장에 있을까. 갑자기 자신의 머리 스타일이며 피부 상태를 딸에게 묻고 싶어진 진경은 지나와 말하기 위해 눌러야 하는 열 개의 숫자를 세 번 만에야 눌렀다.

"나중에 통화하면 안 될까요?"

지나는 속삭이듯 낮은 어조로 말했다. 뭔가로 향해 달리려는 마음을 붙잡고 싶어진 진경이 신영주를 보며 말했다. 미안하다,

라고.

"미안한 건 나지."

신영주는 바늘방석에 앉은 듯했다.

"내일 중요한 미팅이 생겼어. 갑자기 준비할 일도 있고 해서."

다시 시작할 수 있을까라는 물음은 진경의 마음속에서 떠나지 않고 있었다. 엘에이와 뉴욕의 숍에서 드레스가 팔려나간 걸 보면 가능성이 없는 건 아닐 듯했다. 이익이 많은 일은 아니었지만 그 건은 진경에게 새롭게 시작해볼 희망을 주었다.

커피숍의 출입문이 열렸다. 빨강, 노랑, 보라의 털실로 짠 음표를 끝단에 붙인 초콜릿색 모직 스커트 차림에 니트 모자를 쓴 여자 아이가 들어왔다.

진경은 수첩에 털실로 짠 음표,라고 적었다. 거리나 찻집, 극장에서 자신만의 아이디어로 독특한 차림을 하고 다니는 이들이 얼마나 많은지 그녀는 새삼 놀랄 때가 많았다.

"미안하다."

신영주는 아직 할 말이 남았나 보았다. 진경은 손목시계를 보려다 시선을 다른 곳으로 주었다. 예전부터 진경은 특별한 용건 없이 자신을 만나러 온 이들에게 오랫동안 상냥한 얼굴을 보여주지 못했다. 모든 걸 다 잃은 후부터는 자신에게 다가왔던 시련이 다른 이들에게 위안이 될 수 있다면 좋겠다는 생각을 했지만, 생각대로 되는 것도 아니었다.

오랫동안 예전에 속했던 세상을 잊으려 했던 그녀는 또다시 드센 물살처럼 다가오는 후회의 감정에 짓눌렸다. 이제 은영은 무슨 말을 해도 내 마음이 흔들리지 않을 거라고 여기는가? 그렇게 만든 건 자신일 거라고 진경은 생각했다.

지난날들로부터 자유로워졌다고 여긴 진경은 정신없이 바빴던 날들로 돌아가는 걸 바라지 않는다고 말하곤 했다. 바다와 함께 하는 시간을 많이 가질 것, 진경은 그것만이 가장 중요하다고 말했다. 지나와 좀더 가까워지는 것 말고는 바라는 게 없다고 여겼다. 그런데 지금 그녀는 실패가 가슴에 사무쳐 혼란스럽고 힘들었다.

"이런 말 한다는 게 그렇지만 널 보러 온 건 다름이 아니라……"

신영주가 머뭇거리다 입을 열었다. 진경은 신영주의 말에 집중할 수가 없었다. 김회장이 들어왔다고 했다. 진경은 기침을 했다. 내일 가야 할 파티 때문인지 어느덧 김여진은 진경에게 그다지 무거운 무게로 다가오지 않았다.

"도와줄 사람이 아무도 없는 것 같아."

김여진을 보고 싶은지 아닌지 여전히 알 수 없는 진경은 김여진의 가족에 대해 물었다.

"남편하고는 연락이 끊어졌다고 해. 베트남으로 갔다는 딸도 더는 얽히고 싶어 하지 않는다니까."

연락처를 달라고 진경이 말했다. 신영주가 종이쪽지를 건네주었다. 병원에 와 있음을 알리는 정혜의 전화를 받은 건 그때였다.

"병원이라니?"

바다가 다쳤느냐고 묻는 진경의 눈에 놀람과 불안이 출렁였다.

"바다는 아무 일 없어요."

정혜의 목소리는 여느 때와 다르지 않았다. 진경은 곧 가겠다
고 말했다. 심각한 병 같은 건 아니라고 정혜가 말했다. 바다는
혼자 있느냐고 진경이 물었다. 윤나 수업이 일찍 끝나는 날이라
둘이 함께 있다고 정혜가 말했다.

허둥대는 걸음으로 진경은 커피숍을 나섰다. 뭔가 할 말이 남
은 듯 머뭇대는 신영주와 헤어진 그녀는 사무실이 있는 건물 주차
장을 향해 뛸 듯이 걸었다. 여전히 조용하고 아름다운 기운이 감
돌고 있는 거리의 풍경은 이제 그녀의 눈에서 멀어졌다. 뭔가 예
기치 못한 일어났다고 느낀 그녀는 택시를 찾아 대로변으로 걸었
다. 두 다리에 힘이 빠져 운전을 할 수 없을 것 같아서였다.


3


진경은 선뜻 입원실 안으로 들어가지 못했다. 푸른색 환자복을
입은, 나이를 헤아리기 어려운 단발머리 여자가 복도 저 끝에서
아주 느린 걸음으로 걸어오고 있었다. 한 걸음 한 걸음이 진흙 밭
을 걷는 듯 힘겨워 보이는 단발머리 여자의 얼굴은 유령같았다.

숨을 크게 내쉬고서야 진경은 입원실로 걸음을 내디뎠다. 출입
문 쪽에서 가장 가까운 곳에 놓인 침대에 누워 있던 정혜가 몸을
일으켜 앉았다. 환자복 차림이라 그런지 모두들 엇비슷해 보이는
다섯 명의 여자들 눈길이 진경을 향해 모였다 흩어졌다. 사람들
의 시선 속에 있으면 몸이 움츠러드는 것 같은 진경은 조심스러운

걸음으로 정혜에게 다가갔다.

"아침까지 아무 말 없었잖아."

진경은 정혜의 얼굴을 보는 듯했지만 제대로 보지 못했다.

"걱정하지 마세요, 어머니."

정혜가 위로하듯 말했다. 이곳으로 오는 동안 진경은 그녀의 삶을 지켜볼지도 모를 누군가에게 기도했다. 부디 정혜에게 아무 일도 일어나지 않기를. 아버지 얼굴을 보지 못한 바다가 엄마 없이 살아가는 일이 없기를. 눈물을 감추려 진경은 눈을 깜박였다.

"죄송해요, 어머니. 많이 걱정하셨나 봐요."

정혜가 수건으로 진경의 눈물을 닦아주었다. 걱정한 걸 생각하면 혼내주어야 한다고 말한 진경과 정혜가 마주 보며 웃었다. 정혜의 갑작스러운 입원이 걱정스럽지 않은 건 아니지만 바다를 두고 정혜가 떠나는 일이 없다면 바랄 게 없다고 진경은 생각했다.

"어머니 기억하세요?"

어머니를 처음 만났던 감격스러운 장소가 이 병원 8층 2호실이었다고 정혜가 말했다.

"그걸 기억해?"

진경은 크게 놀란 표정을 지었다.

"그럼요, 어머니. 그날을 어떻게 잊을 수 있겠어요? 제 인생에서 절대로 잊을 수 없는 날 중의 하룬데요. 어머니 같은 분을 만난다는 게 믿어지지 않았어요. 어머니가 절 싫어하지 않고 잘 대해주셔서 그날 하늘을 날아다니는 것 같았어요."

처음 듣는 이야기가 아닌데도 정혜가 자신을 그토록 좋아해주었다는 게 진경은 기뻤다. 어느덧 정혜와 같이한 세월이 육 년. 그 육 년 동안 정혜가 없었더라면 자신의 삶이 어땠을까를 생각하자 진경은 새삼 정혜가 귀하게 여겨졌다.

"어머니도 저 좋아하시죠? 제가 어머니 좋아하는 것만큼은 아니겠지만 어머니도 저 좋아하시죠?"

정혜가 어리광 부리듯 말하며 진경을 쳐다보았다.

"무슨 대답을 원하시는지?"

정혜를 바라보는 진경의 눈에 정겨움이 가득했다.

"좋아한다는 말이죠. 그러니까 어서 말해주세요, 어머니."

"많이 좋아합니다, 정혜씨."

"고맙습니다, 어머니. 어머니가 절 좋아한다는 걸 알지만 그래도 이렇게 좋아한다는 말을 들으면……"

정혜가 울먹이며 말했다.

"고마운 건 나지."

이번에는 진경이 정혜의 젖은 얼굴을 손수건으로 눌러주었다.

"조금 전에 신생아실에 다녀왔는데요, 잠들어 있는 우리 아기가 너무 예뻤어요. 아니에요, 어머니. 걱정하지 마세요. 그냥 못 오시는 게 아니잖아요." 창가 옆 침대에 누운 젊은 여자의 말소리는 먼지가 쌓인 듯 탁했다. 그 옆 침대에서 들려오는 울음소리는 점점 커졌다. "자꾸 눈물이 나는 걸 어쩌라고. 여기서 나가는 대로 그 영감탱이한테 가서 따질 거다. 아들딸 감정에 지존이라며 큰소리치더니 이게 뭐야." 흐느낌은 통곡으로 바뀌었다. 코 고는 소리도 들려왔다.

　진경과 정혜는 얼마 동안 침묵했다. 진경은 정혜가 중병에 걸린 것인지도 모른다는 불안감에 사로잡혔다. 죽을병에 걸린 게 아니라는 정혜의 말이 자신을 위로하려는 말인지도 모른다고 그녀는 생각했다.

　"어머니."

　정혜가 진경의 손을 잡아 둥글게 솟은 자신의 배로 가져갔다. 옆 침대의 누군가가 낮게 소리 내어 웃었다.

　"이 안에,"

　잠깐 말을 멈췄던 정혜가 아이가 있어요, 라고 말했다. 아들이 그렇게 간 후 해마다 체중이 늘었던 정혜였다. 몇 달 전부터는 배가 좀더 부풀어 올랐지만 그게 다 체중이 늘어서라고 여겼는데 아이라니. 진경은 귓가에서 꽝 하고 폭발물 터지는 소리가 들려온 듯했다.

　"놀라시기는 할망정 화를 내시지는 않을 거라고 여겼는데 어머니는 많이 언짢으신가 봐요."

　정혜의 두 눈은 맹렬한 사나움으로 덮였다.

　"너는……"

　진경은 말을 잇지 못했다. 다른 침대의 여자들이 진경과 정혜를 쳐다보았다.

　"실망했어요, 어머니한테."

　길 가다 느닷없이 누군가에게 주먹질을 당한 것 같은 진경은 크게 숨을 내쉬었다.

　"어머니가 이런 분인 줄 몰랐어요."

정혜의 얼굴은 눈물범벅이었다.

"어머니를 좋아했는데. 어머니가 축하해주실 줄 알았어요."

진경은 가슴이 쓰라렸다. 보이지 않는 손이 그녀의 가슴을 쥐어뜯기라도 한 듯. 아이를 좋아하는 정혜에게 새 생명이 어떤 의미일지 그것만 생각하자고 스스로를 달랬지만 자신이 텅 빈 동굴이라는 느낌은 그녀를 떠나지 않았다. 죽은 아들이 버림받았다는 상실감은 깊고도 깊었다.

진경은 복도로 나왔다. 환자복 차림의 여자들, 음료수 상자를 든 방문객들, 간호사들, 모두 그녀에게 움직이는 그림자로 여겨졌을 뿐. 창 너머의 거리 풍경 또한 그녀에겐 흐릿한 몇 개의 선들로 여겨졌을 뿐. 창을 향해 선 그녀의 어깨가 흔들렸다. 눈물이 흘러내려 그녀의 턱 언저리를 적셨다.

'헌아 미안하다.' 입속말을 한 그녀의 입술이 일그러졌다. '시간이 지나면, 시간이 지나면……' 진경의 입속말이 이어졌다. 새로운 사랑을 찾은 지환을 받아들인 것도 시간의 힘이었다. 정혜의 말대로 새 생명을 얻은 걸 축하해주고, 정혜가 새 삶을 시작할 수 있도록 도와주어야 한다고 진경은 생각했다.

바다는 무얼 하고 있을까. 진경은 참을 수 없이 바다가 보고 싶었다.

"미안하다. 헌아."

자신의 몫이었던 고통의 상자가 비었을 거라고 믿으려 했던 그녀의 입술 사이로 한숨이 흘러나왔다. 바다에게 어떻게 말해야 하나. 하나님이 바다에게 선물을 주셨다고? 진경은 고개를 흔들고는 정혜에게 돌아갔다. 한순간 정혜가 떠나려 할지도 모른다는 생각이 들었다.

진경과 정혜는 서로를 보기만 했다. 정혜의 옆 침대에 웅크려 누운 단발머리 여자가 휴대전화에 대고 떠들어대었다. "빨리 오지 않으면 너 죽는다." 그 건너편 침대의 여자는 젖을 짜내고 있었다. 누군가의 카세트에서 애니의 노래가 낮게 흘렀다.

"바다한테는 어떻게 말해두었니?"

진경이 힘들게 말을 꺼냈다.

"어머니는 궁금하지 않으세요? 제가 왜 한 달을 여기서 보내야 하는지."

정혜의 눈, 목소리엔 여전히 사나운 힘이 담겨 있었다.

"바다 생각이 앞섰구나."

진경은 미안하다고 덧붙였지만 그다지 미안해하는 어조는 아니었다.

"나 혼자의 바람이었나 봐요, 제가 어머니 딸이라고 여긴 건. 제가 어머니 딸이었으면 어머니는 그걸 제일 궁금해했을 거예요."

눈물이 정혜의 뺨을 적셨다.

"전 정말 어머니를 좋아했는데요."

"미안하다, 정혜야."

정혜가 울었고 진경도 울었다. 얼마나 많은 눈물을 그녀들은 쏟아내었는지. 진경은 머리가 아팠고 눈시울이 뻑뻑했다. 정혜의 눈자위엔 붉은 실금이 퍼져 있었다. 진경의 휴대전화가 울렸다.

"엄마가 병원에 갔어요, 할머니."

바다는 하루에도 여러 번 진경을 찾곤 했다. 또다시 터져 나오려는 울음을 참으며 진경이 말했다. 엄마는 곧 나을 거라고.

"오늘 저녁에 집에 오나요?"

"며칠은 지나야 갈 수 있지."

"나도 병원에 입원하고 싶어요. 나하고 같이 있으면 엄마가 심심하지 않을 거잖아요."

진경은 많이 아파야만 입원하는 거라고 말했다.

"엄마가 많이 아파요? 어디가 아파요? 배에 나쁜 혹이 생겼나요?"

진경은 다시 많이 아픈 건 아니라고 말했다.

"많이 아파야 입원하는 거라고 할머니가 말했잖아요."

바다가 울음을 터뜨렸다.

"할머니가 잘못 말했구나. 엄마가 많이 아픈지 아닌지는 검사를 해봐야 해."

"할머니 나도 배가 아파요. 검사를 해주세요."

바다의 성화에 진경은 내일 병원에 데리고 가주겠다고 말했다.

"약속했어요, 할머니. 바다 머리가 아파요. 혹이 커지고 있나봐요. 할머니도 검사해보세요. 빛나 누나랑 윤나, 송이 누나도 모두 다 검사를 해야 해요."

"약속했어요, 바다님."

진경이 휴대전화를 정혜에게 건넸다. 정혜와 바다의 통화는 길게 이어졌다. 말이 많은 바다. 어디서 할 말이 그렇게 쏟아져 나오는지 궁금하다고 진경이 말했을 때 바다가 손가락으로 자신의 입을 가리키며 말했다. 이 안에 라디오가 들어 있어요라고.

구름이 슬퍼지면 눈물을 흘려요. 그게 비예요. 컴퓨터 안에는 꼬마 마술사들이 숨어 있나요? 하나님이 날 보지 못하게 큰 우산을 만들어야겠어요. 나쁜 일을 하고 싶을 때 그 우산을 쓰면 하나님이 보지 못할 거잖아요라는 말을 했던 바다가 그녀들에게 주었던 기쁨이란.

초콜릿을 좋아하니까 이름을 초콜릿으로 바꾸겠다고 떼를 쓰기도 했던 바다. 초콜릿을 좋아하는 사람들 모두 날 좋아할 거예요라고 말했던 바다. 한동안 초콜릿이라고 불러주지 않으면 들은 척도 하지 않았던 바다. 뜨개질을 좋아하는 바다.

"걱정하지 마세요. 엄마는 오래오래 살 거예요."

정혜는 여러 번 말해야 했다. 엄마는 오래오래 살 거라는 말을. 꽃다발을 든 젊은 남자가 정혜의 옆 침대로 갔다. 해초 냄새를 퍼뜨린 젊은 남자가 침대의 여자 이마에 입을 맞추었다.

"가끔은 그런 생각을 해요. 하나님이 불공평하지는 않구나 하는. 어머니를 만난 것, 바다를 얻게 된 것만으로 더 바랄 게 없다 싶었어요. 어느 때는 바다를 잘 키우라고 하나님이 날 세상에 보낸 게 아닌가 그런 생각을 하기도 해요."

진경이 고개를 끄덕였다. 바다를 생각할 때 그녀들은 한마음이었다. 그녀들은 오래오래 살아 바다 앞에 다가올 모든 어려움을 처치할 해결사이고 싶어 했다. 바다를 덮칠지도 모를 바람을 잠재우고 싶어 하는 그녀들은 또 바다의 빛나는 미래의 설계자이길 원했다.

"어머니. 어떻게 말해야 바다가 동생을 자연스럽게 받아들일까요?"

대답할 말을 되묻고 싶은 진경은 한 달간 입원해야 하는 이유에 대해 물었다.

"전치태반이라고. 가만히 누워서 아이가 제자리를 잡도록 기다려야 한다고 해요."

한 달 동안 근무지 이탈을 하게 되었다고 정혜가 말했다.

"어머니. 바다한테 동생이 생기는 건 정말 기쁜 일이죠?"

진경은 오래 만나지 못한 오빠를 떠올렸다. 오빠 부부는 어머니 장례식에도 오지 못했다. 오빠 부부에게 연락할 길이 없었던 거였다. 어머니만을 남겨두고 떠난 후 한 번도 소식을 전해주지 않은 오빠 부부.

"어머니도 그렇게 생각하시죠? 바다한테 동생이 있는 게 훨씬 좋다고."

보일 듯 말 듯 고개를 끄덕인 진경이 말했다. 움직이기 좋아하는 사람이 누워 있으려면 힘들겠구나, 라고.

"이렇게 멋진 선물을 받는 대가라고 여기고 싶은데 벌써 힘들어요, 어머니."

이렇게 멋진 선물. 진경은 정혜가 놀랍고 대견했다.

젊은 날, 임신인 걸 알게 알았을 때 진경은 자신의 몸이 유리로 감싼 위태로운 무엇이 된 듯했다. 보호 지역 안의 피조물인 것 같았다. 헌과 지나를 처음 대면했을 때 새 생명에 대한 경이로움을 맛보면서도 발목에 뭔가가 채워진 듯도 했다.

“그렇게 좋으니?”

“그럼요, 어머니.”

살에 묻혀 달라져버린 정혜의 얼굴은 설렘과 기쁨으로 환했다. 홍콩 바이어한테서 팩스가 왔다며 급한 일임을 알린 사무실 직원의 문자 메시지를 본 진경이 정혜의 손을 잡으며 간병인을 부탁해야 하는지를 물었다.

“아무것도 신경 쓰지 않으셔도 돼요. 빛나하고 윤나에게 부탁해두었으니까요. 그 애들 참 괜찮은 애들인 거 아시죠? 송이는 마음이 여려 자신의 처지를 아직까지 마음 아파하고 흔들리는 것 같지만 시간이 좀더 지나면 좋아질 거예요. 어쩌면 빛나, 윤나가 너무 성실한 게 송이를 힘들게 하는지도 모르겠어요. 빛나, 윤나가 자매가 아니었으면 송이가 좀더 편했을지도 모르지만 시간이 지나면 그 애들이 지금보다 더 친해질 거예요. 빛나는 간호사가 되겠다고 하고 윤나는 유치원 선생님이 되겠다며 열심히 공부하잖아요. 송이는 어머니처럼 옷을 만들고 싶다니까 어머니의 후계자가 될지도 모르죠. 어머니 덕분에 우리 아이들이 잘 커준 걸 생각하면 사는 게 참 오묘하다는 생각이 들어요. 헌이와 제가 건방지게도 어머니를 돌봐드린다고 여긴 적이 있기도 했는데, 헌이가 그렇게 간 후엔 어머니가 저희를 지켜주시니 말이에요. 어머니께 정말 감사드려요. 모든 짐을 어머니가 맡으신 게 죄송하지만 저는 아이들이 빈집에 들어오게 하고 싶지 않아서요.”

“정혜야.”

정혜의 두 손을 감싸 쥔 진경의 얼굴엔 감동의 기색이 가득했다. 정혜의 말을 듣는 동안 빛나, 윤나, 송이에 대한 사랑이 새롭게 솟구쳤고 자신이 조금은 대견스레 여겨진 거였다. 자신의 삶이 추락한 것만은 아니라고 여겨지기도 했다.

"어머니."

정혜가 진경의 손을 자신의 뺨으로 가져갔다.

"아이 아버지에 대해 묻지 않으신 것, 감사드리지만 아직은 말을 못 하겠어요. 창피해서요."

정혜가 눈을 감았다. 참기 어렵도록 정혜의 남자가 궁금했지만 진경은 입을 다물어야 했다. 침묵이 찾아왔다.

"어머니, 그분은 어머니를 많이 좋아하는 것 같았어요."

먼저 입을 연 정혜는 무거운 바위를 옮긴 것 같은 표정이었다.

그분. 진경은 난데없이 굴러 온 바위가 발등에 얹힌 듯했다. 정혜가 여준에 대해 알고 있었나? 당황한 탓이었을까, 진경은 발등의 돌을 정혜에게 돌려주고 싶었다. 하지만 곧 이렇게 말이 나온 걸 다행으로 여긴 그녀는 말했다. 굳이 비밀로 하려던 건 아니었다고.

"알아요. 어머니, 제가 혼자인 게 마음에 걸려 그랬던 거겠지만 미안해할 일이 아니라고 말하고 싶었어요."

진경이 고개를 끄덕였다.

"어머니와 제가 앞으로 누군가를 좋아한다 하더라도 어머니는 저의 어머니이고 저는 어머니의 딸일 거예요. 그건 절대로 달라지지 않아요, 어머니."

진경은 이 순간 정혜가 자신의 딸이라는 감동에 휩싸였다.

"어머니와 저는 바다, 빛나, 윤나, 송이가 독립한 뒤에도 흩어질 수 없는 둥지로 남아 있을 거예요."

정혜는 흥분한 듯했다. 진경은 목소리를 낮추라고 말했다.

"어머니, 사실은 어머니 그분한테 약간 실망했어요."

어머니가 좋아하는 분이면 좀더 멋있어야 한다고 말한 정혜의 두 눈은 호기심으로 반짝였다. 어디서 만났어요? 직업은 뭐예요? 독신인가요? 만난 지는 얼마나 되셨어요?라는 물음이 이어졌다. 잠깐 머뭇거리던 진경은 나중에라고 말했다. 곧, 그러고 보니 참 평범한 사람이네,라는 혼잣말이 이어졌다.

"그분 얼굴에 그렇게 씌어 있었어요."

정혜가 자신의 분별력을 자랑하듯 말했다.

"놀랍다, 우리 정혜."

진경과 정혜는 마주 보며 웃었다.

경매로 나온 아파트가 있는데 보러 갈 수 있는지를 묻는 문자 메시지는 여준이 보낸 거였다. 사무실에 들러야 한다는 문자 메시지를 보내는 진경은 무슨 조각을 하는 것 같은 표정이었다.

"가보세요, 어머니."

정혜가 문 쪽을 보며 재촉하듯 말했다.

엘리베이터가 있는 곳으로 가는 동안 진경의 얼굴에서 밝은 기운이 서서히 사라졌다. 환자 전용 엘리베이터 문이 열리면서 환자를 실은 침대가 나왔다. 울면서 침대 옆을 따라가는 여자의 뒷모습으로 진경의 눈길이 따라갔다. 중환자실의 아들을 찾아 미친 듯 달려가던 정혜의 모습이 떠올라서였다.

4

"지나가 막무가내로 나오면 어쩌나 걱정하기도 했는데 세상 이치를 알아주니 고맙고 감사할 따름이에요."

진경의 귓가에 대고 요리사의 어머니가 비밀을 전하듯 말했다. 식사를 하는 동안 내내 메마른 나뭇잎을 삼키는 표정이었던 요리사의 아버지가 공원 담벼락 쪽으로 걸어갔다. 바지 자락 안에서 움직이는 게 가느다란 나무 막대기이려니 싶은 걸음걸이였다.

"지나와 지나 어머니를 이런 자리가 아닌 데서 만났더라면 좋았겠다 싶어요."

요리사의 어머니가 보여주는 느닷없는 정겨움이 입 안의 이물질인 것같이 느껴져서 진경은 요리사의 어머니와 어서 빨리 헤어지고 싶었다.

요리사와 그의 아버지를 친부자(父子)로 짐작할 수 있을까? 요리사는 어머니와도 느낌이 달랐다. 은영은 요리사가 마음에 든다고 했지만 진경에게 요리사는 벽 너머의 사람으로 여겨졌다. 사막과 철조망, 동굴이 숨어 있는 것 같은 그 아버지의 눈이 진경의 마음을 얼어붙게 만든 거였다.

진경은 그의 아버지가 싫다기보다 무서웠다. 표정, 눈빛, 몸의 움직임으로 지나에 대한 강한 거부감을 보여주었던 요리사의 아버지. 그는 메인 요리가 나오고 난 뒤 마침표를 찍듯 말했다. 나는 상식의 세계에서 살아온 사람이라 이 결혼을 허락할 수 없다

고. 침착한 표정을 흩뜨리지 않았던 지나는 허락을 받으러 나온
게 아니었습니다, 라고 말했다. 그러자 이 자리엔 왜 나왔느냐고
그가 물었고 지나는 우진의 고집을 물리칠 수 없었던 것뿐이라고
했다. 지나가 어찌나 차분하게 말했는지 그는 하긴 좋은 대학 나
와 요리사 일을 하겠다고 나선 것부터가 어디가 모자란 게 분명한
거지, 라며 요리사를 노려보듯 했다. 이런 자리가 아니었으면 틀
림없이 사람들을 웃게 만들었을 유머 시리즈를 이어가던 요리사
의 노력도 아버지의 닫힌 표정을 허물지는 못했다.

"진심이에요. 우진이 일로 얽히지 않았으면 지나, 지나 어머니
와 친구 하고 싶은데요."

그의 어머니는 지나와 진경에 대한 친밀감을 숨기고 싶지 않은
가 보았다.

"명인주 아시죠?"

요리사의 어머니 얼굴이 진경의 얼굴로 바싹 가까워졌다. 한
걸음 뒤로 물러선 진경의 표정엔 변화가 없었다.

"명인주하고 외사촌 간이에요. 인주 남편이 차관 하다가 정치
적인 스캔들에 얽혀 주저앉았지요. 예전에 인주한테서 지나 어머
니 이야기를 들었는데 인주네나 지나 어머니를 보면 사람 일이란
게 알 수 없구나 싶어요."

그녀가 빠른 어조로 덧붙였다. 인주는 별거 중이라고.

자신의 차로 들어간 요리사의 아버지가 클랙슨을 두 번 울렸다.
곧 비가 쏟아져 내릴 듯 습한 날씨였다. 겨울의 입김이 느껴지는
밤의 공기 속에는 담 너머, 공원의 조형물 같은 나무의 숨결이 배

어 있었다. 엷은 안개가 공원 담장 위로 천천히 넘어오고 있었다.
날벌레가 요리사의 어머니 머리 주위를 맴돌았다.

"어딜 가든 아버지는 조급해하신다니까요."

흰 셔츠에 초콜릿 색감의 가죽 재킷을 입은 요리사가 진경의 옆
으로 다가오며 말했다.

"저 양반이 워낙 보수적이어서 그런 거지, 특별히 지나가 마음
에 들지 않아 그런 건 아니랍니다. 이해하시죠? 한국 남자들, 더
구나 안동 근처 태생이다 보니 요리사 아들을 받아들이는 게 쉽겠
어요? 지나가 연상이라는 것도 그렇고, 또 지나 부모님 사정이
그러하다 보니 저 양반으로서는 받아들일 여지가 없는 거죠."

요리사의 어머니가 다시 진경의 손을 잡았다가 놓았다. 독일산
수입차의 클랙슨 소리가 좀더 길게 울렸다. 요리사의 어머니는
지나 앞으로 걸어갔다.

"우리 우진이 어리광 받아주어서 고마워요. 우진이가 운도 좋
고 복도 많은가 봐. 이렇게 좋아한다는 게 염치없다는 거 알지만
세상의 모든 엄마들이 그렇잖아. 자기 아들만 생각하게 되는 거."

웃는 지나를 가볍게 안아준 그녀는 시동을 건 남편의 차로 돌아
갔다. 작은 탱크 같은 차가 진경과 지나, 요리사 옆을 지날 때 요
리사의 아버지는 앞만 바라보았고 요리사의 어머니는 손을 흔들
었다.

요리사는 진경에게 오려는 지나의 앞을 가로막고 서 있었다.
큰 키에 어깨가 넓은 요리사의 뒷모습엔 고집과 열정이 깃들어 있
는 듯했다.

“저희와 같이 가시죠.”

요리사는 진경을 안아 차에 태울 기세였다. 진경은 요리사 옆에 선 지나가 무슨 말을 해주길 바랐지만 지나는 입을 열지 않았다.

“가세요, 어머니. 지나도 그걸 원해요.”

요리사가 진경과 지나의 어깨를 감싸 안듯 했다. 쇠뭉치를 넣은 것 같은 스물일곱 청년의 탄탄한 팔뚝의 감촉, 청년이 입은 재킷에 밴 바다 속의 풀 냄새가 진경의 마음을 누그러뜨렸다.

“지금부터 제가 하자는 대로 하시는 겁니다.”

진경과 지나는 요리사가 끄는 대로 차로 갔다.

“이런 차 불편하시죠? 다음엔 편안한 차로 모시겠습니다.”

요리사의 부축을 받은 진경은 지프차의 뒷좌석에 앉았다.

“바쁘시면 집으로 모셔다 드릴게요.”

운전석 옆자리에 앉은 지나가 낮고도 부드러운 목소리로 말했다. 지프차는 곧 공원의 담벼락을 떠나, 안개 속에 잠겨 보일 듯 말 듯해진 카페와 레스토랑들이 늘어선 거리의 끝에서 좌회전을 했다.

별거를 한다는 명인주. 진경은 몇 해 전 어느 날 밤을 떠올렸다. 은영과 같이 역술가를 찾았다 집으로 돌아오는 차 안에서 경제 부처의 차관이 구속되었다는 뉴스를 들었던 밤을. 그리고 명인주가 잠에 빠져든 자신을 보러 왔던 어느 날 밤을. 명인주가 두고 간 봉투를.

수술을 받은 후, 아주 간절한 마음으로 자신의 삶 어느 갈피마다에서 따뜻한 마음을 주었던 이들을 잊지 않으리라 다짐한 그 시간들을 잊었다니. 시간. 고통의 시간들도 존재의 가장 깊은 근원을 어떻게 하지 못하는가. 진경은 문득 자신이 바위보다도 더 단단하다는 느낌에 사로잡혔다.

"제가 어머니 취향에 대해 리서치를 좀 했답니다."

요리사가 힘 있고 다정한 어조로 말하자 차 안의 침묵은 가볍게 흩어졌다.

"어머니는 무거운 부록으로 여겨진다는 메인 요리보다는 전채 요리를 좋아하신다죠. 가장 맛있었던 빵은 파리의 작은 호텔 아침 식탁에 올랐던 바게트였고, 피자로는 피렌체 광장의 피자 집에서 맛본 시금치 피자를 꼽는다고 하셨어요. 눈으로 덮인 일본 작은 산골 마을의 여관에서 맛본 말차나 독일의 작은 고성에서 들었던 플루트와 기타의 투명한 선율도 오래 기억하시고, 세상의 어지러움에서 벗어나 있던 고성 안뜰의 고요함도 피곤할 때 꺼내어 보는 좋은 기억들이시라죠?"

잠깐 동안 무엇에도 변하지 않은 자신의 모습에 마음을 다쳤던 진경에게 요리사의 말은 커다란 선물 바구니처럼 여겨졌다. 돌무더기 밭을 호미질하다 작고 영롱한 진주를 얻은 듯도 했다.

"나이 들면 작은 식당을 해보고 싶다던 꿈은 여전하신가요? 몇 개의 테이블로 예약 손님만 받는 곳. 식당 앞에는 작은 내가 흐르고 뒷마당엔 온갖 야채들을 키우는 텃밭이 있는, 한적하고 아름다운 추억이 될 수 있는 그런 공간을 만들고 싶어 하셨다던데요."

피렌체와 가까웠던 마을, 등나무 넝쿨로 뒤덮인 마당에 놓인 몇 개의 탁자와, 옷을 만들다 은퇴한 후 고향으로 돌아왔다던 식당 주인을 진경은 어렴풋이 떠올렸다. 그곳에서 먹었던 콩 수프의 맛도.

"정말로 식당 주인이 될 만큼 음식 솜씨가 좋지 못하니까."

진경의 마음속 영롱한 진주는 사라졌다. 죽은 아들을 떠올린 거였다. 언젠가는 넓은 뜰을 가진 식당과 펜션을 할 거라던 아들이었다. 아들이 카지노에 발을 들여놓았던 건 새롭게 시작한 삶의 무게와 긴장감을 견디기 힘든 때문이었을 거라는 생각을 한 진경은 또다시 후회했다. 아들에게 가지 않았어야 했다고.

바다한테만은 온 마음을 다 줄 거라는 다짐으로 죽은 아들에게 향한 미안한 마음을 덜어보려 했지만, 그 미안함은 죽을 때까지 사라지지 않을 거였다. 요리사 때문인지 진경은 아들이 몹시 그리웠다.

"솜씨란 마음과 정성이 지극할 때 절로 좋아지는 거죠."

요리사의 입에서 정성과 지극함이란 말을 듣게 될 줄은. 무덤 속을 헤맨 것 같던 진경의 얼굴에 밝은 온기가 스몄다.

"할머니는 손맛이 아주 뛰어나신 분이세요. 숨어 있는 맛의 예술가라고 할까요? 제가 요리를 시작하고 싶어진 건 위염을 앓은 후 할머니가 만들어주신 전복 삼계탕을 먹으면서였어요. 그때 이거다 싶었죠. 할머니의 솜씨를 모두 배워야겠다고 조급해할 때마다 할머니는 정성과 지극함을 잃지 않아야 한다고 말씀하시죠. 이 말도 빠뜨리지 않으셨어요. 네 할 일은 아니니 네 안사람이 될 처자를 데리고 와야 한다고. 지나도 몇 번 갔었어요. 할머니 솜씨를 배우려는 게 아니고, 할머니 얼굴을 찍는 게 좋다면서요. 좋은 얼굴이세요. 부드러우면서 깊은. 모든 걸 놓아버린 것 같으면서도 재료를 만지고 계실 때는 생기가 느껴져요. 아버지가 할머니를 닮았으면 좋았을 텐데요. 할머니 소생이 아니셨던 아버지는 평생 밖에서 만든 자식이란 덫에 갇혀 살아선지 정상적인 규범, 이런 것에 대한 집착이 남달라진 거죠. 이른 나이에 행정고시 합격, 배를 여러 척 가진 선박 회사 집 딸과 결혼, 높은 분의 신임으로 고속 질주, 공부 잘하는 아들. 거기까지는 좋았는데 상황이 반전된 겁니다. 당신이 바라던 자리에 가지 못하고 꺾인 데다 어머니가 의술의 도움으로 완전히 다른 모습으로 변신하면서 두 분은 돌이키기 어려운 관계에 이르렀죠. 또 제가 폭탄을 터뜨린 탓에 아버지는 숨 쉬는 것마저도 힘들게 되어버린 겁니다."

"운전에 집중해줄래?"

지나가 요리사의 말을 멈추게 했다.

선박 회사라는 말을 들었을 때 진경은 그녀의 고객이었던 어떤 얼굴을 떠올렸다. 언제나 옷값을 지불하는 사람이 따로 있었던 그 고객은 자신이 큰 선박 회사 오너의 딸임을 주위 사람들에게 알리고 싶어 했다. 생김이 몹시 특이해서 안쓰럽게 여겨졌던 그 고객이 요리사의 어머니와 같은 사람인가? 진경은 잠깐 궁금했다.

"어머니가 그분을 이해해주셨으면 해서요."

"어머니한테 먼저 미안하다고 말해야 하는 것 아닌가?"

지나의 목소리는 카랑하게 높았다.

"미안합니다, 라는 말은 입 안을 헹궈내는 물이지만 아버지를 이해하시는 건 양치질 같은 거라 여기는 제 마음을 아실 거라고 여겼습니다."

요리사의 말에 진경이 고개를 끄덕였다.

"제가 어머니께 사과의 말을 먼저 드리길 지나가 바라는 건, 어머니가 제 마음을 헤아리지 못했을까 봐 걱정해서 그런 것이라고 생각합니다. 하지만 전 어머니가 저의 부모님이 어떤 방식으로 살아왔는지를 아시는 게 더 중요하다고 여겼습니다. 그래야만 그 양반들 태도에 마음을 다치지 않으실 테니까요. 건방지게 들리시겠지만 어머니가 어떤 분인가 알게 되면서 저는 행복했습니다. 지나 때문에 마음의 어머니를 얻을 수 있었으니까요."

네가 너무 단 사탕처럼 여겨진다고 지나가 말했다.

"진심은 말하지 않고 가두어둘 때 더 빛날까?"

요리사는 핸들을 주먹으로 두드리며 머리를 흔들었다.

"부탁인데 지나양, 난 우리가 서로 다른 존재인 걸 축복으로 여기면 좋겠어."

"그만두자."

지나의 목소리는 쉽게 넘을 수 없는 바리케이드를 떠올리게 했다.

"어머니가 내 편을 들어줄 거라는 기대로 지나양을 공격하고 싶어 한 것 같은데, 본론으로 돌아갈게. 어머니 마음을 다치게 한 건 죄송하지만 그래도 오늘 밤 모임, 거쳐야 할 순서라고 믿어. 생략해서는 안 되는 일이 있는 거니까. 나는 나의 신부가 될 그대를 두 분께 보여드렸으니 결혼식에 오고 말고는 그 양반들이 알아서들 하겠지."

지나가 짧게 웃더니 너의 부탁 들어주는 것, 이걸로 끝이라고 말했다.

"내가 그러고 싶지 않으면 끝일 수가 없는 거지."

요리사가 진경을 돌아보며 어머니 죄송합니다, 라고 말했다.

"지나는 늘 끝이라고 말하고 저는 우리 사이의 끝은 죽음이라고 그러면서 지나를 압박하곤 해요. 지나가 끝이라는 말을 달고 지내는 게 못마땅하지만 그게 혼자 남겨지는 걸 두려워해서라는 걸 아니까 넘어가주는 겁니다. 지나 마음 깊은 곳엔 열세 살짜리 아이가 숨어 있어요. 어머니는 모르시죠? 열세 살짜리 아이가 튀어나올 때 지나양 상당히 유치하고 고집쟁이, 떼쟁이가 된다는 거요. 지나 사진들 봤으면 아시겠지만 어린 시절이나 뉴욕 시절 어느 것도 평화로워 보이는 게 없어요. 모든 사진들이 다 외로워 보인다는 공통점을 보여주는데, 속옷 차림으로 혼자 미친 듯 춤추는 사진은 제 마음을 많이 아프게 했어요. 그건 춤이 아니라 자신의 몸을 부숴버리고 싶어 하는 몸부림 같았으니까요."

그만 하라고 지나가 말했다. 지나의 오피스텔에서 본 사진들. 출근길, 혹은 점심 식사를 하는 동안, 잠들기 전 또는 욕조에 앉아 있는 동안 그 사진들은 진경의 눈앞에 떠오르곤 했다.

"그 사진들을 보는 건 마음 아프지만 그래도 그 사진들 때문에 지나를 더 이해하고 사랑하게 되었던 거죠."

진경은 요리사를 안아주고 싶었다.

"지나를 만날 때마다 한 사람 안에 이렇게 여러 모습이 있을 수 있구나, 놀랍고 감탄스러워요. 어느 때는 절에서 살 사람 같은데,

어느 때는 타고난 댄서다 싶을 정도로 멋진 춤을 춰요. 파티를 끝내고 나면 언제나 자기만의 동굴로 들어가야 하는데, 표정도 거의 배우나 다름없이 다채로워요. 지나는 무얼 하든 자기만의 세계를 만들어낼 겁니다."

지나는 손을 내밀어 요리사의 입을 막았다.

"지나는 사진을 하든 무얼 하든, 날이 갈수록 빛날 거예요."

진경이 자랑하듯 말했다.

"지나는 한 가지 일에 빠져드는 걸 겁내고 피하려 하는 것 같지만. 그게 다 나 때문에 그리된 거지만."

"윤선생님. 나는 내가 원하는 속도로 걸어요."

진경의 말을 자른 지나가 요리사를 보며 말했다. 난 너와 발맞추어 너의 세계 구축에 나설 의향이 없으며, 결혼은 무겁기만 한 갑옷처럼 여겨진다고.

"지나는 아직 결혼을 두려워해요."

지나가 만들어놓은 차갑고 무거운 분위기를 흔들고 싶은 듯 요리사가 경쾌한 어조로 말했다.

"이렇게 맛없는 디저트는 사절이야."

지나의 어조는 낮고 차분했다.

"어머니 제 처지가 이렇습니다."

요리사가 진경에게 도움을 구하는 눈길을 보냈다.

"많은 결혼이 얼룩으로 더러워진 유리 접시 같다는 걸 알지만, 그럴 수밖에 없어진 이런저런 이유들도 알 수 있지만……"

모두가 그 유리 접시를 깨뜨리려 하는 건 아닐 거라고 요리사가 말했다. 습관의 힘에 삶을 맡기는 부류들이 위태로운 유리 접시 던지기를 하며 사는 날들. 그날들은 아름다움과는 멀다고 지나가 말했다.

하늘의 검은 구름을 보며 하늘보다는 검은 구름에 눈을 오래 주는 부류와 어느 순간 검은 구름이 하늘을 뒤덮을 때도 있지만 그 시간이 오래가는 것은 아님을 아는 부류가 있을 거라고 요리사가 말했다. 푸른 하늘을 많이 보며 살아가기 바란다고 지나가 말했다. 그러자 먹구름을 너무 가볍게 여기는 나에겐 먹구름에 예민한 사람이 있어주어야 한다고 요리사가 말했다.

"나는 깨어진 유리 접시에 손을 베이고 싶지 않거든."

"혼자의 삶에도 손을 베이거나 하는 일은 일어나거든."

지나와 요리사는 앞만 보며 말했다.

"내일 내가 다른 곳으로 떠날지도 모르는 일이니까. 아프가니스탄으로 어제 떠난 내 친구가 두 달 전까지 자신이 그곳으로 가게 될 줄 알지 못했듯이."

여기 이곳에서 사람들은 매연과 돈 냄새에 짓이겨진 채 조금씩 죽어가는 것 같다고 지나가 혼잣말하듯 했다. 진경은 차에서 내리고 싶었다. 요리사가 딸의 옆에 있다는 게 고마우면서도 딸을 지켜보는 게 힘든 거였다.

횡단보도의 금을 넘을 즈음 갑자기 지프차가 끼익 소리를 내며 섰다. 검정 코트 차림의 여자가 팔을 흔들며 횡단보도 너머의 도로로 건너갔다. 갑자기 울려대는 경적 소리들. 붉은 헤드라이트 불빛으로 도로를 물들게 하던 차들이 잠시 뒤엉켰다 제 갈 길로 갔다.

이런 거지, 라고 지나가 말했다. 곧 제자리를 찾아들 가지, 라고 말한 요리사가 휴전을 제안했다. 지나가 고개를 끄덕였다. 진경에게 고개를 돌린 요리사가 웃으며 말했다. 지나와 저 이렇게 되풀이하다 보면 만나는 지점이 생길 겁니다, 라고.

무슨 말인가로 요리사를 위로해주고 싶어진 진경이 말했다. 지난번에 만들어준 음식들이 맛있었다고. 간이 맞았는지 모르겠다고 말한 요리사의 얼굴에 환한 웃음이 번졌다. 훌륭한 솜씨였다고 진경이 칭찬을 아끼지 않았다.

"전 우리 요리를 아주 아름다운 곳에서 멋진 차림새로 만들어내고 싶습니다."

요리사가 활기에 찬 어조로 말을 이어갔다. 어느 나라의 음식이든 제대로 만들면 다 즐길 수 있는 거지만, 우리 음식도 최고의 요리 중의 하나로 받아들여질 수 있을 거라고 믿는다고. 진경이 고개를 끄덕였다.

"이미 뉴욕이나 오스트리아에서 우리 여성 분들이 그런 시도를 해서 좋은 평가를 받고 있기도 하던데요. 일본의 노부처럼 저도 규모 있게 해보고 싶은 겁니다."

잘할 수 있을 거라고 진경이 말했다.

"고맙습니다 어머니, 그렇게 말씀해주셔서. 사 년 동안 만나온 제 여자 친구는 제가 요리를 하겠다니까 떠났어요. 사랑이라는 것, 상대가 하려는 일에 대한 사랑을 같이 나눌 때 깊어지는 게 아닌가 그런 생각을 하게 해주었어요, 떠난 그 친구가."

'사랑, 그것에도 저마다의 운명이 있는 건가? 죽은 아들에게 영혼이 있다면 그 영혼은 새 생명을 얻은 정혜를 보며 아파할까?' 진경은 또다시 머릿속이 혼란스러웠다. 침묵이 찾아왔다. 세 사람 사이에 놓였던 다리가 사라져버린 느낌을 물리치려는 듯 진경이 먼저 입을 열었다. 요리와 사진이 가진 힘을 새롭게 알아가는 중이라고.

"사람들을 가장 빠른 시간 안에 행복하게 만드는 건 요리 아닐까요? 맛난 요리는 근심도 불유쾌함도 잊게 만들죠."

요리사가 자부심이 깃든 목소리로 말했다. 자신의 상념에 빠져들길 원치 않는 진경이 사진이 담는 소재와 기법의 놀라운 다양성에 대해 감탄하는 어조로 말했다.

"머잖아 사진은 그림과 같은 영역으로 대접받게 될 겁니다."

요리사는 지나의 사진에 대해 기대가 크다고 말했다.

"그만 하지."

지나의 목소리는 무거웠다.

지프차가 급하게 멈추어 섰다. 횡단보도의 신호등 불빛이 초록빛으로 변한 순간이었다. 진경의 몸이 운전석으로 쏠렸다, 뒤로 젖혀지면서 뒷머리가 그녀가 앉은 의자 등받이에 부딪쳤다.

"죄송합니다, 어머니."

요리사의 큰 두 눈에 당황해하는 기색이 스쳤다. 괜찮냐고 지나가 물었다. 진경은 고개를 끄덕였다.

갑자기 신호등 불빛이 바뀌어서 이렇게 됐지만, 어린 시절 자신의 꿈은 카 레이서였다고 요리사가 말했다. 지나가 소리 내어 웃으며 요리사의 머리를 쓰다듬어주었다.

아파트 모델 하우스와 빈 터, 볼품없는 건물들과 독특한 건물이 뒤섞인 거리를 지난 요리사의 지프차가 중세의 작은 성당을 연상시키는 사층 건물 앞에 멈추어 섰다. 진경은 집으로 가겠다고 말했다. 요리사가 함께 가야 한다고 고집을 부렸지만 지나는 진경의 편이었다.


5


삼십 분 후 여준이 사는 사층 연립 건물 앞에 선 진경은 자신을 태워다준 택시가 사차선 도로로 이어지는 골목길 저쪽으로 사라진 뒤에도 가만히 서 있었다. 여준이 보고 싶어 이리로 왔는데 어느덧 혼자이고 싶어진 거였다.

사층 연립 건물들과 단층 주택들이 모여 있는 골목 안은 조용했다. 보일 듯 말 듯한 실비가 내리기 시작했다. 누군가의 집 고양이가 갓난아이의 울음소리와 흡사한 울음소리를 내었다.

진경은 물에 젖은 먹빛 비로드 같은 하늘을 보았다가 가로등 불빛을 받아 영롱한 금사와 은사로 변한 실비를 바라보았다. 비 오는 밤이면 아스팔트로 포장된 길이라기보다 지상의 사람들이 알지 못하는 지하 세계의 한 부분으로 다가오는 골목길도. 어둠과 가로등, 빗줄기가 오래된 집들의 퇴락함과 벽돌로 덮은 상자를 세워놓은 것 같은 연립 건물의 살풍경함을 가려주어 골목길 안은 아늑했다. 이 골목길을 드나든 게 이 년 남짓이었는데 그녀는 이 곳에 처음 온 듯했다.

오토바이가 여준이 사는 연립 주택을 끼고 도는 왼쪽 모퉁이 길에서 튀어나와 진경을 스쳐 지나더니 사차선 도로 쪽으로 달려갔다. 엄청난 소음과 매운 연기를 남긴 채. 멀어져가는 오토바이를 노려보는 진경의 입에서 험한 말이 흘러나왔다. 그녀 자신이 듣기에도 거북한 말이 이어졌다. 지층 아래서 잠자던 용암이 한순간에 분출하듯 요리사의 부모를 만나는 동안 억제되었던 감정이 터져 나온 거였다.

"망할 것들."

진경은 숨을 크게 들이쉬고 내쉬고를 여러 번 했지만 요리사의 부모에 대한 분노 속엔 딸에 대한 미안함도 섞여 있어선지 마음을 가라앉히는 일은 쉽지 않았다. 어린 시절 자신의 뜻대로 되지 않으면 불화살에 맞은 짐승처럼 날뛰었던 지나가 요리사의 부모 앞에서 보여준 모습이 어쩐지 불안하게 느껴졌던 그녀는 쉽게 빠져나갈 수 없는 미로에 이른 듯했다.

'왜 젊은 날엔 옷이 아이들보다 먼저였을까?'

진경은 수도 없이 한 후회를 또 했다. 멈출 수 없는 기차에 올라탄 듯 그 시절의 그녀는 늘 다음 시즌의 옷과 매출 액수에 사로잡혀 지냈다. 다음 시즌을 그녀 힘으로 멈추게 할 수는 없었으니까. 조금만 더 다가가면 정점에 오를 것 같았으니까. 새로운 옷, 새로운 고객에 대한 열망을 누를 수 없었으니까.

혼자의 상념에 빠져 있던 진경의 어깨를 어느새 다가온 여준이 감싸 안았다. 여준과 진경은 식용유 냄새와 라면 스프 냄새, 그리고 먼지와 비가 뒤섞인 냄새가 고여 있는 층계참을 지났다.

삼층을 지날 때 그들은 여러 사람들이 한꺼번에 터뜨리는 웃음소리를 들었다. 웃음의 전염성 때문이었을까. 진경의 입가에 보일 듯 말 듯한 미소가 떠올랐다. 웃음소리만을 모은 테이프를 만들어주겠다고 여준이 속삭이듯 말했다.

잘 정돈된 작은 거실로 들어서며 여준이 물었다. 요리사가 붙잡지 않았느냐고. 조금 전까지 자신을 사로잡았던 분노와 후회스러움, 안타까움 같은 감정들을 보이고 싶지 않은 진경은 방석들이 가지런히 놓인 밤색 소파에 앉으며 당신이 보고 싶어서, 라고 말했다. 면담 분위기는 어땠느냐고 여준이 물었다.

"지나의 모든 게 그 양반들한테는 뭐랄까……"

요리사의 아버지를 떠올린 진경은 더러운 구정물을 삼킨 듯했지만, 그 구정물을 토해내고 싶지 않아 입을 다물었다. 그러자 여준은 지나와 요리사 태도가 중요한 거라고 말했다.

"지나는 또다시 자신이 무엇인가 하는 물음에 빠져든 것 같고, 요리사는 결혼을 할 거라고했어. 그런데 결혼이라는 건 하기 전보다 하고 난 후가 훨씬 어려운 거니까."

진경은 딸의 오피스텔에서 본 털모자를 떠올렸다. 털모자와 지나의 관계는 단순한 친구 사이가 아니었다. 그날 많이 마셨던 탓에 지나의 침대에서 잤던 진경이 잠에서 깨어났을 때, 갈증은 심했지만 그녀는 방에서 나가지 못했다. 방 너머에서 들려온 소리와 기척 때문이었다. 오래지 않아 그것이 무얼 의미하는지 그녀는 알 수 있었다.

넌 나를 떼어낼 수가 없을 거다. 나만큼 널 기쁘게 해줄 작자는 없으니까. 털모자가 쏟아내었던 거친 숨결과 여러 말들. 날이 밝아올 무렵 그들이 나갔고, 식탁엔 먼저 나간다는, 지나가 남긴 메모가 있었다.

"윤선생이 이렇게 멋진 차림인 줄 알았으면 밖으로 나가는 건데."

가라앉으려는 진경의 마음을 헤아렸는지 화제를 돌린 여준이 진경의 이마에 입술을 대었다.

"당신이 모델들과 같이 패션쇼를 하던 디자이너라는 게 실감나는데요."

여준의 온몸에서 번져 나오는 감탄의 기운이 허물어졌던 진경의 존재감을 살려주었다. 지금이라도 나가는 게 어떠냐고 여준이 말했다. 진경은 고개를 저었다. 그러자 여준은 칵테일을 만들어 오겠다며 주방으로 갔다.

가족들을 미국으로 보낸 후 요리며 칵테일 만들기에 빠져들었다는 여준은 진경을 위해 식탁을 준비하거나 안주를 만들어내는 일에 열심이었다. 아이들의 유학을 위해 아파트를 팔았던 여준에게 남은 건 이혼과 스무 평 연립의 전세금이었다. 여준의 아내는 드나들던 세탁소 사장과 결혼하겠다며 여준을 떠났다고 했다. 나이 들면 사는 게 좀 쉬워지려나 했는데 아니었다고, 아내와 아이들이 늘 그의 옆에 있을 거라 여겼는데 그것 역시 아니었다고, 여준은 한숨을 쉬었다.

늘. 지환이 늘 자신과 함께할 거라고 여겼던 진경도 어느덧 '늘'을 믿지 않았다. 여준과의 시간도 '늘'일 수 없을 거라고 그녀는 생각했다. 여준의 마음을 믿지 못해서가 아니었다. 그녀가 위에서 작은 혹을 떼어내었듯 여준도 사 년 전에 수술을 받았다고 했다. 교통사고나 병으로 세상을 떠난 동창도 여럿이었다. 여행지에서 해일에 쓸려 갈 수도 있었다. 그 모든 일들이 자신에게 일어나지 않을 거라는 생각을 진경은 이제는 할 수 없었다. 누가 알랴. 여준과 자신에게 느닷없는 교통사고처럼 또다시 새로운 만남이 일어날지. 그 생각을 한다고 해서 여준을 덜 좋아한다거나 하는 건 아니었다.

크래커와 땅콩, 치즈, 방울토마토를 담은 커다란 사각 접시와 캔 코크, 잭 대니얼, 얼음을 채운 크리스탈 볼과 유리잔 두 개가 탁자 위에 놓였다. 잡지나 신문의 요리 화보를 스크랩하거나 텔레비전의 요리 프로그램을 즐겨보는 여준은 진경을 위해 라면을 끓일 때에도 매번 조금씩 다른 맛을 내기 위해 노력했다.

은행에서 퇴직한 다음 날, 친구와 설악산을 찾았던 여준이 비바람이 몰아쳐서 풀꽃향기에 들르지 않았더라면. 미국의 딸에게 보낼 생일 선물을 사기 위해 인터넷 쇼핑몰을 찾았던 여준이 진경의 얼굴을 보는 일이 일어나지 않았더라면. 풀꽃향기에서 본 얼굴이 쇼핑몰의 진경인지를 알고 싶어 한 여준이 검정 모자와 같이 진경의 사무실로 찾아오지 않았더라면.

"지나 일은 지나에게 맡겨요."

진경은 고개를 끄덕이며 여준이 만들어준 블랙 러시안을 마셨다.

　"당신을 오래 감상하고 싶은데 더는 안 되겠다."

　여준이 다가오면 진경은 언제나 무너졌다. 여준은 마지막 시간을 보내는 것 같은 열정으로 진경을 안곤 했다. 그때 진경의 휴대전화 벨이 울렸다.

　"나요."

　지환이었다. 갑자기 터져 나온 기침 때문에 진경은 말을 할 수 없었다. 이혼 후 그녀는 지환과의 만남이나 통화를 거절했다. 한 번 더 자신의 이름을 밝힌 지환이 윤진경의 휴대전화가 아니냐고 물었다.

　"나예요."

　겨우 기침을 멈춘 진경이 등을 세워 앉으며 말했다. 여준의 눈길이 진경의 얼굴에서 다른 곳으로 향했다.

　"감기 걸린 거요?"

　걱정스러운 어조로 묻는 지환에게 진경은 무슨 일이냐고 되물었다. 조금 전에 지나한테 전화를 했었다고 지환이 말했다. 지환도 오늘 밤의 모임이 궁금했던 거라고 진경은 생각했다. 오늘 밤의 식사 자리에 지환이 오지 못한 건 진경이 그러길 원치 않아서였다.

　"당신이 상처를 많이 받았을 거라고 해서…… 지나가."

　상처라는 말 때문이었을까. 진경은 지환이 남긴 테이프를 들었던 순간을 떠올렸다. 자신의 삶에서 가장 끔찍했던 그 순간을 떠올릴 때마다 진경은 뭔가에 의해 자신이 지워지는 느낌이었다.

　"어쩌다 우리가 이렇게 되었는지……"

지환의 목소리는 낮았다. 진경은 여준에게 물을 달라고 눈짓과 손짓으로 말했다. 여준이 가져다준 물을 마시던 진경이 유리잔을 내려놓았다. 물이 미끈거리는 무슨 덩어리처럼 여겨졌다.

지나에게 아주 중요한 순간을 당신 혼자 감당하게 한 것이 미안하다고 지환이 말했다. 진경은 듣기만 했다. 마음이 짓이겨진 그 시간들을 다시 들먹이면 마음의 얼룩만 커질 거였다.

몇 달 전, 조명 기구를 수입하는 지환의 일이나 메이크업 아티스트라는 지환의 아내의 일이 그다지 성공적이지 못하며 둘 사이도 삐걱거린다고 은영이 말했을 때, 진경은 뭔가 작은 보상을 받은 듯했다. 지환에 대한 분노의 감정이 남아 있지 않은데도 그랬다.

"후회란 비참한 감정이오. 아무것도 되돌릴 수 없는 일에 후회한다는 거, 누군가에게 내 무릎을 꺾어버리게 만든 결과니까."

진경의 입술은 여전히 열리려 하지 않았다. 후회. 비참함. 진경은 지환에게도 위로의 말이 필요할 거라고 여겼지만 무슨 말을 해야 좋을지 알 수 없었다.

"너무 미안해서 당신을 보고는 말을 하지 못할 것 같아 그랬던 건데…… 그래도 그렇게 해서는 안 되는 거였어."

왜 이제야 그런 말을 하느냐는 말을 하는 것조차 무의미하게 여겨진 진경은 휴대전화의 폴더를 닫아버리고 싶었다.

"그렇게 해서는 안 된다는 걸 미소가 떠나면서 알게 된 것도……"

지환이 울음을 터뜨렸다. 당황한 진경은 휴대전화의 폴더를 닫고서 얼음만 넣은 위스키를 들이켰다. 진경의 눈 주위가 물감을 들인 듯 붉어졌다.

'지환은 남겨진 사람이 건너야 할 사막의 회오리바람을 견뎌낼 수 있을까? 지환의 어린 아들은?' 진경의 눈엔 물기가 어려 있었다. 특별한 일은 아니었다. 술을 마시다 보면 그녀는 별다른 이유 없이 울곤 했다.

여준이 다가와 그녀를 방으로 데려갔다. 여준은 천천히 진경의 몸을 어루만졌다. 처음 여준과 침대로 갔을 때, 진경은 그가 마술사로 여겨졌다. 모습으로는 침대보다 서류 정리에 어울릴 것 같은 여준이 그녀에게 주었던 그 뜨거운 떨림이란. 진경은 여준을 통해 알았다. 관능의 극점은 아름다운 몸만이 얻을 수 있는 게 아니라는 걸.

이십대엔 아이의 몸 같았던 진경의 몸이 어느덧 늘어난 살로 부풀어 있었다. 아름다운 몸이 아니어도 소중한 존재라는 기쁨에 빠져들 수 있게 해준 여준의 이마에 진경의 입술이 닿았다.

자신에게 남은 날들이 풍성한 식탁으로 여겨진 때문이었을까. 그녀는 침대를 차갑게 만들었던 젊은 날의 자신이 아쉬웠다. 그녀가 사랑했던 두 남자들이 가여워지기도 했다. 서툴고 차가운 그녀 몸의 냉기에 마음이 서늘해졌을 그들, 장걸과 지환.

장걸은 처음부터 진경의 뜻하고는 상관없이 진경을 원했다. 장걸을 좋아하던 시절엔 그의 우격다짐도 사랑으로 여겨졌지만 사이가 어긋나면서 둘의 시간은 소리 없는 전투처럼 변했다. 시간이 많이 흐른 뒤에 진경은 깨달았다. 결혼한 뒤의 장걸이 결혼 전의 장걸이 아니라고 여겨지면서 자신의 몸이 얼음처럼 차가워졌다는 것을. 그걸 장걸에게 알게 하는 것을 그에 대한 복수라고 여겼다는 것을. 자신의 그런 반응이 장걸을 깊은 분노와 좌절 속으로 밀어넣었다는 것을.

지환하고는 어느 시기까지 더 바랄 게 없을 정도로 좋았지만, 일이 몰려오면서 진경은 침대에 누워서도 새로운 옷에 대한 생각에서 벗어나지 못했다.

"당신이 날 모욕 주고 싶어 하는 거 아니라는 거 알아. 당신이 작정하고 다른 사람 마음 다치게 하려는 게 아닌 것. 단지 당신은 다른 사람의 마음을 알려고 하질 않는 거지. 당신 옆의 사람은 당신의 그 무심함에 마음이 깨어지는 거고."

잊고 지낸 지환의 말을 떠올린 진경은 여준을 힘주어 안았다. 휴대전화 벨소리가 들려왔다. 누구일까. 늦은 밤의 벨소리는 늘 진경에게 짧은 불안을 안겨주었다.

"병원인데요. 연정혜 환자가 사산을……"

진경은 머리가 텅 빈 듯했다. 몸의 기운이 어디론가 새어버린 것 같았다. 무슨 일이냐고 여준이 물었다.

"정혜한테 가봐야 해요."

한순간이나마 정혜의 몸에 깃든 새 생명을 보지 않길 바랐던 걸 후회하며 진경은 옷을 입었다. 데려다주겠다고 여준이 말했다. 거실로 나선 그녀에게 여준이 휴대전화를 내밀었다.

"나요, 청산."

청산? 스님이 지어준 법명이라며 자신을 청산이라고 불러달라던 김여진의 얼굴이 떠오르자, 진경의 얼굴에 어렸던 불안함은

214

사라졌다. 연정혜 환자가 사산,이란 말을 들었을 때부터 간신히 만든 자신의 둥지가 흔들리는 불안함에 빠져들었던 그녀는 김여진을 만나는 것쯤 어렵지 않게 받아들일 수 있을 것 같았다.

어젯밤 꿈속에서 그물에 갇혀 몸부림치는 자신을 보며 미소 지었던 김여진이 떠올랐는데도, 그녀는 김여진이 전화해준 게 고맙기까지 했다. 꿈에서 깨어난 후 김여진의 강한 힘이 자신의 삶을 흔들어놓으리라는 위기감에 빠져든 것도 잊은 듯.

"너무 오랜만이라 내 목소리도 잊었나?"

"잊기는."

진경은 말을 잇지 못했다.

"당신 얼굴이나 봤으면 하는데 당신은 그것도 부담스럽나?"

정혜에 대한 걱정을 떨쳐버릴 수 없어서인지 무슨 말을 그렇게 하느냐는 진경의 어조는 굳어 있었다.

"떠나던 때의 내 모습에 윤선생이 실망했을 수도 있겠지. 나한테 투자했던 치들한테 윤선생이 밀리지 않을 거라고 판단해서 그랬던 건데. 진심은 전해지는 건 줄 알았는데 그것도 아닌 거지. 나는 당신이 가장 힘들었을 때, 당신이 말한 대로 폭풍우에 휩싸여 있을 때 바람막이가 되어주었잖소. 중국행은 당신을 일으켜 세우려는 마지막 시도였던 거고. 결과가 좋지 않다 보니 사기꾼이니 뭐니가 되고 말았지만 다른 사람은 몰라도 윤선생 당신은 내 마음을 알 거라 믿었는데……"

진경은 귀를 막고 싶었다. 김여진과의 해후를 좋은 것으로 만들고 싶은 마음인데도 그녀의 목소리를 참기 어려웠다. 진경은 누군가가 자신을 시험대에 올려놓은 것 같았다.

"내 말이 틀렸으면 그렇다고 말을 해봐요."

김여진이 목소리를 높였다. 만나자고 진경이 말했다. 더는 도망자처럼 굴어서는 안 될 일이었다.

"내일 오전에 봅시다. 당신 사무실에서."

김여진과의 통화가 끝난 뒤에도 진경은 귓가에서 김여진의 말소리가 들려오는 것 같았다.

겨우 찾은 평화는 다시 혼란스러움에 휩싸여드는가. 여준의 부축을 받아 차 안으로 들어간 진경은 갑자기 찾아든 한기로 온몸이 떨렸다. 히터를 작동시킨 여준은 편의점 앞에 차를 세운 후, 뒷좌석에 놓아둔 담요를 진경의 어깨에 둘러주더니 편의점에서 따뜻한 꿀차를 사들고 왔다. 진경이 꿀차를 다 마시는 걸 지켜보고서야 여준은 운전을 시작했다.

비는 그쳤어도 푸른빛 붉은빛들이 어룽진 밤의 도로 위는 소리 없이 물결이 흐르는 듯했다. 흰색의 소형차는 고요한 수면 위를 지나가는 배처럼 부드럽게 달리기 시작했다. 비바람을 피하기 위해서만 지어진 것 같은 단층의 건물들, 그리고 시멘트 공장에서 쏟아낸 것 같은 아파트 단지들을 지나 작은 차는 나아갔다.

왼쪽의 차창 너머로 이어지는 강은 주름진 납을 펼쳐놓은 것 같았다. 조명을 받은 강 위의 철교들은 낮보다 정교하게 깊은 아름다움을 보여주었다. 밤의 강은 낮의 강과 비교할 수 없는 다른 강처럼 보였다. 강 옆의 나무와 풀들도 그랬다.

멀미 때문이었을까. 진경은 설핏 잠들었다.

M병원에 도착하기 오 분 전쯤 꿈에서 깨어난 그녀의 미간은 좁혀져 있었다. 꿈에서 여러 얼굴들을 본 것 같았는데 그 얼굴들 중 어느 것도 잘 생각이 나지 않아서였다. 어느 얼굴은 그녀에게 소리를 질러대었던 것 같았고, 어느 얼굴은 손가락질을 해대었던 것 같았다. 또 어느 얼굴은 그녀를 안아주려 했던 것 같았지만 분명하지는 않았다.

여준의 차가 M병원 앞에 섰다. 같이 가자는 여준의 말을 듣지 못한 듯 차에서 먼저 내린 진경은 허둥대는 걸음으로 적막함이 감도는 로비를 지나 엘리베이터 안으로 들어갔다. 헌아. 정혜를 도와줘, 라고 중얼거리며.

그 순간 그녀는 오직 정혜만을 생각했다. 정혜에게 아무 일 없기만을. 아이를 잃은 정혜의 마음이 조각나지 않기만을 염원했다.

# 벚꽃나무 아래의 그녀들

1

"눈 좀 떠봐라."

김여진이 진경의 어깨에 머리를 기댄 채 잠든 정혜의 어깨를 흔들어 깨웠다. 정혜는 김여진의 말을 듣지 못한 듯 반쯤 떴던 눈을 다시 감았다.

"잠귀신이 허기가 심해도 너무 심하다."

김여진이 혀를 찼다. 내버려두라고 진경이 말했다.

"윤선생이 너무 물러서."

김여진이 정혜의 머리를 자신의 어깨로 기울게 하며 말했다. 진경이 아무 말도 하지 말라는 듯 김여진에게 눈짓을 했다. 김여진은 충격요법이 필요할 때도 있는 거라고 했다. 진경은 자신의 품에서 잠든 바다를 추슬러 안았다. 운전석의 옆 자리에 앉은 지나가 담요를 건네주었다.

　　서울을 출발한 게 한 시간 삼십 분 전쯤이었다. 차 안의 공기는 습하고 눅눅했다. 진경은 초록과 빨강의 줄무늬 담요로 바다의 몸을 감싸주었다. 바다의 눈이 떠졌다. 진경과 바다의 눈이 마주쳤다. 커다란 검은 머루 같은 바다의 두 눈에 어떤 일렁임이 스쳤다. 진경의 가슴에 전류가 흐르는 듯했다. 한순간 바다의 눈이 바닥을 알 수 없는 검은 동굴로 다가온 거였다.

　　진경은 바다의 이마에 입을 맞추었다. 바다의 손에도.

　　"할머니, 여기가 어디야?"

　　바다가 진경의 팔을 움켜잡으며 말했다.

　　"여기가, 그러니까……"

　　진경이 차창 너머를 보았다. 작은이모할머니네 별장에 가는 중이라고 김여진이 말했다. 운전을 하던 은영의 어깨가 위로 들썩했다가 왼쪽이 약간 기울어진 원래의 모습을 찾았다. 잠시 후 녹색의 SUV가 급정거를 했다. 진경과 바다의 몸이 옆으로 쏠렸다. 정혜의 살찐 몸이 진경을 짓누른 탓에 차체에 닿은 진경의 어깨에 통증이 느껴졌다.

　　갑자기 고양이가 나타났다고 은영이 볼멘 목소리로 말했다.

　　"작은이모할머님 눈에만 보이는 고양이도 있군요."

　　지나가 웃으며 말했다.

　　"어딨어요, 야옹이?"

　　차창 너머를 보는 바다의 눈이 커졌다. 도망가버렸다고 말한 은영이 껌을 씹기 시작했다. 담배를 끊기로 했다는 은영이 담배를 대신할 것으로 찾은 게 껌이거나 사탕이었다.

"야옹아, 야옹아."

고개를 두리번거리며 보이지 않는 고양이를 찾는 바다의 눈에
는 안타까움이 가득했다. 작은이모할머니네 별장에 가면 야옹이가
바다를 보러 올 거라고 지나가 말하자 바다의 얼굴이 환해졌다.

"빨리 달려요. 빨리요."

바다의 목소리가 높아졌다.

안개가 짙어지면서 차창 너머 풍경의 선들이 흐릿해졌다. 서울
을 출발할 때엔 맑았던 하늘이 어느덧 물기 머금은 엷은 잿빛으로
변해 있었다. 강을 에워싼 낮은 산자락의 연둣빛도 곧 지워질 듯
흐릿해 보였다. 강물에 긴 머리칼을 빠뜨린 버드나무들, 그리고
강가의 덤불숲이 보였다 사라졌다.

김여진이 재채기를 터뜨렸다. 습한 공기에 알레르기 반응을 보
이곤 하는 진경의 손등에 붉은 반점이 돋아났다. 은영이 운전하
는 SUV는 강 사이의 밋밋한 시멘트 다리를 지났다. 물결이 일렁
이지 않는 강은 회색의 무명천으로 덮인 듯했다.

따르르릉. 경쾌한 발신음이 울렸다.

"아직 가는 중이야. 아니 돌아가야지. 미팅이 있거든. 아니라
고 했잖아."

아니라면 아닌 거라고 소리치듯 말한 지나가 휴대전화의 폴더
를 닫았다.

"고모 화났어요?"

손톱을 씹는 바다는 불안해하는 표정이었다.

'지나가 감정을 거칠게 드러낸 상대라면 요리사일까?' 진경은 문득 지난해 지나의 오피스텔에서 본 청년을 떠올렸다. 화난 거 아니라고 지나가 다정한 어조로 말했다. 진경은 바다의 손에 입을 맞추었다. 아이를 잃은 정혜가 일상에서 벗어나 허우적거리는 동안 바다는 손톱을 물어뜯곤 했다. 더 작을 수 없을 만큼 손톱이 작았던 아들을 떠올린 진경이 할 수 있는 일은 바다를 꼭 안아주거나 손톱에 입 맞추거나 하는 거였다. 은영의 휴대전화가 울렸다.

"가는 중이에요."

은영의 말소리와 표정이 마술에 걸린 듯 달라졌다.

"곧 사라질 동양화 속의 어느 길로 가는 중인 것 같다고나 할까요?"

눈을 감았다면 은영이 말하는 게 아니라 낭독 전문가의 낭독을 듣고 있는 걸로 여길 법하다고 진경은 생각했다. 은영이 누군가와 사랑에 빠졌다고 여긴 건 몇 달 전부터였다. 대상이 누구인지 진경은 묻지 않았다. 사랑에 빠졌을 때 은영이 먼저 그 대상에 대해 말하지 않으면 말하고 싶지 않다는 걸 뜻했다. 그러니 물어서는 안 될 일이었다. 진경이 은영의 상대에 대해 모른 척하게 된 건 은영의 뜻에 따라서만은 아니었다. 은영의 상대에 대한 호기심이 사라져버린 거였다.

"내일은 정말 알 수 없는 거니까…… 그건."

더 시간을 가지고 생각하는 게 좋겠다고 은영이 말했다. 검은 흙으로 뒤덮인 밭이랑 사이로 돋아난 파들의 선명한 초록빛에 진경의 눈이 머물렀다. 진경은 정혜에게 그 초록빛을 보여주고 싶었다.

정혜는 여전히 잠에 빠져 있었다. 술에 취해 소리 내어 울거나 몇 시인지 헤아리지 않고 집을 나가 하염없이 걷다가 또 술을 마시고 쓰러지곤 하는 정혜. 장헌이 세상을 떠났을 때도 잘 버텼던 정혜였지만 이번엔 쉽사리 일상을 받아들이려 하지 않았다. '가여운 것.' 진경은 정혜의 이마를 덮은 머리칼을 올려주었다.

정혜가 잃은 건 아이만이 아니었다. 빛나와 윤나도 엄마를 찾았다며 집을 나갔다. 엄마를 찾았다는 쪽지 한 장만을 남긴 그 애들을 진경은 이해할 수도 있었지만 정혜는 그럴 수 없나 보았다. 빛나와 윤나가 떠난 방에 앉아 몸부림치며 흐느껴 울던 정혜의 뒷모습이 되살아나 진경의 마음을 아프게 했다.

몇 해 전, 김여진의 아파트에서 침대를 떠나려 하지 않았던 자신의 모습을 떠올린 진경은, 정혜의 마음속 슬픔이 떠나길 기다려야 한다고 생각하면서도 바다를 볼 때마다 마음이 아팠다. 바다의 눈에서 자주 드러나는 분노, 외로움을 볼 때마다 진경은 정혜 옆에 앉아 바다를 생각하라고 말하곤 했다. 그럴 때면 정혜의 눈에서 눈물이 주르르 흘렀지만, 바다 옆으로 가거나 하지는 않았다.

오늘 다 같이 모여 은영의 별장에 가게 된 건 은영의 제안이었다. 여럿이 어울리다 보면 정혜의 마음속 얼음이 조금은 녹을 거라는 말에 지나가 도시락을 준비할 거라고 해서 나서게 된 거였다.

진경은 정혜의 손을 잡으며 가여운 것, 하고 혼잣말을 했다. 강은 이제 보이지 않았다. 아직 말하지 않는 게 좋겠다는 말을 은영은 되풀이했다.

"무신 일이고?"

김여진이 진경의 귀에 대고 속삭이듯 말했다.

진경은 듣지 못한 것처럼 차창 너머를 보고 있었다. 돌로 만든 독수리와 해태, 그리고 석탑이 흐릿한 모습을 보여주는가 싶더니 크고 작은 항아리들이 보였다가 어지러운 간판을 건 식당들이 나타났다. 황토로 만든 버섯 지붕의 집들과 공장에서 찍어낸 것 같은 한옥들, 그리고 한옥 앞마당을 메운 차들도.

"저기, 저 버섯 집. 할머니, 저기로 돌아가요."

바다가 팔을 쳐들며 소리쳤다. 지금은 갈 수 없다고 진경이 말했다.

"왜요? 왜 갈 수 없어요?"

바다의 눈썹이 꿈틀했다.

"별장에 가기로 했으니까."

"별장에 안 갈래요."

차를 세우라고 바다가 소리쳤다.

"저녁에 만나서 의논하죠. 그러니까 아직은 말하지 않는 게 좋겠어요."

은영의 목소리는 무거웠다.

"도무지 종잡을 수가 없다. 처음에는 시를 쓰는가 싶더니 한순간에 검은 구름에 뒤덮인 형상이네."

김여진의 두 눈이 호기심으로 반짝였다. 사는 게 그런 거라고 은영이 너그러운 어조로 말했다.

"하기야."

김여진이 고개를 끄덕였다. 버섯 집에 데려다주지 않으면 차에서 내릴 거라고 바다가 소리쳤다. 별장에도 버섯 집이 있다고 김여진이 말했다.

"정말요?"

바다가 손톱을 물며 진경을 보았다. 진경이 머뭇거리자 은영이 나섰다.

"버섯 집만 있는 게 아닌걸."

은영은 거미집의 아름다움에 대해 말했다.

"거미가 제 몸에서 가늘고 투명한 실을 뽑어내는 것도 신기하지만 그 집이 얼마나 튼튼한지 벌레들도 뚫고 나갈 수가 없단다."

"정말요?"

바다가 진경을 보았다. 진경이 고개를 끄덕였다. 은영은 쉬지 않고 거미, 개미, 박쥐에 대해 이야기했다. 마치 어린이 프로그램의 진행자이기나 한 것처럼 흥미진진한 어조로.

"참 말도 잘한다."

김여진은 이사장은 무슨 일을 해도 성공했을 거라고 말하면서 진경의 동의를 구했다. 놀라울 따름이라고 진경이 답했다. 경영학 석사가 되기 위해 대학원에 들어간 은영의 사업 규모는 나날이 커졌다. 별장을 샀다는 소식을 들었던 게 다섯 달 전이었다. 은영이 탄탄한 중소기업의 지분을 사들일 계획이라는 말을 어느 모임에서 들었던 게 한 달 전의 일이었다.

"놀랍기는."

은영이 어깨를 으쓱했다. 진경은 은영에게 중소기업의 지분을 사들일 거라는 소문에 대해 묻지 않았다. 별장을 샀다는 말을 들었을 때 뭔가 은영이 달라졌다는 느낌이 들었던 진경은 달라진다는 건 자연스러운 거라고 자신에게 말했다. 그런데도 예전의 은영이라면 별장을 사게 되기까지의 모든 과정에 대해 말했을 거라는 생각이 들자 조금은 쓸쓸하기까지 했다.

사람 일은 참 알 수가 없는 거라고 김여진이 말했다. 차 안에 침묵이 시작되는가 싶더니 금방 토막 났다. 여러 번 들어도 매번 가슴이 서늘해지는 말을 하고는 김여진은 하품을 했다. 정혜의 코 고는 소리가 높아졌다. 진경의 눈이 턱 선이 사라져버린 정혜의 얼굴에 머물렀다. 살이 쪄 턱이 늘어지고 코가 묻힌 정혜는 다른 얼굴인 듯했다. 먹는 일 말고는 아무것에도 관심이 없는 얼굴로 변하는 데 그리 많은 시간이 필요하지 않다는 게 진경은 놀라웠다.

'차라리 김여진이 없었더라면 정혜는 일상의 날들로 돌아올 수 있었을까?' 난데없이 떠오른 물음이 진경의 양미간에 동그란 혹을 만들어놓았다.

김여진은 진경의 집에 머물기로 약속이나 되었던 것처럼 쉽게 주저앉았다. 정혜를 보러 병원에 가던 길에 김여진의 전화를 받았을 때, 진경은 김여진과의 해후가 그물이 될 거란 생각을 하면서도 같이 지내게 될 줄은 몰랐다. 그런데 아이를 잃은 정혜가 일상에서 멀어지면서 김여진은 자신의 할 일이 정혜를 돌보는 일이라는 듯 밤거리를 헤매는 정혜를 뒤따라 다니고 씻기고 했다. 김

여진 때문에 정혜를 지킬 수 있었다는 고마움을 잊은 건 아닌데
도, 어느덧 정혜의 방황이 너무 길어지는 것이 김여진 때문일 수
도 있다는 생각을 하는 자신이 싫어져 진경은 머리를 흔들었다.

"고모."

바다가 은영과 지나 사이로 머리를 디밀었다. 진경이 바다의
몸을 자신 쪽으로 끌어당겼다. 문자를 보내는 일에 열중한 지나
는 바다에게 알은척을 하지 못했다. 바다가 머리를 지나의 옆구
리에 박았다. 무슨 일이냐며 지나가 바다 쪽으로 고개를 돌렸다.
닌텐도 게임기를 달라며 바다가 손을 내밀었다. 정혜가 아이를
잃은 후 달라진 거라면 지나가 정혜와 바다에게 몇 걸음 다가오려
한 거였다. 지나는 바다와 같이 디즈니 영화를 보러 가거나 게임
을 같이 하기도 했다.

"게임기?"

"먼젓번에 그랬잖아. 게임기 줄 거라고."

바다의 눈에 사나운 기색이 출렁였다.

"깜박했네, 고모가."

지나의 어조는 상냥했지만 진경은 놓치지 않고 보았다. 휴대전
화에서 눈을 떼지 못하는 지나의 눈에 혼란스러움이 가득한 것을.

"거짓말쟁이."

바다의 입술이 비죽거렸다.

"싫어, 거짓말쟁이는."

"거짓말쟁이 아냐, 고모는."

지나가 바다의 머리칼을 헝클어뜨리며 말했다.

"거짓말쟁이야."

바다가 지나의 등에 발길질을 했다. 지나가 바다의 발을 잡더니 놓아주지 않았다. 바다가 울음을 터뜨렸다.

"게임기, 여기 있어."

은영이 가방에서 꺼낸 게임기를 바다의 손에 쥐여주었다. 바다의 울음이 그쳤다.

"이사장은 아이들 장난감도 가지고 다니나?"

김여진이 순식간에 게임에 빠진 바다의 머리를 쓰다듬으며 놀란 어조로 말했다.

"게임기, 머리 큰 애들도 가지고 놀아요."

옷을 팔려면 소비자의 라이프 스타일을 파악하는 것만으로는 부족하다고 은영이 말했다. 전력투구하지 않으면 주저앉는 게 이 동네인 걸 알지 않느냐고도. 진경은 고개를 끄덕였다. 십이월부터 떨어지기 시작한 매출은 좀체 회복이 되질 않았다. 지나의 도움으로 이만큼이나 자리를 잡은 것이었지만 요리사의 부모를 만난 후부터 지나는 진경을 돕는 일에 집중하질 못했다.

'정혜가 아이를 잃지만 않았더라면.' 안타까움이 가득한 진경의 눈이 여전히 잠에 빠진 정혜에게 향했다. 진경은 터져 나오려는 한숨을 삼켰다. 정혜는 무슨 고통스러운 꿈을 꾸는지 미간에 깊은 골이 패어 있었다. 빛나와 윤나가 남긴 쪽지를 찢고서 방에 누웠던 정혜의 표정이 지금과 흡사했다. 그날 밤, 짐승처럼 온몸을 버둥거리며 울던 정혜가 무서웠던지 그날 이후 바다는 정혜 옆으로 가려 하지 않았다.

마음 상해하지 말라며 김여진이 진경의 손을 잡았다. 고개를 끄덕이며 진경이 고맙다고 말했다.

"아이고."

김여진의 눈이 크게 벌어졌다. 차창을 통해 쏟아져 들어온 햇살로 차 안이 환해졌다.

"알 수 없는 게 날씨라더니."

김여진은 어디에 눈을 두어야 할지 모르겠다는 듯 고개를 왼쪽 오른쪽 차창 쪽으로 돌렸다. 작은 솜털 같은 꽃으로 덮인 벚꽃나무가 줄지어 늘어선 길이 이어졌다.

"올봄은 내 생애 처음 맞이하는 봄인 것처럼 황홀하다."

김여진은 은영의 차에 오른 뒤 몇 번이나 한 말을 다시 되풀이했다. 흰 별사탕이 뿌려진 듯 눈부신 강을 볼 때도 그랬고, 꽃망울을 틔우기 시작한 철쭉으로 뒤덮인 야산을 볼 때도 그랬다. 푸른 유리처럼 맑은 하늘을 보면서도 그랬다.

"이렇게 아름다운 날이 몇 날이나 될지."

김여진의 말에 스며든 아련한 슬픔이 진경의 마음으로도 스몄다.

"제안은 고맙습니다만 지금은 통화할 형편이 아니어서요."

지나의 목소리가 커졌다.

"한 시간 뒤에 제가 전화를 드리겠습니다."

제안. 진경은 지나가 받은 제안이 궁금했다. 지나의 재능을 눈여겨보고 있는 이가 있다는 말을 은영이 해준 게 한 달 전이었다. 프리랜서 일은 그만두고 조직을 맡아달라는 제안을 받게 될 것 같다고 은영이 말했을 때, 그동안 지나에게 새로운 날이 열리기를 간절히 바랐던 진경은 기대감으로 가슴이 부풀었다.

"혹시 중요한 전화면,"

진경의 말에 한 시간 뒤에 할 거라고 지나가 자르듯 말했다. 우리가 무슨 말을 하든 지나는 제 마음이 움직이지 않으면 하려 들지 않으니까 모르는 척하는 게 좋을 거라던 은영의 말을 떠올린 진경은 고개를 끄덕였다.

"고맙소, 이사장."

맞은편에서 오는 차가 지나갈 수 있도록 밭이랑 쪽에서 기다려주느라 운전을 멈춘 은영의 등을 주물러주며 김여진이 말했다.

"그 말은 내가 하고 싶었는데요."

은영이 다정한 어조로 말했다.

"할 말이 너무너무 많은데."

김여진이 주먹 쥔 손으로 가슴을 두드리더니, 나중에 눈감을 때에도 떠올리게 될 시간을 만들어준 것, 잊지 않을 거라고 말했다.

"앞으로도 이곳에 오고 싶다는 말씀인 거죠?"

지나의 말에 김여진이 박수를 쳤다. 은영의 SUV가 밭 사이의 이랑 길을 지나 왼쪽으로 접어들었다. 진경은 휴대전화를 확인했다. 혹시 여준한테서 온 문자를 놓치지나 않았나 하고. 여준이 보낸 문자는 없었다.

2

“지금 오겠다고?”

은영의 목소리는 삼킬 수 없는 걸 삼킨 듯했다.

진경이 탄 택시는 은영의 별장으로 이어진 좁은 시멘트 길로 들어서고 있었다. 아주 늦은 시간은 아니었지만 주변의 어둠은 깊었다. 택시의 전조등 불빛에 의지해 나아가는 좁은 길은 검은 흙탕물에 삼켜질 좁은 다리 같기도 했다. 열어둔 차창으로 흘러 들어오는 공기는 훈훈했다. 그리고 그 훈훈함 속에는 여러 종류의 배설물 냄새가 섞여 있었다.

은영의 반응에 놀랐지만 진경은 돌아갈 수 없었기 때문에 곧 도착할 거라고 했다.

“말도 안 돼.”

몸이 좋지 않다고 은영이 소리쳤다.

“그래서 온 거다. 많이 안 좋은 것 같아서.”

옆 자리에 놓아둔 종이 가방으로 진경의 눈길이 향했다.

“죽하고 과일을 샀어.”

“누가 선배더러 시키지도 않은 일을 하라고 그랬어?”

택시 기사의 귀에도 은영의 쉿소리가 들렸는지 라디오의 볼륨이 낮아졌다. 그 순간 진경은 돌아가고 싶었다. 택시는 야산과 별장 사이로 뻗은 구불구불한 길로 들어섰다. 돌아가려고 해도 길이 좁아 별장이 모여 있는 곳까지 가야 했다. 멀지 않은 곳에 아카시아나무가 모여 있는지 강한 향이 배어 공기가 눅눅했다.

"미안해, 선배."

은영이 잘못했다고 했다.

"많이 안 좋아, 아주 많이. 그럴 때 있잖아. 혼자 있고 싶을 때."

택시가 세 동의 별장 중 가장 안쪽의 별장 앞에 섰다. 별장 바깥으로 나가려면 그곳에서 차를 돌려야 했다.

"누구니?"

휴대전화를 통해 들려온 목소리. 갑자기 등 뒤에서 이상한 웃음소리가 들려온 듯 진경은 가슴이 철렁했다. 택시 기사가 진경을 돌아보았다. 지갑을 꺼낸 진경은 망설였다. 택시를 타고 돌아가야 하는지, 은영을 보러 가야 하는지 갈피를 잡기 어려웠다.

"물었잖아, 누구냐고."

은영의 것이 아닌 목소리가 커졌다.

"말하지 않으면 내가 묻는다."

'독특한 저 목소리는……'

남자의 것도 아니고 여자의 것도 아닌 것처럼 들리는 목소리의 얼굴을 떠올린 진경의 눈에 곤혹스러운 빛이 스쳤다. 진경 선배라는 은영의 말은 은영의 것이 아닌 듯 낮았다.

"그런 것 같았어. 오라고 하지. 다 왔다는데 돌아가게 할 수는 없는 일이잖아."

갑자기 찬물을 뒤집어쓴 듯 진경은 한기가 느껴졌다. 돌아가고 싶은 마음이 커졌지만 그렇게 하는 것이 비겁한 일인 것도 같아 그녀는 지갑을 열었다. 만 원권 열 장을 준다는 걸 열두 장을 준 그녀는 택시에서 내려 얼마 동안 머뭇거리다가 별장을 향해 걸었다. 포장된 길과 별장 사이의 자갈이 깔린 마당을 걷는 그녀의 손에 종이 가방이 들려 있지 않았다. 택시 기사가 클랙슨을 울렸다.

누군가 자신의 등을 치기라도 한 듯 흠칫 놀란 그녀가 주위를 둘러보더니 택시로 갔다. 택시 기사가 만 원권 두 장을 돌려주곤 뒷자리의 종이 가방을 가져가라고 말했다. 굳어 있던 그녀의 얼굴에 얼핏 미소가 스쳤다. 만 원권 두 장을 돌려준 택시 기사를 만난 것으로 긴장된 마음이 조금은 누그러진 것이다. 그녀가 느린 걸음으로 자갈 마당을 지나 현관문 앞에 이르렀을 때 기다렸다는 듯 현관문이 열렸다.

"오랜만이다."

맥주 캔을 든 명인주가 웃으며 진경을 맞이했다. 마치 이 집의 주인이기나 한 듯. 명인주를 보게 될 걸 알았는데도 그녀와 눈이 마주치자 진경은 떠올리고 싶지 않은 어느 날로 되돌아간 듯했다.

"오랜만이다."

웃으려 애쓰는데도 입술 주위에 투명한 스카치테이프가 붙여진 듯 진경의 웃음은 부자연스러웠다.

"마지막으로 널 보았던 게 몇 년 전인지 가물거린다."

명인주가 살짝 미간을 찌푸렸다. 명인주가 자신을 보러 왔던 날 밤을 기억하는데도 진경 또한 그게 몇 해 전의 일인지 잘 헤아려지지 않았다. 그동안 가끔씩 명인주를 찾아야 한다는 생각을 하면서도 행동으로 옮기지 못한 자신이 민망해진 진경은 은영을 보러 온 걸 후회했다.

거실로 들어선 진경의 눈과 은영의 눈이 마주쳤다. 강을 향해 놓인 흰 가죽 소파의 끝에 앉은 은영의 얼굴이라니. 공상과학 영화에서 본 듯한, 얼굴이 여러 조각으로 나뉜 듯한 모습으로 변한 은영의 얼굴은 검은 셀로판지를 씌운 듯했다.

명인주가 앉으라고 했다. 무슨 일이냐고 묻지 못한 진경은 은영의 옆으로 다가가 종이 가방에서 꺼낸 죽이 담긴 플라스틱 용기를 탁자에 놓았다. 은영이 온종일 아무것도 먹지 못했을 거라고 여긴 진경은 마루와 연결된 주방에서 수저를 가져와 은영의 손에 쥐여주었다. 은영은 숟가락을 만지작거리기만 했다.

"엄청 좋다, 밤공기. 우리도 이런 집, 하나 마련하면 안 될까?" "왜 안 되겠어? 사는 게 지겨워서 몸부림치는 당신한테 선물처럼 안겨주고 싶은데, 정말 그러고 싶은데, 아직 그럴 형편이 안 된다는 거 알잖아, 당신이." "당신 오디오에 쏟아놓는 돈만 묶어도 이런 집 만들 수 있을 거다." "너희는 여기서도 또 오디오 타령이냐." 옆집 마당에서 들려오는 왁자한 웃음소리들.

"아직 젊은 친구들 같다."

그렇지 않으냐고 명인주가 말했다. 고개를 끄덕이면서도 진경은 어째서인지 명인주와 눈을 마주치지 못했다. 은영은 두어 숟갈 뜨고는 숟가락을 내려놓았다.

"지나고 보니까 저 나이 때가 좋았던 것 같다."

명인주가 진경의 손에 맥주 캔을 쥐여주며 말했다.

무슨 말을 해야 하나. 오래전 비 오는 밤에 찾아와 주고 간 봉투에 대해 고맙다는 말을 하지 못한 게 미안해서 진경은 고개를 끄덕이기만 했다.

"생존 경쟁에서 전의를 잃고 도망친 처지잖아. 저 친구가 특히 견뎌내질 못해서.""무슨 체질이 그러냐? 도시에서는 천식에, 손가락이 오그라들어 접시도 들 수 없는 처지라니.""날 핑계 대지만 당신도 못 견뎌했잖아.""그러니까 너희는 하늘이 맺어준 부부라는 거다.""야, 너희들 하늘 좀 봐라. 별, 별, 별. 와, 또 내 가슴이 싸해진다. 지금이라도 저 강물에 들어가 오염에 전 몸을 헹궈내고 싶다.""누가 말려. 해보고 싶은 건 하는 거다. 미루지 말고.""씻고 나오면 내 몸을 강가에 눕혀 불태우라고 할까 봐 하지 못하겠어. 인도에 다녀온 후로 걸핏하면 강가에서 타오르는 불길에 눕는다는 끔찍한 말을 하는데 듣기 거북하거든." 옆집 마당에서 들려오는 웃음소리가 커졌다.

"너는 좋아 보이네."

명인주가 다 마신 맥주 캔을 탁자에 놓으며 말했다. 진경은 자신도 모르게 고개를 저으며 좋을 리가, 라고 말했다.

이혼한 아내에게 가야 한다는 여준. 재혼한 남편과 슈퍼마켓 앞을 지나다 열여섯 소년이 무차별로 쏜 총에 맞아 하반신 마비가 되었다는 여준의 전 아내. 내가 돌봐주지 않으면 아이들이 견디질 못할 것 같아서, 라는 말을 하며 여준은 고개를 들지 못했다. 나쁜 소식은 혼자 오는 법이 없다는 걸 알려주듯, 진경은 여준을 만나기 전 요리사의 어머니한테서 지나가 낳은 아이가 요리사의 아이가 아니라는 말을 들었다. 그 말을 들었을 때 얼굴에 숯불이 끼얹어진 듯했던 진경의 얼굴이 또다시 붉어졌다.

경주한테서 소식 들었다는 명인주의 말이 이어졌다.

"경주라니?"

"지난가을인가, 널 보았다던데."

명인주가 사촌이라는 말을 했던 요리사의 어머니가 떠오른 순간, 진경은 허리가 꺾인 듯했다. 그렇게 연결될 줄은 몰랐다고 말한 명인주의 눈길이 은영에게 꽂혔다.

거실 안이 매운 연기로 가득 찬 듯 숨이 막힌 진경은 눈을 감았다. 명인주의 손에 들린 보이지 않는 총, 그리고 피 흘리는 은영의 심장이 진경의 눈을 파고들었다. 진경은 은영의 말에 따르지 않은 걸 또다시 후회했다. 하지만 은영의 말에 따르지 않은 건 그럴 수 없어서였다.

결혼을 하지 않은 지나가 출산을 하게 되었을 때 진경은 딸이 아이를 낳기로 한 것을 축복으로 여기자고 스스로를 달랬다. 곧 요리사와 결혼을 하게 될 걸로 여긴 때문이기도 했다. 그런데 요리사의 어머니한테서 친자 확인 결과가 적힌 서류를 받을 줄이야. 그 순간의 충격과 놀라움이 너무 컸던 때문이었을까. 여준이 떠난다고 했을 때엔 멍하기만 했다. 오고야 말 일이 온 거라고 여겨지기도 했다. 여준과의 만남이 언제까지 이어질 거라고 생각하지 않으려 애썼던 덕분이라고 그녀는 혼자 실소하기도 했다. 하지만 시간이 지나면서 그녀는 깊은 바다에 던져진 것만 같았다. 요리사의 어머니와 여준의 말이 머리와 심장을 짓이긴 망치질로 여겨졌다. 헤어짐을 늘 잊지 않았다고 해서 헤어짐을 가볍게 받아들일 수 있는 건 아니었다.

내 인생이 출렁거리는 일은 한 번일 줄 알았다고 명인주가 말했다. 진경은 차갑지 않은 맥주를 들이켰다. 여러 줄의 금이 파인 그녀의 입술은 메말라 있었다.

"저 애가 벌레라면 난 밟아주었을 거다."

명인주의 입술이 일그러졌다. 진경은 맥주 캔을 테이블에 놓았다. 커튼이 쳐진 열 평 남짓한 공간이 뜨거운 바람에 휩싸인 듯 그녀는 숨이 막혔다.

"깜찍한 얼굴로……"

명인주가 들고 있던 맥주 캔을 은영을 향해 던졌다.

지환이 남긴 테이프를 들었던 순간이, 가위로 지환의 옷을 찢고는 잠들었던 일이 진경의 눈앞에 떠올랐다. 고통의 흔적은 남지만 그 생생했던 아픈 감정이 잊혀진다는 게 때로는 슬픔으로 때로는 위안으로 여겨진다는 걸 명인주도 알 거였다. 그러나 얼마나 많은 날이 흘러야 할지, 얼마나 오랫동안 그 고통의 감정 속에서 허우적대어야 하는지 아는 진경은 명인주를 바라본다는 게 견디기 힘들었다.

"가증스럽게도 그 사람 돈으로 이 별장을 산 주제에 밖으로는 제 힘으로 한 것처럼…… 가져간 게 별장만이 아니잖아. 밖에 세워둔 차도 보석도, 그리고 통장도."

명인주가 토해낸 욕설들. 진경의 두 눈이 커졌다. 명인주의 말도, 은영의 침묵도 입술에 달라붙은 가래침으로만 여겨진 진경의 눈엔 혼란스러움이 가득했다. 진경은 한동안 은영을 바라보기만 했다. 은영이 무슨 말인가를 해주길 바라며.

은영의 입은 열리지 않았다.

옆집 마당의 웃음소리가 높아졌다. 근심이라곤 없는, 밝고 다정함이 깃든 웃음소리가 이 순간 진경에게 아주 먼 세상의 음악처럼 들렸다. 아, 저렇게 웃으며 살아가기도 하는구나. 진경은 한 번도 여럿이서 웃어본 적이 없는 사람처럼 그 웃음소리에 가슴이 사무쳤다.

"도둑질도 피 내림인가?"

명인주가 연극 무대에 오른 듯 과장된 웃음을 터뜨렸다.

"약 먹고 죽은 네 엄마도 남의 남자를 훔쳐 널 만들었다지. 적산 가옥도 몸 팔아 얻은 것이고 말이다."

진경의 팔에 소름이 돋았다. 그 순간 명인주가 탈바가지를 쓴 괴물처럼 여겨진 거였다.

"쓰레기들."

명인주를 보지 않으려고 눈을 감은 진경의 입술 언저리에 경련이 일었다. 진경은 명인주와 은영에게 속은 것만 같았다. 오래 간직해온 아름다운 그녀들의 초상이 잘게 조각난 것 같았다.

"인주야."

진경의 목소리가 떨렸다.

"은영이하고 사이에 무슨 일이 있는지 모르지만."

"모른다고?"

명인주의 이마에 여러 줄의 주름이 잡혔다.

"둔한 거니, 둔한 척하는 거니?"

진경은 명인주한테서 무릎을 걷어차인 것 같았다.

"정말 너한테도 입 다문 거였니?"

명인주가 취조하듯 말했다.

"어쩌다 이런 일이……"

진경은 말을 잇지 못했다.

"두 사람이 별거한 지는 여러 해째야."

은영이 입을 열었다.

"최근에는 그 사람이 이혼을 해야겠다고 했는데 나는 그러라고 하지 못했어. 좀더 생각해봐야 한다고."

명인주가 은영에게 검정 면 쿠션을 던졌다. 쿠션은 은영의 어깨에 맞고 굴러 떨어졌다.

"난 아직도 그 사람하고의 결혼이……"

망설임 끝에 내키지 않는다고 은영이 말했다.

"엄마의 삶을 되풀이하고 싶지 않아서. 어려서부터 결혼은 내게 허용되지 않을 무엇으로 여겨졌거든. 떨치려 했지만 되지 않았어. 엄마의 삶과 내 것이 별개의 것이라고 생각해도, 머리로는 그게 되었지만 아직까지 머뭇거려져서 내가 그 사람을 만류할 수밖에 없었어."

"넌 그 사람과 날 화해시켜야 한다며 오가더니 일을 이렇게 만들었어. 넌 처음부터 그 사람이 탐났던 거지. 그 사람을 잡으면 그 사람이 일궈놓은 세상으로 들어갈 수 있으니까."

그렇지 않았느냐고 명인주가 말했다. 모든 걸 완벽하게 가진 것 같은 명선배의 삶에 흠집이 나는 걸 보고 싶다는 충동이 생길 때도 있긴 했다고 은영이 말했다. 그건 태어나면서부터 운이 좋

은 사람들에게 주어지는 몫이라고도. 널 가까이하는 게 아니었다
고 명인주가 소리쳤다. 남은 날들을 그 사람하고 같이하고 싶어
진 건 그 사람이 그렇게 만든 거지 명 선배하고는 상관없는 일이
라고 은영이 말했다. 주방으로 간 명인주가 칼을 들고 은영의 앞
으로 달려갔다.

"내가 그 사람을 놓아준다면 그 사람 명선배한테 돌아갈까?"

은영이 한 걸음 명인주 앞으로 다가섰다. 진경이 쓰러지려 하
는 명인주를 부축했다. 명인주의 얼굴에서 흘러내린 눈물이 턱을,
그리고 목을 적셨다. 갑자기 찾아온 침묵. 온 힘을 다해 무엇인가
를 애타게 찾아 헤매는 것 같은 작은 짐승의 울부짖는 소리가 밤
의 정적을 흔들었다.

자동차의 바퀴가 자갈을 짓누르는 소리가 들려온 건 얼마간 시
간이 흐른 뒤였다. 소파에 시체처럼 누웠던 명인주가 가만히 몸
을 일으키더니 조용한 걸음으로 현관문을 열고 나갔다. 아무 말
없이 현관문을 바라만 보던 은영은 자동차의 바퀴 구르는 소리가
멀어지고 난 다음에야 무너져 내리듯 거실 바닥에 웅크려 앉았다.


강으로 향해 놓인 벤치에 앉은 진경과 은영 사이에는 아무 말도
오가지 않았다.

밤의 대기는 축축했다. 마당에 나와 별을 보며 시끌벅적했던
옆집 사람들과 손님들은 잠들었는지 먼 곳에서 개 짖는 소리만 들
려올 뿐 주위는 조용했다.

강 건너 도로를 오가는 차들은 아직 끊어지지 않았다. 강에서

피어오르는 안개가 강 건너 도로를 허공에 걸린 다리처럼 보이게
했다. 차들은 한순간 눈을 반짝이는 커다란 벌레처럼 보이기도
했다. 얼핏 보기에 강 건너의 도로도 강의 일부처럼 보였다. 빠른
속도로 달리는 차들의 바퀴가 도로를 짓누르는 굉음이 날카롭게
들리지 않는 건 물안개의 너울 때문인지 몰랐다.

벤치에 담요를 깔았는데도 온몸으로 엷은 물기가 스며드는 듯
했다. 은영이 기침을 했다. 물안개가 천천히 진경과 은영 쪽으로
다가오고 있었다. 바람이 부는 대로 제 몸을 맡기는지 물안개의
형체는 조금씩 변하곤 했다.

"헛발질하기 좋은 밤이네."

은영의 것이라고 알아듣기 힘든 낮은 목소리였다.

"강인지 길인지 분간이……"

언제부터인가 말을 하다 마는 습관이 생긴 진경이 팔짱을 꼈다.

"언젠가 폭우가 쏟아진 해에 강물이 집까지 흘러든 때도 있었
다는데. 그때 만약 집에 있었더라면 굉장했겠지."

"그랬겠다."

"무서움하고 공포는……"

잠깐 말을 멈췄던 은영이 농도가 다르겠지,라고 말했다. 진경
이 고개를 끄덕였다.

"언젠가 쓰나미가 들이닥친 마을을 티브이 화면에서 본 적이
있었거든."

진경은 은영이 무얼 말하고 싶은지 알 것 같았다.

"처음으로 무얼 받아도 좋은 사람을 만났는데."

　은영의 말소리는 여전히 너무 낮았다. 냐아옹. 어디에 있는지 드러내지 않으며 고양이가 제 존재를 알려왔다. 커엉컹컹컹컹. 제 몸 안의 슬픔을 토해내는 것 같은 개의 울부짖음이 이어졌다.

　"그 사람하고의 만남이 내겐 죽은 엄마와의 줄다리기였어. 너무 힘든."

　은영의 눈은 조금씩 옅어지는 물안개를 좇고 있었다. 진경은 은영의 손을 살며시 잡아주었다. 은영의 손은 얼음처럼 차가웠다. 진경은 안으로 들어가는 게 좋겠다고 했다. 은영이 머리를 저었다.

　"갑자기 저 집이 내 몸에 쏟아진 오물 덩어리 같아서."

　"그건⋯⋯"

　진경은 할 말을 찾지 못했다.

　"어쨌든 지금은 그러니까."

　오물 덩어리. 진경의 몸에도 그것이 쏟아진 듯했다. 귀가 가려워진 그녀는 귀를 비볐다.

　"굳이 그렇게까지."

　진경은 어째선지 말을 한다는 게 무의미하게 여겨졌다. 그러면서도 말을 한 건 은영에게 위로가 필요할 거라고 여겨서만은 아니었다. 위로가 필요한 건 그녀 자신이기도 했다.

　"정말 힘들었거든. 그 사람을 만나기 전까지 엄마의 삶하고는 다르게 살아가고 있다고 자신만만이었어. 그런데 한순간에⋯⋯"

　"그래. 한순간에."

　진경이 고개를 끄덕였다. 여준의 아내가 슈퍼마켓에서 총을 맞은 것도 한순간의 일이었다. 수없이 되풀이되는 총기 사건을 전

하는 뉴스를 들을 때마다 먼 나라의 일이라고 여겼던 그 일로 여
준을 잃게 될 거라고는 생각하지 못했다.

"한순간에…… 내 의지하고는……"

"이상하지."

명선배한테 미안한 마음보다는 내가 어쩔 수 없는 엄마의 딸인
걸 인정하게 된 상황이 견디기 힘들다고 은영이 말했다. 진경은
우연일 뿐이라고 했다. 지나가 낳은 아이가 요리사의 아이가 아
닌 걸 말할 때의 요리사 어머니 얼굴을 떠올리고 싶지 않은 진경
은 두 손으로 얼굴을 가렸다.

"여기서 끝내면 나는 엄마한테서 이기게 되는 걸까?"

"……"

딸에 대한 분노로 진경은 몸이 떨렸다. 무슨 말이든 해보라고
은영이 말했다.

"중요할까? 엄마하고의 싸움이?"

진경은 별 생각 없이 말했다. 나쁜 것. 그녀는 지나를 때려주고
싶었다.

"날 존중하기 위해서는."

은영의 목소리가 커졌다. 지나도 그럴까?라는 말이 진경의 입
에서 흘러나왔다. 뭉클거리는 뭔가가 진경의 발등에 올랐다가 사
라졌다. 찍찍거리는 소리가 들려온 듯했다.

쥐였나? 진경의 눈이 이웃집 마당과 경계 지점에 서 있는 벚꽃
나무의 둥지로 향했다. 움직이는 작은 물체는 보이지 않았다. 귓
가에서는 쇳조각을 어딘가에 길게 긋는 것 같은 소리가 이어졌다.

242

"중요해서 붙잡혀 있는 건 아닐 거다."

진경은 은영의 말이 무얼 뜻하는지 금방 알아차리지 못했다. 발등을 타고 넘어간 무엇의 물컹거리는 느낌, 그리고 귀 주위를 맴도는 금속성의 쇳소리에 그녀의 마음은 붙들려 있었다.

"우습다"라고 은영이 말했다. "날 알 수가 없어"라고도.

"지나 그걸 알 수가 없구나"라고 진경이 말했다.

"둘이 같이 사는 일이 두렵다는 마음 이해 못 할 것도 아니잖아."

"……"

강 건너의 차들은 보이지 않았다. 차바퀴 구르는 소리는 들릴 듯 말듯 낮아졌고 이 세상은 물안개 속에 삼켜진 듯했다. 진경과 은영 사이에도 물에 적셔진 장막이 드리운 듯했다. 이웃집 마당의 형태도 불분명해졌다. 진경의 등에 작은 벌레가 기어 다니는 듯했다.

다 놓아버릴 수 있을 것도 같다고 은영이 말했다. 강 건너 도로에서 작은 불빛이 보이는가 싶더니 사라졌다.

"다 놓아버릴 수 있을 것 같다."

진경은 은영의 말을 따라 했다. 은영과 진경 사이에 침묵이 놓였다. 발가락이 가려워진 진경은 발을 움직였다. 헤아려지지 않는 시간이 흘렀다. 강물 속에서 뭔가가 솟아올랐다. 첨벙거리는 소리가 아니었더라면 진경은 강에서 뭔가가 솟아올랐다는 걸 알지 못했을 거였다.

"눈을 감으니까 내 몸이 나뭇잎 같다. 종잇장 같기도 하고. 곧 사라질 지푸라기 같기도 해."

은영의 말은 속삭임 같았다. 진경은 잊고 지낸 어느 집을 떠올렸다. 산자락 아래 아들의 집. 그곳에서 바람이 많이 불거나 폭우가 쏟아지거나 한 날이면 그녀도 그런 느낌에 빠지곤 했다. 때로 그곳에서의 날들이 꿈속에서의 날들처럼 여겨지기도 했다. 아들을 떠올리는 날은 어느덧 드물어져갔다. 정혜를 보면서, 바다를 안으면서도 그랬다.

미안하다. 헌아,라고 진경은 입속말을 했다. 그녀는 자신에게 소중한 사람들에 대해 제대로 알지 못한다는 생각에 마음이 아렸다. 아들을 알지 못했듯 지나도 그랬고 정혜도 마찬가지였다.

지나는 요리사를 만나면서 털모자와도 계속 만났을까? 진경은 두 손으로 가슴을 눌렀다. 여준에 대해서도 모르긴 마찬가지였다. 아이들을 위해 이혼한 아내를 돌봐야 한다는 그를 이해할 수 있긴 했다. 하지만 그가 자신을 그토록 쉽게 떠날 수 있다는 게 진경은 믿기지 않았다.

"더 나중이 아니라 지금, 내 안의 더러운 진창을 보게 된 걸 다행으로 여겨야 할까?"

진경은 발가락을 옴지락거리기만 했다.

"조심했으면 아무 일 없이 끌고 갔을 수도 있었어."

자신이 신호를 남겼다고 은영이 말했다.

진경은 지나의 오피스텔에 초대받아 갔던 날 밤을 떠올렸다. '지나가 그날 밤 털모자와 함께 있었던 건 내게 보낸 신호였나?'

갑자기 참기 어려운 두통이 시작된 진경이 안으로 들어가자고 말했다. 은영이 좀더 있자고 했다. 옆집 마당으로 걸어 나오는 누군가의 기척이 들려왔다. 진경은 벤치에서 일어섰다.


3


"남들이 보면 이사 가는 줄 알겠다."

요리사가 버스 뒤 칸으로 옷상자를 운반하는 걸 지켜보며 김여진이 말했다. 요리사가 자신의 차에서 옮겨 실은 음식 재료가 담긴 아이스백과 상자도 여러 개였다. 운전석 뒷자리에 앉은 바다가 진경을 향해 어서 타라는 손짓을 했다. 곧 갈 거라고 말하며 진경이 팔을 흔들었다.

"날이 너무 좋아요."

정혜가 하늘을 올려다보며 감탄하듯 말했다.

"그렇구나."

진경이 고개를 끄덕였다. 빗방울이 떨어지거나 바람이 불거나 하지 않는 평온한 하루를 간절히 원한 그녀의 바람대로 하늘은 말갛게 푸르렀다. 대기는 약간 서늘했지만 낮이 되면 따뜻해질 것이다. 며칠 전부터 봄날은 언제나 그렇듯 아침과 낮의 온도 차가 심했다. 은영의 별장이 있는 곳은 서울보다 공기가 맑고 온기가 약했다. 숄을 준비하긴 했어도 진경은 드레스를 입은 지나의 어깨가 아름답길 원했다.

"언젠가는 이렇게 될 줄 알았지만 너무 좋아요. 어머니도 좋으시죠?"

정혜의 눈에 물기가 어렸다. 세나를 안은 송이가 정혜에게 다가왔다. 정혜를 본 세나는 정혜한테 가려고 몸을 버둥대었다. 정혜가 세나를 받아 안으며 어서 타라고 송이에게 말했다. 집에 있고 싶다고 송이가 말했다. 송이를 위해 만든 원피스가 예쁠 거라고 진경이 말했다.

"송이한테 살구색이 그렇게 잘 어울리는지 이번에 알았지 뭐예요."

정혜의 말에 진경이 고개를 끄덕였다. 송이가 다리가 길고 어깨가 좁으며 팔이 길다는 것, 그리고 빛나의 동그란 이마가 예쁘다는 것을 진경은 그 애들의 옷을 만들면서야 알게 되었다. 정혜나 김여진, 그리고 지나마저도 그동안 건성으로 보았다는 걸 진경은 이번에 깨달았다.

드센 기운이 넘쳐흘렀던 김여진의 눈엔 어디 먼 곳의 우물이 숨겨져 있는 것 같았다. 몇 달 전에야 그 힘들었던 방황을 끝낸 정혜의 피부는 반짝였고 온몸에서는 밝은 기운이 배어나왔다. 지나의 변모도 놀라웠다. 세나를 맡기러 지나가 들렀어도 진경이 내다보지 않아 둘이 눈이 마주치는 일은 드물었는데, 보지 못한 몇 달 사이 지나에겐 단단한 아름다움이 다가와 있었다.

세상의 어디에서도 위축되거나 머뭇거리지 않을 것 같은 자신감이 배어든 지나의 눈은 너무 아름다워서 진경을 놀라게 했다. 방 밖으로 나가려 하지 않는 진경을 대신해서, 지나는 아이를 낳은 후 가장 노릇까지 씩씩하게 해내는 중이었다.

드레스 치수를 재며 진경은 자신도 모르게 딸을 향해 멋지구나,

라고 중얼거렸다. 지나가 자신의 딸인 게 고맙고 자랑스러워 눈물이 날 뻔했다. 다시는 옷을 만드는 일은 없을 거라고 여겼던 진경은 지나의 결혼이 정해진 날부터 단순히 아름답기만 한 게 아니라 지나의 자신감을 보여줄 드레스를 만드는 일에 골몰했다. 정혜를 위해서도 그렇게 해주고 싶었다. 그리고 은영과 김여진, 빛나와 송이를 위해서도.

그녀는 지나와 정혜의 드레스만은 손수 바느질을 하려 한 탓에 오늘 새벽까지 일해야만 했다. 다른 옷들은 디자인과 천을 고른 후 공장에 보냈는데 도착한 게 한 시간 전이었다. 그래서 어느 누구도 아직 자신들의 옷을 입어보지 못했다. 두 다리가 후들거릴 정도로 지친 데다 얼굴엔 회색빛이 감도는데도 진경의 눈엔 설렘이 떠올랐다.

빛나가 송이의 손을 잡아끌고는 버스에 올랐다. 김여진도 버스에 올라, 자신이 오기만을 기다린 띠엔 옆에 앉았다. 진경이 띠엔에 대해 아는 건 한 달 전에 김여진을 찾아와 아직 김여진과 같이 머무르고 있다는 거였다. 띠엔이 오기 전엔 이름을 기억하지 못하는 연변 출신 아주머니들이 여진을 찾아와 일주일인가 지내다 떠났다.

"타세요, 어머니."

요리사가 말했다.

진경의 눈은 길 건너 택시 정류장 쪽으로 향해 있었다. 오래 걸리지 않을 거라며 떠났던 지나가 아직 도착하지 않은 거였다. 갑작스러운 일로 새벽이나 한밤중에 공장이나 사무실로 나가는 일이 흔한 터여서 진경은 지나가 시간에 맞춰 올 거라 여겼다.

출발하기로 한 아홉 시.

진경은 지나를 붙들어두었어야 했다고 후회했다. 옷 만드는 일에 빠져 지냈던 동안 한 번도 찾아온 적이 없던 불안감으로 그녀는 숨이 막히는 듯했다.

지나가 요리사의 청혼을 받아들인 건 이 주일 전이었다. 지나가 결혼 결심을 한 것이 김여진과 진경의 우울증 때문일 거라는 은영의 이야기에 진경은 그럴 리가, 라고 말했다. 그동안 진경에겐 알리지 않았는데 몇 달 전부터 김여진은 자신을 기업의 대표라고 말하거나 때로는 몇 시간 전의 일을 기억하지 못한다고 했다. 처음엔 장난으로 그러는 줄 알았는데 아니었다고 정혜가 덧붙였다. 은영은 지나가 선배의 우울증을 심각하게 여기게 된 거라고 했다.

"걱정하지 마세요."

요리사는 지나가 곧 올 거라고 했다. 진경은 고개를 끄덕였다. 요리사의 말은 틀리지 않았다. 건너편 택시 정류장에 정거한 택시에서 내린 지나가 진경을 보며 팔을 흔들었다.

진경은 버스에 올랐다. 속을 끓였잖아, 그런 말을 하고 싶지 않았다. 그녀는 유쾌한 기분으로 출발하고 싶었다. 바다 옆에 앉은 진경은 긴장이 풀려서인지 머리가 좌석의 등에 닿자마자 눈이 감겼다.

버스 문이 닫히는 기척에 접착제로 붙인 듯했던 그녀의 눈꺼풀이 열렸다. 늦었습니다, 라며 허리를 숙인 지나가 의자들 사이를 지나갔다. 지나 뒤를 따르는 누군가의 얼굴에 눈이 닿은 순간 진경의 등이 세워졌다.

잿빛과 흰 머리칼이 뒤섞인 은발의 머리 때문이었을까. 진경은 미소를 머금고서 자신을 보는 지환이 낯설게 여겨졌다. 지환은 예전의 지환이 아닌 듯했다. 그의 내부에서 단단하고 뜨거운 무엇이 사라져버린 것 같은 얼굴이었다.

어쩌면 지환이 올지도 모른다는 생각을 하지 않았더라면, 지환이 지나의 뒤를 따르지 않았더라면, 진경은 은발의 남자가 지환인줄 알아차리지 못했을지도 몰랐다.

"지나가 원해서."

지환이 미안해하는 어조로 말했다. 잘 왔다고 말하며 진경은 고개를 끄덕였다. 마지막으로 버스에 오른 요리사가 아직 오지 않은 손님이 있습니까? 라고 물었다. 출발하라고 김여진이 말했다. 지환은 지나와 통로를 사이에 둔 좌석에 앉았다.

"출발하겠습니다."

가이드처럼 꾸벅 절을 한 요리사가 운전석에 앉았다. 그가 직접 운전을 할 거라고는 미처 생각하지 못한 진경은 요리사에게 무슨 말을 하려다 입을 다물었다. 언제부터인가 그녀는 하고 싶은 말을 입 안에 가두어두곤 했다.

"누구예요, 저 할아버지?"

게임을 하던 바다가 게임기에서 고개를 들어 진경을 보며 물었다.

"저 할아버지는……"

진경은 선뜻 말을 잇지 못했다. 미소가 바다의 암벽에서 사진을 찍다 발을 헛디뎌 파도에 휩쓸려 죽었다는 소식을 은영한테서 들었던 게 지난달이었다. 민지환의 머리가 은발로 변한 게 미소가 죽은 후라고 은영이 말했을 때 진경은 한 번도 보지 못한 미소의 아들이 가여워 마음이 쓰렸지만 지환을 떠올리지는 않았다. 장걸을 떠난 후 장걸을 잊었듯, 어느덧 지환도 지나의 아버지로만 남게 된 것 같았다. 옷 만드는 일에 빠져 지내는 동안엔 여준조차 떠올리지 않았다.

저 할아버지는 누구냐고 바다가 다시 물었다. 진경은 세나 할아버지,라고 말했다.

"세나 할아버지?"

머리를 끄덕인 바다는 게임에 빠져들었다.

아파트 단지를 벗어난 버스는 출근길의 혼잡함에서 벗어난 도로를 정해진 주행 속도로 달렸다. 연둣빛으로 물든 가로수들, 그 너머의 건물들에 쏟아지는 밝은 아침 햇살, 달리는 차들과 좁은 보도를 걷는 사람들이 졸음이 몰려온 진경의 눈에 다가왔다 멀어져갔다.

버스 차창 너머의 거리엔 새롭게 시작되는 봄날의 숨결이 떠돌고 있었다. 머지않아 세상의 모든 나무들은 초록 잎들로 뒤덮일 테고 집 안에만 머물던 사람들은 집을 떠나 어디론가 가려 할 것이다. 은영의 별장 마당의 벚꽃나무는 연분홍 꽃으로 뒤덮였다 했다. 벚꽃나무 아래에서 앞날을 함께하기로 서약을 할 지나와 요리사를 떠올린 진경은 아주 먼 길을 걸어온 것 같은 피로에 젖었다. 문자의 수신을 알리는 신호음이 그녀의 잠을 방해했다. '민사장 오는 줄 알았소?' 뒷좌석의 김여진은 궁금증을 참을 수 없나 보았다. 김여진의 머리에 문제가 생겼다지만 그동안 자신의 방에 머물렀던 진경은 아직 김여진에게 문제가 생긴 걸 실감하지 못했다. 지나가 요리사의 청혼을 받아들이기 전까지 모든 일에 무심했던 진경은 김여진을 찾아 연변 등에서 이런저런 사람들이 찾아오건, 그들로 해서 집 안이 소란스러워지건 아무런 느낌이 없었다. 기운을 차린 정혜를 보았을 때엔 정혜를 안아주며 기뻐했지만 그 기쁨도 오래가지는 않았다.

세나와 바다의 웃음조차도 진경의 마음을 누르는 무거움을 몰아낼 수는 없었다. 옷을 만드는 대신 색색의 종이를 잘라 보드에 붙이는 게 그녀가 할 수 있는 일이었을 뿐. 그녀는 지나의 삶을 받아들일 수 없었고 세상으로 나갈 수도 없었다. 자신의 삶이 지나의 삶을 헝클어놓았다는 자책감과 여준을 잃은 상실감이 그녀한테서 세상으로 나갈 힘을 앗아가버린 거였다.

"지나는 나에게 졌다는 생각을 할까?"

드레스 치수를 재러 온 날, 은영은 결국 선배가 지나를 이긴 거지, 라고 했다. 고요한 저항이 지나를 선배가 원한 방향으로 가게 한 거라고도. 지나는 지금 많이 두려울지도 모른다고도.

무심코 들어 넘겼던 은영의 마지막 말 때문인지 진경은 지나에게 미안해졌다. 지나에게 지환을 초대하자는 말을 하지 못한 것도. 지나가 오늘 모임에 지환을 초대하고 싶어 할 거라는 생각을 하지 않은 건 아니었다. 옷들을 만드는 동안엔 지환의 존재를 잊기도 했지만 완전히는 아니었다. 그런데도 그 말을 하는 걸 미루었다.

한 시간 삼십 분 뒤에 도착할 것 같다고 요리사가 말했다.

미안하구나, 라고 진경은 입속말을 했다. 지나와 요리사만이 아니라 죽은 아들, 정혜, 바다와 세나, 그리고 차 안의 일행 모두에게 그녀는 미안하다는 말을 하고 싶었다. 지난 몇 달 동안 그녀는 그들 모두에게 아주 작은 마음의 조각조차 주지 못한 죽은 사람이나 다름없었다. 미소를 잃은 지환에게 위로의 말을 건네지 못한 것도 그녀는 미안했다.

"어머니는 잠이 급하시겠지만…… 식사들을 못 하셨을 것 같아 도시락을 준비해 왔으니까 드시면 좋겠습니다."

점심 식사는 아무래도 늦어질 거라는 요리사의 말이 이어졌다.

모두들 은영의 별장에 도착한 뒤에 메이크업과 머리 손질을 받을 거였다. 진경의 드레스를 입을 신부와 하객들 모두 빛나는 모습이 되어야 한다며 은영은 메이크업과 머리를 전문가의 도움을 받을 수 있도록 준비할 거라고 했다.

잘된 일이야, 라고 진경은 다시 입속말을 했다.

빛나가 운전석 옆 박스에서 꺼낸 도시락 꾸러미를 바다의 무릎에 놓아주었다. 진경의 무릎에도. 동생 윤나와 같이 생모한테로 갔던 빛나가 돌아온 건 다섯 달 전이었다. 윤나는 돌아오지 않았지만 빛나가 온 것만으로 정혜의 회복이 빨라졌다. 그리고 세나가 태어나면서 정혜는 예전의 기운을 온전히 되찾았다. 김여진을 찾아온 연변의 아주머니나 띠엔과도 잘 지낸 정혜는 세나에게 빠져들어 바다마저 뒷전인 듯했다.

"고마워."

진경은 빛나의 귀에 대고 말했다.

"아니에요."

송이와 달리 진경을 할머니로 부르지 못하는 빛나가 무슨 말을 하려다 뒷좌석으로 갔다. 빨리 도시락을 달라고 김여진이 소리쳤다. 드신 뒤에는 품평을 해주시면 좋겠다고 요리사가 말했다. 도시락 배달도 할 참이라며 맛의 평가가 중요하다는 말이 이어졌다. 진경은 뚜껑을 연 도시락을 바다에게 내밀었다.

달걀말이, 피망과 파프리카를 곁들인 버섯볶음, 갈색 소스를 얹은 연어구이, 양배추김치, 콩을 섞어 삼각형 모양으로 빚은 잡곡밥, 그리고 유부초밥 두 개가 담긴 도시락을 바다는 본 척도 하지 않았다. 디저트로는 초콜릿 한 조각, 키위 두 조각이 은박지 컵에 담겨 있었다. 먹어야 한다는 진경의 재촉에 바다는 마지못한 듯 달걀말이만 우물우물 삼키고는 게임에 몰두했다. 진경은 유부초밥을 바다의 입에 넣어주려 했지만 바다는 고개를 저었다.

연어구이도 잡곡밥도 바다는 거부했다. 초콜릿도.

"초콜릿도 안 먹어?"

초콜릿을 너무 좋아해 이름을 바꿔달라던 바다가 초콜릿을 밀어내다니. 진경이 바다의 손에서 게임기를 빼앗으려 했다. 바다는 강한 힘으로 진경의 손을 밀쳤다.

"바다야."

진경은 다시 바다를 안으려 했다. 안기지 않으려는 바다의 몸짓은 거칠었다. 게임기로 향한 바다의 눈빛도. 한순간 진경은 바다가 낯설었다. 일곱 살 아이가 아닌, 바다가 아닌 어떤 아이가 옆에 있는 것 같은 느낌이었다. 그 이상한 느낌을 떨치려는 듯 진경은 바다의 머리에 입 맞추었다.

"맛있네. 이게 무슨 소스고?"

김여진의 목소리는 굵고 높았다. 김여진만이 아니라 차 안의 사람들이 도시락 반찬 같지 않게 맛있다고 한마디씩 했다.

"감사합니다, 여러분."

팔을 흔들어 보인 요리사가 양념 맛이나 간에 대해 구체적으로 말씀해주시면 좋겠다고 말했다. 바다가 아침을 거르는 게 싫어서 진경은 바다의 손에서 게임기를 빼앗았다.

"다른 자리로 가, 할머니."

바다가 진경을 밀쳐내려 했다. 진경의 무릎에 있던 도시락이 떨어졌다.

"왜 갑자기 귀찮게 해."

게임기를 진경의 손에서 빼앗으며 바다가 소리쳤다. 할머니한테 사과하라고 정혜가 말했다. 바다는 들은 척도 하지 않았다. 귀가 먹었느냐고 정혜가 목소리를 높였다. 시끄럽다고 바다가 소리쳤다.

"시끄럽다고?"

정혜가 바다의 머리를 쥐어박았다. 세나가 울음을 터뜨렸다. 바다가 갑자기 몸을 일으켰다. 앉히려는 진경의 손을 더러운 무엇인 양 거칠게 떨치고 운전석으로 간 바다는 차에서 내리겠다고 말했다. 정류장이 아니라서 차를 세울 수가 없다고 다정한 어조로 말한 요리사가 오늘 밤에 고모부와 멋지게 한판 붙자고 말했다.

"고모부? 아저씨가 고모부야?"

바다의 머루 알 같은 눈에 호기심이 출렁였다. 그것도 몰랐느냐고 말한 요리사가 바다에게 운전석 옆 자리에 앉으라고 손짓을 했다.

"그럼 아저씨가 세나 아빠인 거야?"

운전석 옆 자리에 얌전하게 앉은 바다에게 요리사가 안전벨트를 하라는 손짓을 했다.

"딩동댕. 잘 맞췄습니다."

요리사가 퀴즈 프로그램의 사회자 흉내를 냈다.

"나쁜 아빠였네."

세나가 보고 싶지 않았느냐고 바다가 꾸중하듯 말했다.

"세나 엄마가 날 좋아하지 않았거든."

요리사는 망설임 없이 대답했다.

"고모."

몸을 돌린 바다가 지나를 보며 물었다. 왜 세나 아빠를 좋아하지 않았어요?라고.

마음은 좋아졌다 멀어졌다 하는 거라고 지나가 말했다.

"너 조금 전엔 차에서 내리고 싶어 했잖아. 그런데 지금은 아닌 것 같은데?"

마음은 그런 거라고 지나가 말했다. 좋은 마음이 다시 찾아온 거냐고 바다가 물었다. 넌 어떠냐고 지나가 물었다. 세나가 없어지면 좋겠다고 바다가 시무룩한 목소리로 말했다.

"할머니는 바다가 제일 좋은데."

김여진이 소리치듯 말했다. 할머니도. 진경이 따라 말했다. 누나도 바다가 보고 싶어 온 거라고 빛나가 말했다. 송이도. 그리고 지나도 말했다. 바다를 사랑해, 라고.

"세나는 이 등인 거죠?"

좌석들 사이의 통로에 선 바다가 웃음이 넘치는 얼굴로 두 팔을 쳐들었다. 차 안의 사람들 모두가 바다가 최고라며 박수를 쳤다. 진경의 품으로 돌아온 바다가 도시락을 비웠을 무렵, 유부초밥 두 개를 삼킨 진경은 잠 속으로 빠져들었다.

곤한 잠에 빠져든 진경의 얼굴에 미소가 감돌았다. 꿈속에서 그녀는 벚꽃나무 아래의 신부를 보았다. 환하게 웃고 있는 지나를.

바람이 부는가. 하르르 떨어져 내린 벚꽃이 신부의 얼굴을, 드레스를, 온 세상을 연분홍빛으로 물들였다. 아름다운 봄날이었다.

진경이 잠에서 깨어났을 때 몰려들기 시작한 구름으로 하늘 저편이 어두워져 있었다. 무슨 연유에선지 진경은 잠깐 동안 자신이 지나에게 결혼 서약을 하게 하는 것이 금을 넘어서는 일인지도 모른다고 생각했다.

버스는 벚꽃나무 터널 아래를 지나고 있었다. 꿈속에서처럼 눈에 들어오는 것 모두, 분홍빛 꽃물이 든 것 같았다.

# 작가의 말

책상에 앉으면 창 너머, 단풍나무가 보이는 집으로 이사 온 것
이 열두 해 전 봄날의 어느 날이다.

열두 해란 시간.

돌아보니 내 삶의 어느 날들보다도 내 발목을 적신 물이 차가웠
던 날들이었다.

작은 마당으로 나가 웃자란 잡풀들을 뽑으면 이러저런 상념들
이 사라졌다. 왕벚나무와 감나무의 무성한 잎들 사이로 하늘을
보거나 텃밭의 고추며 토마토를 바구니에 담거나 하는 동안에도
그랬다.

그 시간들이 있어 춥고 가난해진 마음을 다독일 수 있었다.

가을이면 탐스러운 대추를 아버지 제사상에 올리게 해준 대추

나무.

벌레 때문에 상한 제 몸을 톱날에 내어준 두 그루의 대추나무가 마당을 떠난 게 다섯 해 전이었나, 네 해 전이었나.

그러고 보니 잡풀들하고의 씨름을 그만둔 게 언제부터인지도 잘 헤아려지지 않는다.

내 몸의 어느 부분을 잃어버린 이 년 전 사월의 그날도 언젠가는 잊게 될까.

올 사월. 소리 없는 바람의 일렁임에 따라 허공에서 춤추듯 마당으로 고요히 내려앉던 아름다운 벚나무 꽃잎들.

온 세상이 분홍빛에 물든 것 같았던 그 순간이 눈에 선하다.

이 책이, 딸의 책을 큰 선물로 여기시는 연로하신 어머니께 작은 기쁨이면 좋겠다.

김병익 선생님과 편집부 여러분들, 그리고 문학과지성사에 깊은 감사를 드린다.